AF343014

L'INSTRUCTION POPULARISÉE PAR L'ILLUSTRATION

SOUS LA DIRECTION DE

M. BESCHERELLE AÎNÉ

MONUMENTS

ÉLEVÉS

A LA GLOIRE MILITAIRE

PAR

LES ROMAINS ET LES FRANÇAIS.

COLONNES. — FORTERESSES. — CITADELLES. — CHAMPS DE MARS. — ARCS DE TRIOMPHE.
— PORTES. — AQUEDUCS. — OBÉLISQUES. — CHÂTEAUX FORTS. — PYRAMIDES. — ARSENAUX. — TEMPLES. — PONTS.
— BORNES MILLIAIRES. — BASTILLES. — CASERNES. — TOMBEAUX, ETC.

ILLUSTRÉS PAR J.-A. BEAUCÉ, STAAL, H. ÉMY, MÉRY, ETC.

Prix : 1 franc 30 centimes.

A PARIS

CHEZ MARESCQ ET COMPAGNIE,
ÉDITEURS DE CET OUVRAGE,
5, RUE DU PONT-DE-LODI (PRÈS LE PONT-NEUF.)

CHEZ GUSTAVE HAVARD,
LIBRAIRE,
15, RUE GUÉNÉGAUD (PRÈS LA MONNAIE).

1851

MONUMENTS

ÉLEVÉS

A LA GLOIRE MILITAIRE

PAR

LES ROMAINS ET LES FRANCAIS

COLONNES. — FORTERESSES. — CITADELLES. — CHAMPS DE MARS. — ARCS DE TRIOMPHE.
— PORTES. — AQUEDUCS. — OBÉLISQUES. — CHATEAUX FORTS. — PYRAMIDES. — ARSENAUX. — TEMPLES. — PONTS.
— BORNES MILLIAIRES. — BASTILLES. — CASERNES. — TOMBEAUX, ETC

SOUS LA DIRECTION DE

M. BESCHERELLE AINÉ

ILLUSTRÉS PAR MM. J.-A. BEAUCÉ, HÉREAU, MÉRY, ETC., ETC.

A PARIS

CHEZ MARESCQ ET COMPAGNIE,
ÉDITEURS DE CET OUVRAGE,
RUE DU PONT-DE-LODI, 5 (PRES LE PONT-NEUF).

CHEZ GUSTAVE HAVARD,
LIBRAIRE,
RUE GUÉNÉGAUD, 15 (PRES LA MONNAIE).

1854

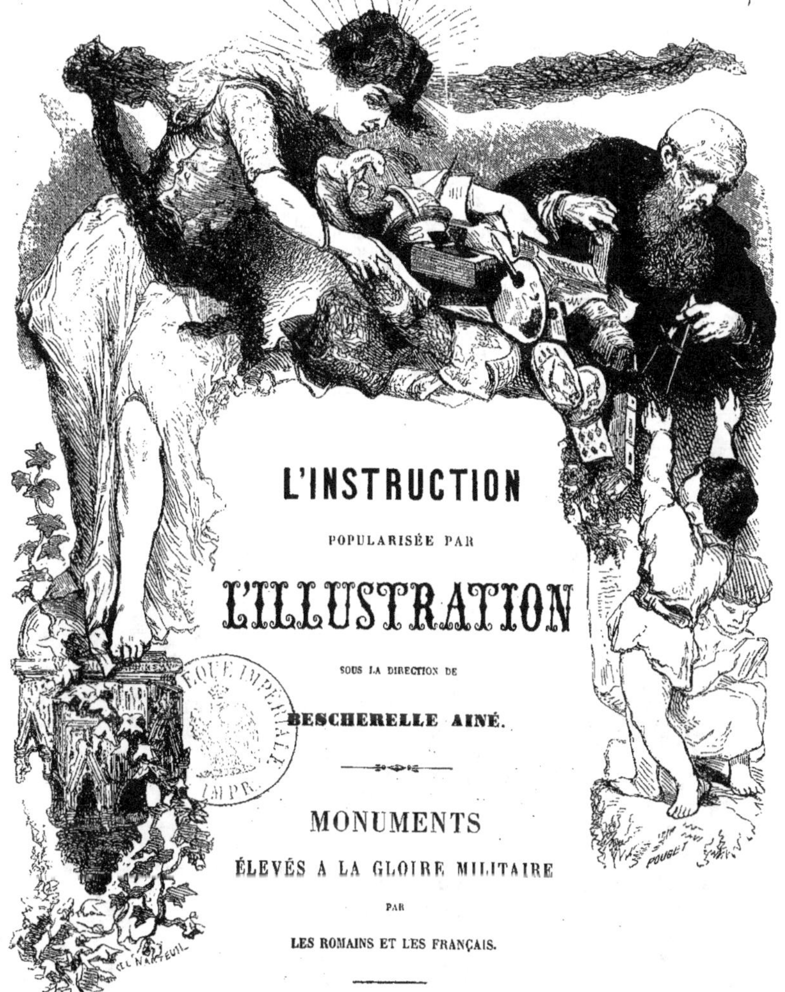

Colonnes. — Forteresses. — Citadelles. — Champs de Mars. — Arcs de triomphe. — Portes. — Aqueducs. — Obélisques. — Châteaux forts. — Pyramides. — Arsenaux. — Temples. — Ponts. — Bornes milliaires. — Bastilles. — Casernes. — Tombeaux.

INTRODUCTION.

L'éclat et la puissance des nations se révèlent par la nature et la grandeur de leurs établissements, toujours fondés dans un but d'utilité publique et d'intérêt général.

Les Grecs et les Romains, qui avaient porté au plus haut degré la gloire militaire, érigèrent de nombreux monuments, destinés à en perpétuer le souvenir; c'est ainsi qu'ils élevèrent à leurs armées et à leurs généraux les colonnes, les obélisques et les arcs de triomphe (1) qui ornent encore, en partie, les cités les plus florissantes et ont survécu aux ravages du temps et des révolutions.

Lorsque les Romains se furent établis dans les Gaules par la force des armes, ils enrichirent les villes conquises des mêmes ornements d'architecture.

(1) Il n'est pas certain que les Grecs aient élevé des arcs de triomphe. Cette spécialité architecturale paraît exclusivement appartenir aux Romains.

9   Paris. — Imp. Simon Raçon et Comp., rue d'Erfurth, 1.

Telle porte, telle colonne, tel temple, rappelait une victoire, un fait d'armes, un trait de bravoure éclatante, un acte de reconnaissance envers le Dieu des armées. Des routes militaires furent créées pour faciliter les communications de toute nature, ainsi que de nombreux aqueducs pour établir des conduits d'eau dans les localités où cet élément était insuffisant aux besoins des habitants et des gens de guerre.

Les Francs, dont la civilisation était encore à faire, ne nous ont légué aucun monument remarquable, ils se sont bornés à ériger quelques tombeaux, dans la pensée d'éterniser la mémoire de ceux de leurs généraux et de leurs rois qu'ils avaient le plus affectionnés. Ce ne fut qu'au commencement du onzième siècle qu'on vit s'élever ces portes monumentales des places fortes, qu'un nouveau système de fortification devait plus tard faire disparaître.

Les premières grandes constructions militaires que l'on eut à remarquer, du onzième au douzième siècle, sont le donjon du château de Loches, le château Gaillard d'Andely, le château d'Arques, et quelques autres encore dont nous donnerons la description historique et l'appréciation artistique.

Les treizième, quatorzième et quinzième siècles ne se distinguent, à quelques exceptions près, par aucun édifice digne de fixer l'attention. Le pont militaire de Valendre, à Cahors, et un petit nombre d'établissements de bienfaisance, sortent, seuls, de la ligne suivie jusqu'alors.

La longue période qui commence au règne de Louis XIV et se continue jusqu'à nos jours se signale particulièrement par les créations architecturales les plus grandioses. On peut comprendre dans cette nomenclature les casernes, l'hôtel des Invalides, l'Ecole militaire, les arcs de triomphe, les colonnes élevées à la gloire de nos armées, les ponts, les fontaines, et une foule d'autres monuments militaires.

Les faits immortels qui se rattachent à ces œuvres de l'art, les nobles enseignements historiques qu'ils rappellent, trouveront sans doute près de nos lecteurs l'intérêt que doivent inspirer à tout Français les glorieux souvenirs de nos annales anciennes et modernes.

Le capitaine SICARD.

Membre de plusieurs sociétés savantes françaises et étrangères, auteur de l'*Histoire des Institutions militaires des Français*.

Château d'Angers

AIGUILLE DE VIENNE (départementde l'Isère).
Ce monument, qui, suivant une tradition locale, ne serait
rien moins que le tombeau de Ponce Pilate, est situé à cinq
cents mètres de Vienne, près de la porte d'Avignon, entre
la route et le Rhône. Cette pyramide, connue aujourd'hui
sous le nom de *Plan-de-l'Aiguille*, s'élève sur un socle
en pierres de taille, assemblées sans chaux ni ciment, et
couronné d'un entablement. Les angles sont ornés d'une
colonne engagée, et les quatre faces sont percées d'une
arcade. La hauteur totale de l'édifice est de 26 mètres, y
compris la base.

Ce monument, l'un des mieux conservés, mais auquel
on n'a pu assigner de date certaine, paraît cependant ne
pas remonter au delà des premiers temps de la conquête
des Gaules par les Romains. D'autres traditions assurent
qu'il recouvre le tombeau de l'un des lieutenants de César.

AJACCIO (Colonne napoléonienne, a). Une colonne
monumentale, en granit du pays, a été élevée dans cette
ville à la mémoire de l'empereur Napoléon. Elle surmonte
la fontaine en marbre construite sur la grande place.

Le fût de cette colonne, dont la première pierre a été posée le 25 juin 1857, est couronné de la statue de Napoléon.

Ce monument, qui repose sur un piédestal, a 52 mètres 48 centimètres d'élévation.

ANGERS (Château d'), département de Maine-et-
Loire. Cette forteresse, commencée sous le règne de Philippe-Auguste, et achevée sous celui de Louis IX, s'élève
à près de 52 mètres au-dessus de la Mayenne. Elle
est entourée de huit grosses tours en pierre d'ardoise, qui
lui donnent un aspect triste et imposant; elle est environnée d'un fossé taillé dans le roc, de 29 mètres 23 centimètres de largeur, sur 10 mètres 71 centimètres de
profondeur. Sa destination actuelle est de servir de prison
et de recevoir des dépôts de poudre de guerre.

ANTOINE (Arc de triomphe du faubourg saint-), à
Paris. Cet édifice, situé à l'extrémité du faubourg de ce
nom, fut élevé en mémoire de la conquête de la Flandre
et de la Franche-Comté par Louis XIV. Colbert, qui en
avait conçu le projet, en confia la direction à Charles Perrault, et l'exécution à l'architecte Guitard.

Commencé en 1669, la première pierre n'en fut posée
que le 6 août 1670. Le peu d'intérêt que Louis XIV parut
prendre à ce monument de sa gloire en compromit l'érection. Cette indifférence du monarque se communiqua du
ministre aux magistrats de la capitale, et la maçonnerie
de cet arc de triomphe ne s'éleva qu'à la hauteur des piédestaux. Toutefois Colbert, voulant juger de l'effet de

cette construction, la fit achever en plâtre. Cet essai
n'ayant produit aucun résultat avantageux sur l'esprit du
roi, les travaux se traînèrent lentement, et ce monument,
quoique d'une grande beauté, si l'on en juge d'après la
gravure qu'en a faite Leclerc, ne fut point continué. Le
régent en ordonna l'entière destruction en 1716, peu de
temps après la mort de Louis XIV. La dépense, qui s'é-
leva à 513,755 livres fut sacrifiée sans avantage pour les
arts.

Les inscriptions proposées pour ce monument soule-
vèrent entre les littérateurs contemporains une longue et
sérieuse polémique sur la question de savoir si les inscriptions monumentales devaient être en langue latine ou
française; si l'on devait, pour parler aux Français, employer leur langue naturelle, de préférence à une langue
ancienne et étrangère. Plusieurs volumes furent écrits sur
cette matière.

ANTOINE (Porte saint-), à Paris. L'ancienne porte
située à l'extrémité de la rue Saint-Antoine, et dont la
construction datait de 1585, fut agrandie et restaurée, en
1670 et 1671, par l'architecte Blondel. Elle avait été primitivement ornée de plusieurs bas-reliefs sculptés par
Jean Goujon.

Blondel convertit cette porte en arc de triomphe en
l'honneur de Louis XIV, et agrandit ce monument en
ajoutant à l'ancienne arcade deux autres arcades latérales
de la même hauteur.

La façade du côté du faubourg était la plus riche en ornement; celle du côté de la ville se faisait remarquer par
la coupe des pierres, des cerceaux en cul-de-four qui sur-
montaient les trois portiques. Cette porte était chargée du
buste de Louis XIV et de la figure du soleil placée dans
les métopes de la frise dorique. Du côté de la ville, au-
dessus de la porte du milieu, on voyait un trophée d'armes; au centre, un globe éclairé par le rayon de l'astre
que ce roi avait pris pour emblème.

L'édifice était couronné par un attique; à ses deux
extrémités s'élevait un obélisque terminé par une fleur de
lis; au milieu figurait une statue allégorique, tenant en
main une torche ardente.

Cette porte, défendue du côté du faubourg par une
demi-lune, fut le théâtre de plusieurs événements qu'il
serait trop long d'énumérer ici. Elle fut démolie en 1778.

AQUEDUCS. Ouvrages en maçonnerie, destinés à
faciliter le passage d'un cours d'eau d'un lieu dans un
autre.

Les Romains ont surpassé tous les peuples anciens et
modernes dans la construction de leurs *aquæ ductus*
(conduits d'eau). Les historiens en font remonter l'usage
vers l'an 441 de la fondation de Rome.

Presque tous ces aqueducs portaient les noms de ceux
qui les avaient fait construire, ou celui des eaux qu'ils
conduisaient.

Parmi les aqueducs antiques établis dans les Gaules, et
dont il nous reste encore de nombreux vestiges, on peut
citer le pont du Gard, l'aqueduc de Metz, celui d'Arcueil, etc., etc., dont il sera parlé plus bas.

ARC DE TRIOMPHE. Monument construit en
maçonnerie, et formant un massif isolé de forme rectangu-
laire, percé dans son milieu d'une porte ou arcade en
plein cintre, surmonté d'un entablement et quelquefois
d'un attique.

L'ordre observé pour la construction de ces sortes d'édifices n'était pas toujours le même. On voit, en effet, des
arcs de triomphe composés de trois arcades : celle du milieu, ordinairement plus élevée, et deux arcades latérales
de moindre dimension; d'autres en ont cinq, trois sur la
face et une sur chaque flanc.

Ces arcs sont ornés de bas-reliefs représentant les
actions principales des guerriers en faveur desquels ils
avaient été élevés, de colonnes engagées ou en saillie;
quelquefois l'attique qui règne au-dessus de l'entablement
porte un quadrige en bronze (1).

Ce genre d'architecture appartient exclusivement aux

____

(1) On donne le nom de quadrige à un char attelé de quatre
chevaux.

Romains. Il a été inventé pour éterniser le souvenir des victoires éclatantes remportées sur les ennemis de l'Etat. Le général qui obtenait les honneurs du triomphe passait sous l'arche du milieu, suivi du butin et des prisonniers faits sur les peuples vaincus. Le reste du cortége suivait, ou passait sous les arcades latérales.

Dans les premiers temps de la puissance militaire de Rome, ces arcs ne consistaient qu'en un échafaudage en bois recouvert de toiles peintes, sur lesquelles étaient représentées les actions glorieuses du triomphateur. Mais, lorsque la république se fut enrichie des dépouilles des peuples qu'elle avait su vaincre, ces ornements, sans consistance et sans durée, furent remplacés par des édifices en maçonnerie, chargés de transmettre le nom et la gloire du vainqueur aux générations à venir. C'est pour leur donner plus de solidité qu'on y employa la pierre, le marbre et le bronze.

ARCUEIL (Aqueduc d'). L'ancien aqueduc de ce nom, construit par les Romains pour alimenter les fontaines au sud-est de Paris, et principalement le palais des Thermes, est situé à deux lieues est de la capitale. On remarque encore d'assez beaux fragments de ce monument, consistant en deux arcades assez bien conservées.

Des siècles s'étaient écoulés depuis que les sources qui fournissaient ces eaux s'étaient taries ou perdues, lorsque, sous le règne de Henri IV, les ruines de l'aqueduc romain donnèrent l'idée de rechercher les eaux qui avaient été dirigées vers le palais des Thermes. Des fouilles et des tranchées furent commencées dans ce but en 1609; la mort du roi vint un instant arrêter ce projet. Cependant les sources de Rungis ayant été découvertes en 1612, des architectes furent envoyés sur les lieux; et, après des études suivies, ce monument fut définitivement résolu. Le 17 juillet 1613, Louis XIII, accompagné de la reine régente, sa mère, vint poser la première pierre du nouvel aqueduc, élevé près de l'ancien. La direction en fut confiée à Jacques Desbrosses. Cet édifice, achevé en 1624, conduisit en même temps à Paris les eaux de Rungis et celles d'Arcueil.

Une partie de cet aqueduc, qui a environ 200 toises de long sur 12 de haut dans sa moindre élévation, traverse le vallon d'Arcueil sur vingt-cinq arches de 24 pieds de diamètre. Neuf sont à jour et servent à l'écoulement de la rivière qui passe sous les deux arches du milieu.

Dans l'intérieur du canal où coulent ces eaux sont pratiquées, de chaque côté, des banquettes d'un bout à l'autre, pour y marcher à pied sec. Cet ouvrage, digne, par son exécution, de rivaliser avec les plus beaux aqueducs des Romains, est voûté et recouvert de grandes pierres de taille. Ce morceau d'architecture est également imposant par ses formes et par sa grandeur.

La longueur totale de la conduite des eaux d'Arcueil à Paris est de 6,600 toises. Ces eaux alimentent la *Fontaine de Saint-Michel*, sur la place de ce nom; la *Fontaine Sainte-Geneviève*, vers la partie supérieure de la rue Montagne-Sainte-Geneviève; la *Fontaine du Pot-de-Fer*, au coin de la rue de ce nom et celle Mouffetard; la *Fontaine des Carmelites*, rue Saint-Jacques, et la *Fontaine Saint-Sulpice*, sur la place de ce nom.

ARLES (Obélisque d'), Bouches-du-Rhône. Ce monolithe en granit est l'unique monument de ce genre exécuté hors de l'Egypte par les Romains. Il fut découvert en 1389 et retiré de terre sous le règne de Charles IX. Erigé sur la grande place d'Arles en 1676, on plaça à sa cime un globe fleurdelisé. Des inscriptions gravées sur son piédestal le dédièrent à Louis XIV, dont la gloire commençait à se répandre en Europe.

L'obélisque a 47 pieds de long, 5 pieds 5 pouces à sa base, et porte sur quatre lions; le piédestal a 14 pieds de hauteur; le monument entier 62 pieds d'élévation. Il est d'un aspect noble et agréable, et parfaitement en rapport avec l'étendue de la place qu'il décore.

La ville d'Arles possède encore plusieurs autres débris de monuments antiques, entre autres, les deux colonnes de granit qui se trouvent sur la place Saint-Lucien; elles sont adossées au mur d'une maison et soutiennent l'angle d'un fronton d'ordre corinthien.

ARQUES (Château d'), département de la Seine-Inférieure. Cette forteresse, construite au commencement du onzième siècle, était flanquée de quatorze tours et environnée de fossés profonds. Elle a soutenu un grand nombre de siéges. Philippe-Auguste tenta, sans succès, de s'en rendre maître en 1202. Talbot et Warwick la prirent en 1419; mais elle fut rendue à Charles VII par un des articles de la capitulation de Rouen. Le 22 septembre 1589, Henri IV y remporta une victoire signalée sur le duc de Mayenne. Ce combat est le dernier événement important dont Arques ait été le théâtre. On n'a pas oublié ces mots que le roi écrivait, au sujet de cette victoire, à l'un de ses généraux qu'il affectionnait le plus.: « Pends-toi, brave Crillon, nous avons combattu à Arques, et tu n'y étais pas. »

Le château fut démoli en 1763.

ARROUX (Porte d'), à Autun, département de Saône-

Porte d'Arroux.

et-Loire. Parmi les vestiges d'antiquités que l'on remarque encore dans cette ville, on peut citer :

1° Les traces des anciens murs de la période éduenne, formés de pierres de taille, juxtaposées sans ciment avec une précision qui ferait croire que chaque pan de muraille est un monolithe ;

2° Une pyramide plus grossière, que l'on suppose avoir surmonté le tombeau de Divitiacus, chef des Éduens, et qu'on appelle dans le pays pierre de Couhar ;

3° La porte romaine dite d'Arroux, du nom de la rivière qui coule à peu de distance, et celle connue sous le nom de porte Saint-André. Ces deux portes, assez bien conservées, sont en forme d'arc de triomphe, hautes de 17 mètres, larges de 19, avec deux grandes arches pour le passage des voitures, et deux petites pour les piétons, supportant un entablement au-dessus duquel s'élève une galerie ouverte dont il ne reste que sept arcades de dix qu'elle avait. Ces deux monuments sont justement admirés par la noblesse et l'élégance des proportions. Aucune inscription n'indique la date précise de leur érection.

4° Enfin, des aqueducs et un pont romain complètent la nomenclature de ces antiquités militaires de l'ancienne capitale des Éduens.

ARSENAL de Paris. Le premier arsenal de la ville de Paris, celui du moins dont l'existence est la plus authentique, était situé dans l'enceinte du Louvre. Dans les comptes des baillis de France, rendus en 1295, il est parlé des *arbalètes*, des *nerfs* et des *cuirs de bœuf*, du *bois*, du *charbon* et *autres menues nécessités de l'artillerie*. Les comptes des domaines des treizième, quatorzième et quinzième siècles, sont remplis des noms et des pensions de ceux qui en avaient la direction : ils y sont désignés sous les noms d'*artilleurs ou canonniers-maîtres des petits engins, gardes et maîtres de l'artillerie*. D'autres documents constatent qu'en 1391 la troisième chambre de la cour du Louvre était remplie d'armes, qu'on déplaça pour y mettre des livres, et que l'année suivante la basse-cour, qui était du côté de l'église de Saint-Thomas-du-Louvre, servait d'arsenal. On voit encore que Jean de Poissy fut nommé maître de ce château le 22 février 1397.

On comptait autrefois plusieurs annexes de l'arsenal particulier de la ville, contenant des dépôts d'armes et de munitions de guerre. Ces dépôts étaient établis à l'hôtel Saint-Paul, à la tour du Temple et à la Tournelle. Mais la plus considérable de ces annexes était située sur les bords de la Seine, derrière les Célestins, dans une partie de terrain qu'on nommait anciennement le *Champ-au-Plâtre*, qui s'étendait assez loin le long de la rivière, c'était la tour de Billy. En 1396, Charles VII donna une partie de cet emplacement au duc d'Orléans, son frère, qui y fit construire un hôtel. Le reste fut occupé par des granges et autres bâtiments destinés à recevoir un matériel assez considérable de munitions de guerre. Cet endroit et ses dépendances reçurent le nom de *Granges de l'artillerie de la ville*.

Le 19 juillet 1538, la foudre tomba sur la tour de Billy, mit le feu à deux cents tonneaux de poudre qui y étaient renfermés et la détruisit entièrement ; quelques bâtiments furent renversés, et des pierres furent lancées jusqu'aux abbayes Saint-Antoine et Saint-Victor. Corrozet rapporte que la commotion se fit sentir jusqu'à Melun et qu'elle fit périr les poissons de la Seine. Cet événement nécessita la construction d'un nouvel arsenal, que l'on établit sur les ruines de la tour de Billy.

En 1533, François Ier emprunta une des granges servant à l'artillerie de la ville pour y fondre des canons, avec promesse de la rendre dès que la fonte serait finie. Henri II, voulant faire construire de nouveaux fourneaux, demanda à la ville, en 1547, l'autre partie du bâtiment et fit proposer aux prévôts des marchands et aux échevins de lui céder la totalité de l'emplacement, sous condition de donner un dédommagement à la ville. L'offre fut acceptée et la promesse royale bientôt oubliée. Ce prince, devenu ainsi maître de tout l'arsenal, y fit construire des logements pour les officiers et pour les ouvriers de l'artillerie. En 1540, on y établit deux vastes fonderies de canons,

des moulins à poudre et deux grandes halles ou hangars. L'explosion d'un magasin à poudre détruisit, le 22 janvier 1562, presque tous les bâtiments de l'arsenal ; des sept moulins qu'on y comptait, quatre furent détruits, les autres endommagés ; les granges, les hangars disparurent sous la cendre ; trente personnes y furent blessées, trente-deux y perdirent la vie. Charles IX éleva sur ces ruines de nouveaux bâtiments, construits sur un plan plus vaste et mieux approprié à sa destination. Henri IV fit faire de grandes améliorations à l'arsenal, qu'il augmenta, en 1600, de quelques ailes, d'un jardin, d'un bastion et d'un mail. Ce dernier, qui longeait la Seine jusqu'à l'entrée de la rue du Petit-Musc, a été détruit vers le milieu du dix-huitième siècle, avec le bastion et les fossés qui l'entouraient.

Louis XIII et Louis XIV ajoutèrent encore quelques nouvelles bâtisses à cet établissement et firent orner l'intérieur d'un riche ameublement. Une grande partie des constructions furent détruites en 1715. Trois ans après s'élevèrent, sous la direction de l'architecte Germain Boffrand, les deux façades qui existent encore aujourd'hui.

L'arsenal était divisé en deux parties, le *grand* et le *petit arsenal* ; le premier avait cinq cours, le dernier en comptait deux : ces cours communiquaient entre elles et servaient à faciliter les mouvements des ouvriers. Les appartements du corps principal étaient occupés par le grand-maître et son état-major ; l'autre était habité par le contrôleur général et par les personnes de l'administration. Sully habita cette demeure pendant presque toute la durée de son ministère ; c'est là qu'il recevait les visites et les confidences de son maître. Après lui, le gouverneur de Paris, des maréchaux de France et autres grands officiers de la couronne y établirent leur résidence.

L'arsenal changea de destination sous le règne de Louis XIV. Ce prince ayant fait établir des fonderies de canons sur les frontières des pays menacés par ses armes, celles de la capitale cessèrent d'être employées pour cet usage. Toutefois, on utilisa le matériel de l'établissement, en le faisant servir à la fonte des statues qui devaient décorer les jardins de Marly et de Versailles.

A l'aspect extérieur du bâtiment, on a peine à croire que, pendant près de trois siècles, il ait été habité par les plus grandes illustrations militaires de cette période. La façade située au nord n'annonce qu'une demeure fort modeste. Les deux portes qui lui servent d'entrée sont d'une architecture médiocre et sans élégance. Les escaliers, massifs et mal disposés, ne font pas plus d'honneur à l'architecte. Cependant, en pénétrant dans l'intérieur, on revient bientôt de l'impression défavorable produite par la vue du dehors. Le temps a respecté plusieurs appartements, décorés avec luxe par les soins de Henri IV. On y remarque de belles sculptures, faites dans les compartiments des plafonds, plusieurs tableaux, des arabesques d'un très-bon goût, des panneaux peints avec art et de riches moulures. Au milieu de ces peintures et de ces ornements, on rencontre souvent le chiffre de Marie de Médicis et le croissant qui figure dans les armes de sa famille.

La grande porte, construite en 1584, était du côté du couvent des Célestins, et en face du quai qui porte ce nom. Elle était décorée de quatre canons au lieu de colonnes. Au-dessus était une table de marbre noir, sur laquelle on lisait ce distique de Nicolas Bourdon, poëte contemporain des deux derniers Henri :

ÆTNA HÆC HENRICO VULCANIA TELA MINISTRAT,
TELA GIGANTEOS DEBELLATURA FURORES.

(Les volcans de Vulcain fournissent ces foudres à Henri ; ces foudres qui écraseront les fureurs des géants.)

L'architecture de la deuxième porte était d'un meilleur goût. On prétend que les ornements en avaient été sculptés par Jean Goujon.

L'arsenal, depuis longtemps inutile, fut supprimé par édit du mois d'avril 1788, et son emplacement destiné à la construction d'un nouveau quartier de Paris. Quoique l'exécution de cette ordonnance n'ait pas eu lieu, l'établissement n'en subit pas moins successivement les changements que nous allons rapporter.

Une partie de la porte principale et le pavillon situé à l'entrée de la grande cour furent abattus et formèrent la *rue de Sully*, qui se prolonge jusqu'au nouveau boulevard, commencé en 1806 ; c'est ce pavillon qui réunissait les deux parties du bâtiment où se trouve la bibliothèque.

Le nouveau boulevard, ou boulevard Bourdon, remplaça le jardin ; on forma de l'esplanade (l'ancien mail), qui suivait le bord de la rivière depuis les Célestins jusqu'au fossé, le *quai des Célestins* ; la démolition d'une grande partie du petit Arsenal servit à la construction de la *rue Neuve de la Cerisaie*, qui donne sur le même boulevard. En 1807, on commença à bâtir, sur la partie restante du jardin et le long du boulevard, le vaste édifice connu sous le nom de *Grenier d'abondance*. Les deux bâtiments qui existent aujourd'hui sont occupés par la bibliothèque, par l'administration générale et par la raffinerie des salpêtres.

AUGUSTE (Porte d'), à Nîmes, départem. du Gard. Cette porte, qui faisait face à la route de Rome par la voie Domitienne, et était, sous les Romains, la principale entrée de la ville, a été découverte lors de la démolition des remparts élevés en 1194, sous le règne de Raymond V, comte de Toulouse. On y lit l'inscription suivante :

> IMP. CAESAR. DIVIF. AVGVSTVS. COS. XI.
> TRIB. POTEST. VIII. PORTAS. MVROS. COL. DAT.

(L'empereur César Auguste, fils du divin César, étant consul pour la onzième fois, la huitième année de sa puissance tribunitienne, a donné des portes et des murs à la colonie.)

AUGUSTE (Temple d') et de **LIVIE**, à Vienne, département de l'Isère. Ce monument, qui paraît avoir été consacré à la gloire de l'empereur Auguste, a 60 pieds de

longueur sur 40 de largeur ; il était ouvert de tous côtés. Les colonnes ont 8 mètres 12 centimètres de hauteur, en y comprenant les chapiteaux et les bases ; elles étaient cannelées.

Transformé en église en 1089, les entre-colonnes de cet édifice furent murés, et on brisa les cannelures lorsqu'on en remplit les intervalles.

Voici comment on a cru pouvoir restituer l'inscription, d'après les traces des clous au moyen desquels les lettres étaient attachées :

> CON. SEN. DIVO. AVGVSTO OPTIMO MAXIMO.
> ET DIVAE AVGVSTAE.

(Avec le consentement du sénat, au divin Auguste très-bon et très-grand, et à la divine Augusta.)

Ce temple est aujourd'hui converti en musée d'antiquités.

AUSTERLITZ (Pont d'), à Paris. Le pont d'Austerlitz reçut cette dénomination en mémoire de la bataille de ce nom, gagnée par l'empereur Napoléon sur l'armée russe le 2 décembre 1805. Commencé en 1802, il était ouvert aux piétons le 1er janvier 1806, et aux voitures le 5 mars 1807. Il communique du Jardin des Plantes aux environs de la place de la Bastille et des boulevards qui y aboutissent.

Ce pont a été construit sous la direction de l'ingénieur en chef Lamandé, d'après les dessins de M. Becquey-Beaupré, aux frais d'une compagnie qui devait en percevoir le péage pendant soixante ans.

Les culées et les piles sont construites en pierres de taille et fondées sur pilotis. Cinq arches en fer fondu présentent chacune une portion de cercle ; leur dimension moyenne est de 25 mètres ; la largeur entre les têtes est de 12 mètres, et la largeur totale du pont, entre les culées, de 130 mètres.

Le pont d'Austerlitz, d'une solidité à toute épreuve, est le second, à Paris, dont les arches aient été construites en fer. Si l'on en excepte les masques en métal qui ornent les extrémités des solives, il ne présente d'autres ornements que la beauté de ses proportions.

A la rentrée des Bourbons, les Russes ayant exigé que son nom lui fût enlevé, une ordonnance royale lui assigna celui de *Pont du Jardin du roi*. Mais le peuple lui a conservé sa première dénomination, qui réveille de si glorieux souvenirs.

AUTUN (Borne milliaire d'), département de Saône-et-Loire. On découvrit à Autun, il y a quelques années, une borne milliaire qui paraît dater des premiers temps de la conquête des Gaules par Jules César. C'est une pierre carrée indiquant en milles romains les distances qui séparaient cette capitale des Eduens des villes de la Bourgogne. Cette pierre a été déposée dans le musée départemental. (Voy. Bornes milliaires.)

AUXERRE (Arc d'), département de l'Yonne. — Il existait dans cette ancienne ville, autrefois si féconde en monuments historiques, un arc de triomphe élevé en mémoire de Jules César. Cet édifice avait disparu quelques années avant la révolution de juillet 1830, on ne sait trop pour quel motif, ou plutôt sous quel prétexte d'utilité publique. Il est regrettable qu'aucune relation n'ait fait connaître, avant son entière destruction, la description de cet antique morceau d'architecture romaine, que l'on croit avoir précédé les premiers monuments de ce genre dans les Gaules.

BASTILLE ou **BASTIDE** (La). Forteresse qui défendait l'entrée de Paris, du côté du faubourg Saint-Antoine. — Dans le moyen âge, où donnait le nom de *Bastide* ou *Bastille* aux portes fortifiées et aux fortifications passagères élevées hors des murs d'une place, pour l'attaque ou pour la défense.

Une première porte fortifiée fut élevée par Etienne Marcel, prévôt des marchands, dans l'emplacement que nous venons d'indiquer : elle était flanquée d'une bastille ou petit bastion de peu d'importance.

Charles V, qui habitait l'hôtel Saint-Paul, peu distant de cette porte, voulant préserver cette habitation d'une attaque subite, ordonna que les fortifications existantes seraient reconstruites sur un plan plus vaste. Hugues Aubriot, prévôt de Paris, en posa la première pierre le 22 avril 1370. Ces travaux achevés en 1382, l'hôtel habité par le roi se trouva dans un état de défense respectable. Telle est l'origine de la Bastille.

Cette forteresse n'eut d'abord que deux tours, celle du *Trésor* et celle de la *Chapelle*, toutes deux isolées, et dont chacune défendait un des côtés du chemin qui conduisait à Paris. On en éleva bientôt deux autres derrière ces premières, que l'on nomma plus tard de la *Bertaudière* et de la *Liberté*. On était obligé de passer par ces quatre tours pour entrer dans Paris. En 1383, Charles VI en fit élever quatre nouvelles, qui furent réunies entre elles par des murs de huit pieds d'épaisseur.

De nouvelles fortifications, élevées en 1553 par Henri II, étaient achevées en 1559. Ces derniers travaux consistaient en une courtine flanquée de bastions bordés de fossés larges et profonds.

En même temps que des réparations indispensables s'exécutaient en 1634, on ajoutait d'autres fortifications au château, dont on agrandissait aussi les dépendances. Sous le règne de Louis XV, on y construisit plusieurs bâtiments pour servir de logement au personnel de l'état-major du gouverneur.

Cette immense forteresse présentait un parallélogramme défiguré par les deux tours du milieu formant avant-corps. On y entrait par une porte donnant sur la rue Saint-Antoine. Les huit tours crénelées dont elle était garnie se trouvaient placées, savoir :

Du côté de la ville :

1° La *Tour du Puits*, qui prenait son nom d'un puits voisin servant à l'usage des cuisines ;

2° La *Tour de la Liberté*, dont on ignore l'étymologie;

3° La *Tour de la Bertaudière*, du nom d'un prisonnier qui y fut enfermé ;

4° La *Tour de la Bazinière*, parce que M. de la Bazinière y resta longtemps détenu.

Du côté du faubourg :

1° La *Tour du Coin*, ainsi appelée de ce qu'elle formait l'angle de l'édifice du côté de la campagne;

2° La *Tour de la Chapelle*, à cause de sa proximité de la chapelle, qui se trouvait sous la voûte de l'ancienne porte de la ville ;

3° La *Tour du Trésor*, qui prit ce nom depuis que Henri IV fit déposer le trésor de la couronne, sous la garde du duc de Sully ;

4° La *Tour de la Comté*, ainsi nommée du comte de Saint-Pol, qui y fut décapité.

Chaque tour, disposée à recevoir du canon, était partagée en cinq étages.

Parmi les événements les plus remarquables dont la Bastille a été le théâtre, on peut citer les suivants :

Dans le mois d'août 1418, les Armagnacs, s'y étant réfugiés, y furent assiégés par les Bourguignons, qui s'en emparèrent après une assez vive résistance. Les prisonniers furent massacrés par le peuple au moment où on les conduisait au Grand-Châtelet.

Lorsque, le 3 avril 1436, Charles VII eut repris Paris aux Anglais, tous les ennemis qui se trouvaient dans la ville se réfugièrent à la Bastille. Ils étaient décidés à s'y défendre vigoureusement, mais ils étaient si nombreux que leurs provisions furent bientôt épuisées ; ils se virent forcés de capituler, et se retirèrent en payant une forte rançon.

Investie par les frondeurs, le 11 janvier 1649, elle capitula le 13 du même mois, après avoir essuyé cinq ou six coups de canon. La garnison se composait de vingt-deux défenseurs, tous soldats invalides.

On sait que, lors du fameux combat de la porte Saint-Antoine, entre Condé et Turenne, l'armée du prince ne dut son salut qu'au canon de la Bastille, qui protégea sa retraite dans Paris.

Enfin, la Bastille fut assiégée, pour la dernière fois, le 14 juillet 1789. Ce fut le peuple de la capitale qui se chargea de la faire capituler après quatre heures de combat. — La vieille forteresse fut démolie et une partie des matériaux qu'on en tira servit à la construction du pont de la Concorde. Voyez Juillet (Colonne de).

La Bastille avait aussi ses cachots humides et obscurs, ses basses-fosses, ses oubliettes, où on laissait les prisonniers mourir de froid et de faim. On découvrit, pendant les mois de mai et juin 1790, lors de la démolition de cette forteresse, des squelettes humains enchaînés, qui furent transférés dans le cimetière de la paroisse Saint-Paul.

La Bastille, dont les fortifications avaient été considérablement augmentées, dans le but de mettre Paris à l'abri d'un coup de main de la part des Bourguignons et des Anglais, changea de destination lorsque les craintes d'invasion eurent cessé : elle devint prison d'État.

On compte parmi les principales victimes qui y furent enfermées :

Le connétable de Saint-Pol, accusé du crime de lèse-majesté, qui y entra le 27 novembre 1475, et y fut décapité le 19 décembre suivant.

Jacques d'Armagnac, duc de Nemours et comte de la Marche, décapité aux halles le 4 août 1477, pour crime de haute trahison.

En 1589, le parlement y fut conduit arbitrairement par Bussy-Leclerc, dévoué au duc de Guise, ce redoutable chef de la Ligue.

Le maréchal duc de Byron, qui y eut la tête tranchée le 31 juillet 1602.

Le maréchal de Bassompierre, victime de la haine du cardinal de Richelieu, en 1631. Il en sortit à la mort du célèbre ministre. Lorsqu'il se présenta à la cour, peu de temps après, Louis XIII l'accueillit favorablement et lui demanda son âge. Le maréchal, qui avait alors soixante ans, dit au roi qu'il n'en avait que cinquante. Cette réponse ayant paru surprendre le monarque. « Sire, lui dit l'habile courtisan, je retranche dix années passées à la Bastille, parce que je ne les ai pas employées au service de Votre Majesté. »

Le surintendant général des finances, Nicolas Fouquet, accusé de concussion, fut enfermé à la Bastille en 1663.

Le masque de fer y entra le 18 septembre 1698.

Arouet de Voltaire, le 17 mai 1717, pour avoir publié des vers contre le régent et la duchesse de Berri (1)

Le lieutenant général Lally-Tolendal, en 1762, comme prévenu d'avoir perdu, par son impéritie, nos établissements français dans l'Inde.

L'avocat Linguet y est entré quelques années avant la révolution de 1789. Il s'y occupait à écrire des Mémoires contre le gouvernement, lorsqu'un jour un individu à mine suspecte entra dans son cachot : « Pourquoi me dérangez-vous ? lui dit-il avec l'accent de la colère. — Monsieur, je suis le barbier de la Bastille. — Ceci est bien différent, mon cher ; puisque vous êtes le barbier de la Bastille, faites-moi le plaisir de me raser. » Et Linguet se remit à écrire.

BERNARD (Arc de triomphe de la porte Saint-), à Paris. Elle était située sur le quai de la Tournelle, un peu au-dessus du pont de ce nom, et s'appuyait contre l'ancienne forteresse de la Tournelle. Elle avait remplacé une ancienne porte qui faisait partie de l'enceinte de Philippe-Auguste. — Reconstruite en 1606 et 1608 par les soins du prévôt des marchands Miron, elle portait à cette époque le nom de la *Tournelle*; ce ne fut qu'après sa reconstruction, sous le règne de Louis XIV, qu'elle prit celui de *Saint-Bernard*, que portait le quai situé en dehors.

On confia à Blondel le soin de convertir cette porte en un arc de triomphe. Commencé en 1669, ce monument fut terminé en 1674. Il se composait de deux portiques d'égales dimensions. Au-dessus, du côté de la ville, comme du côté du faubourg, régnait un bas-relief qui occupait presque toute la largeur de l'édifice. Celui qui regardait la ville présentait Louis XIV vêtu à la manière des héros de la Grèce, la tête et les épaules couvertes de sa vaste perruque, et assis sur un trône. Les divinités de la mer lui offraient des hommages et divers présents, qu'il distribuait ensuite à la ville de Paris. Cette cité était figurée par une femme à genoux devant le roi, et lui tendant les bras en suppliante.

Du côté du faubourg, le bas-relief représentait Louis XIV aussi ridiculement costumé que dans le précédent, monté sur la poupe d'un navire voguant à pleines voiles, et poussé par des matelots et des tritons. Ces sculptures, ainsi que les figures de six vertus, placées au-dessus des

____

(1) Voltaire qui, cette première fois, était sorti de la Bastille, le 11 avril 1718, y fut de nouveau incarcéré le 28 mars 1726 et en ressortit le 29 avril suivant.

impasses, étaient de Jean-Baptiste Tuby. Chaque bas-relief était surmonté par un entablement, et l'entablement par un attique, où se lisait, du côté de la ville, cette inscription :

LUDOVICO MAGNO ABUNDANTIA PARTA PRÆF. ET ÆDIL.
P. CC AN. D. 1674.

Et, du côté du faubourg, celle-ci :

LUDOVICI MAGNI PROVIDENTIÆ PRÆF. ET ÆDIL.
P. CC. AN. D. 1674.

On reconnut que cet arc de triomphe, élevé dans un quartier populeux et très-resserré, en gênait la circulation, et on en ordonna la démolition en 1787.

BESANÇON (Porte taillée et porte noire, a), département du Doubs. Cette ville, dont l'origine se perd dans la nuit des siècles, était déjà célèbre sous César ; elle devint, sous Auguste, la métropole de la grande Séquanie. Successivement embellie, elle possède un grand nombre d'antiquités romaines, parmi lesquelles nous mentionnerons les deux suivantes, qui appartiennent plus particulièrement au sujet que nous traitons.

PORTE TAILLÉE.

Cette porte a été percée dans un roc, par les Romains, vers le milieu du deuxième siècle, pour y faire passer l'aqueduc d'Arcier, qui amenait dans la cité des eaux abondantes et salubres. Les restes de ce canal se voient encore sur toute la longueur de la route, depuis la porte Rivotte jusqu'au village d'Acier, situé à deux lieues un quart de la ville.

La porte taillée est surmontée d'une maçonnerie établie entre les deux ouvertures du rocher et forme une espèce de tour crénelée, couronnée d'une embrasure. — Après la conquête de Besançon par Louis XIV, Vauban fit bâtir une petite tourelle qui domine le roc, pour y recevoir un poste d'environ cent hommes chargés de surveiller, en cas de siège, les approches de la place.

Château de Blois.

ARC DE TRIOMPHE CONNU SOUS LE NOM DE PORTE-NOIRE.

Cet arc de triomphe a été élevé à la mémoire de l'empereur Aurélien, qui s'occupa avec sollicitude de l'embellissement de la ville, qu'il dota d'un grand nombre de monuments d'utilité publique. On remarque entre autres le pont sur le Doubs, un amphithéâtre et un aqueduc. — Le temps a épargné quelques restes de ces deux monuments.

L'arc de triomphe, assez bien conservé, se compose d'un massif d'architecture avec une seule arcade. Ce monument, dont l'entrée n'est ménagée par aucune ouverture latérale, prit, dans le moyen âge, le nom de *Porte-Noire*, qui lui est resté.

BLOIS (Château de), département de Loir-et-Cher. On pense généralement que cet édifice a été élevé sous les rois de la première race, et sur les débris d'un fort construit par les Romains.

L'ancien château, situé à l'endroit même ou est assis l'édifice actuel, servit, pendant plusieurs siècles, de résidence aux comtes de Blois.

Les Normands s'emparèrent plusieurs fois de la ville et la pillèrent ; mais le château, qui avait été crénelé et entouré de fossés, résista constamment à toutes les attaques.

Quelques parties de ce château, l'un des plus anciens monuments de la ville, remontent au treizième siècle. On remarque, parmi les constructions de cette époque, la salle dite des États.

Le corps de logis situé à l'est a été bâti, en 1500, par Louis XII. Il forme aujourd'hui la façade d'entrée de l'édifice et se présente avec sa délicate maçonnerie en pierres et en briques, son portique à grosses nervures, surmonté à l'extérieur d'un riche dais, admirablement découpé, ses colonnes de baguettes se croisant en losange, et ses ornements d'une perfection exquise et d'une grande variété de dessins.

Le restaurateur des arts, François Ier, fit élever la façade du nord avec tout ce luxe de détails, avec cette profusion d'arcades, de pilastres, de chapiteaux, de sculptures, d'armoiries, d'emblèmes, de riches boiseries qui marquent l'époque de la renaissance, et la poétique école de Jean Goujon et de Philibert Delorme.

Le palais de Gaston d'Orléans, construit en 1638, par François Mansard, apparaît dans toute la pompe et avec la grave et majestueuse symétrie du style gréco-romain.

Les plus imposants souvenirs historiques sont comme déposés dans l'enceinte du château de Blois. C'est là que Louis XII et le cardinal d'Amboise, son ministre et son ami, s'assirent au même foyer, et préparèrent quelques-uns de ces sages règlements auxquels ce prince dut le glorieux surnom de *Père du peuple;* — là qu'en 1571 la gentilhommerie protestante, ayant alors pour chef l'amiral Coligni, fut sur le point de s'emparer du pouvoir et d'ajouter une incalculable complication religieuse au grand ébranlement social du seizième siècle; — là que se réunirent les états généraux de 1576, où le tiers-état, plus fervent ligueur que la noblesse et le clergé, força le roi à signer le pacte d'union du parti catholique; — là qu'en 1588 se tinrent les seconds états de Blois, où se dénoua l'immense drame de la Ligue, et que Henri III préféra se souiller du meurtre du duc de Guise que d'aller, comme le dernier Mérovingien, languir et s'éteindre dans un cloître avec la troisième race; — là que Marie de Médicis, veuve et mère de roi, fut tenue sous clef par le grand fauconnier de Louis XIII, et que, protégée par le duc d'Epernon, elle devint l'héroïne d'une dramatique intrigue de roman; — là, enfin, qu'en 1814, lorsque les armées ennemies menacèrent la capitale, l'impératrice Marie-Louise se retira et transporta le siége du gouvernement impérial et la régence.

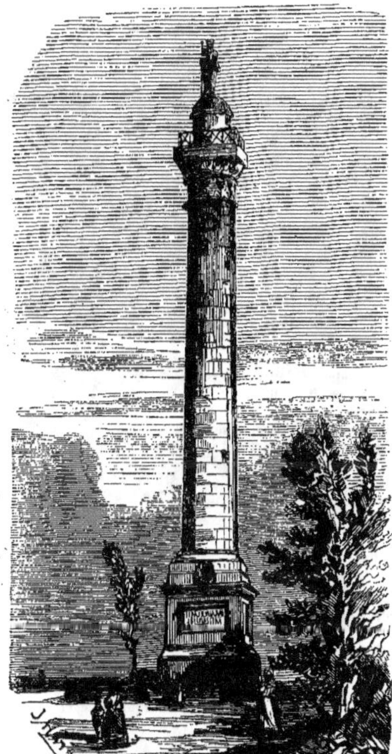

Le corps de bâtiment dit de Gaston d'Orléans ayant été converti en caserne par décision royale, on confia les travaux d'appropriation à M. le capitaine du génie Drouet, sous la direction de M. le colonel Paulin. Ces travaux, entièrement achevés en 1837, font aujourd'hui de cette partie du château un des plus beaux et des plus complets casernements de France, pouvant loger, au besoin, 2,400 hommes d'infanterie.

Les précautions les plus scrupuleuses ont été prises pour concilier les conditions d'utilité avec l'entière conservation des précieux vestiges de l'œuvre de Mansard, et de tous les ornements artistiques qui décorent les diverses parties de l'édifice.

BORNES MILLIAIRES. Lorsque les Romains eurent conquis les Gaules, ils élevèrent sur toutes les routes militaires des colonnes pour indiquer les distances d'un point à un autre, ainsi qu'ils le pratiquaient dans les États dépendants de la métropole. — A Rome, la première borne était au Forum, près du temple de Saturne. On lui donnait le nom de *Milliaire d'or,* parce qu'en effet c'était une colonne de ce métal, qui avait été érigée par Auguste, l'an 754 de la fondation de Rome, et à laquelle venaient aboutir toutes les routes de l'empire.

L'usage des bornes milliaires s'est conservé chez tous les peuples de l'Europe. En France, la principale est placée près de l'église Notre-Dame. C'est la borne centrale de toutes les routes nationales qui communiquent aux différents points de nos frontières. (Voyez Autun.)

BOULOGNE (Colonne monumentale de), département du Pas-de-Calais. Le projet d'une descente en Angleterre, formé par le directoire en 1798, fut repris par le premier consul, après la rupture du traité d'Amiens, avec toute l'ardeur qu'il apportait dans ses résolutions.

Tandis que des forces imposantes recevaient l'ordre de se diriger sur les côtes de l'Océan et de la Méditerranée, les chantiers de nos ports maritimes étaient mis en pleine activité.

Les finances de l'Etat se trouvant insuffisantes pour subvenir aux dépenses extraordinaires de la construction prompte et suivie des bâtiments de guerre indispensables à cette gigantesque entreprise, toutes les classes de citoyens y concoururent par des dons volontaires. Les corps de toutes armes imitèrent ce noble exemple de patriotisme, et, en peu de mois, tous les ports de l'Océan furent couverts de nombreuses flottilles.

C'est au sujet de cette expédition que le premier consul ordonna la formation de six camps (1). Pendant que ces armements s'organisaient, l'escadre de Toulon avait mission de rallier quinze vaisseaux espagnols et vingt-deux vaisseaux français. Ces forces navales réunies devaient composer un total de soixante-trois vaisseaux destinés à croiser dans la Manche durant le transport sur les côtes d'Angleterre des troupes de débarquement mises à bord des flottilles.

Le cabinet de Saint-James, justement alarmé des immenses préparatifs de la France, employa tous les ressorts de sa politique pour détourner le danger qui le menaçait. Son or vint en aide à sa diplomatie; il décida les puissances du nord de l'Europe à armer contre nous, leur donna des subsides, obtint même, tant il avait hâte de se préserver, que l'empereur François II ferait marcher ses armées sans attendre l'arrivée des secours promis par la Russie.

Telle fut l'origine de cette guerre célèbre de 1805, si connue sous le nom de *campagne d'Austerlitz.*

Le plus important des six camps dont la création avait été ordonnée fut établi à Boulogne, où le gouvernement réunit une armée de 150,000 hommes d'élite.

On se rappelle qu'à la première nouvelle du mouvement des Autrichiens sur la Bavière Napoléon expédia aux commandants des camps l'ordre de se rendre en poste

(1) Ces camps furent établis à Ostende, à Saint-Omer, à Boulogne, à Bourges, à Compiègne et à Bayonne.

sur le Rhin, et que, parti de Paris le 24 septembre, il signait le traité de Presbourg le 26 décembre suivant.

C'est en mémoire des souvenirs de cette guerre, des combats soutenus par la flottille contre les escadrilles anglaises et du camp de Boulogne, que fut élevée la *Colonne Napoléon*, consacrée par l'armée française à son empereur.

Un ordre du jour du 1er vendémiaire an XIII (23 septembre 1804) fit connaître ce vœu de l'armée. Les troupes de terre et de mer et le conseil municipal de Boulogne concoururent à la fondation de ce monument.

Le 18 brumaire an XIII (9 novembre 1804), le maréchal Soult posa la première pierre de la colonne, au bruit d'une bruyante salve d'artillerie, et en présence d'une immense population accourue de loin pour assister à cette solennité. Cette pierre portait pour inscription :

> Première pierre
> du monument décerné
> par l'armée expéditionnaire de Boulogne
> et la flottille
> A L'EMPEREUR NAPOLÉON,
> posée par le maréchal Soult, commandant en chef,
> 18 brumaire an XIII (9 novembre 1804),
> anniversaire de la régénération de la France.

Cette inscription repose dans les fondements de la colonne, sur un bloc de marbre de 81 centimètres de longueur, sur 65 centimètres de largeur ; son épaisseur est de 27 centimètres.

Une statue en bronze de l'empereur devait être élevée sur son couronnement. Vers la fin d'août 1805, avant de quitter Boulogne pour se rendre sur les différents points assignés à la grande armée, le maréchal, qui présidait à son érection, se rendit auprès de Napoléon, accompagné des membres de la commission, qu'il s'était adjoints, pour lui faire connaître les vœux de l'armée et lui demander les moyens d'exécuter la statue. « Sire, lui dit le maréchal, prêtez-moi du bronze ; je vous le rendrai à la première bataille. » Quelques mois après, il acquittait fidèlement sa dette dans un village de la Moravie.

Les travaux, suspendus sous la première restauration, furent repris en 1821 ; mais le bronze avait disparu, et le monument recevait une autre destination, celle de perpétuer le souvenir de la rentrée des Bourbons. Achevée en 1823, la colonne portait, entre deux assises, une plaque de cuivre sur laquelle on lisait ces mots :

> Cette colonne,
> votée par l'armée réunie à Boulogne,
> d'où elle menaça l'Angleterre,
> a été commencée en 1804,
> devenue un monument de paix
> par la restauration du trône des Bourbons,
> elle a été achevée sous les auspices de S. M. Louis XVIII,
> et consacrée au souvenir toujours cher aux Français
> de son heureux retour dans ses États en 1814.
>
> La dernière pierre a été posée le 2 juillet 1821,
> M. le comte Siméon étant ministre de l'intérieur,
> par M. le baron Siméon, préfet du département
> du Pas-de-Calais.
>
> Labarre, architecte.

La révolution de Juillet 1830 rendit à la colonne sa glorieuse origine (1). Il fut de nouveau arrêté qu'elle serait dédiée à la grande armée et qu'elle porterait la statue de l'empereur. Les travaux, repris en 1831 par l'architecte Henri, qui avait succédé à M. Labarre, marchèrent avec rapidité ; et le 15 août 1841, jour anniversaire de la naissance de Napoléon, le monument fut salué par une salve d'artillerie, par les acclamations du peuple, de la flotte et de l'armée.

La colonne s'élève majestueusement sur un plateau d'où

l'on découvre l'Angleterre. Cette éminence est située à deux portées de fusil de la ville, et à droite du port, sur l'emplacement de la falaise et de la tour d'ordre, qui n'existe plus aujourd'hui. Cette colonne est en marbre blanc du pays, et a 53 mètres 60 centimètres de hauteur, depuis sa base jusqu'à son sommet.

Les deux bas-reliefs qui décorent le piédestal sont en bronze ; celui de la face principale représente Napoléon assis sur son trône, entouré de ses généraux : on lui présente le plan de la colonne votée par l'armée. Cette œuvre est de M. Bra. Le bas-relief placé sur la face opposée est de M. Lemaire ; il représente la distribution des croix, le 24 thermidor an XII (16 août 1804). La statue est de M. Bosio.

CARPENTRAS (ARC DE TRIOMPHE DE), département de Vaucluse. Carpentras est une ville très-ancienne, qui a successivement appartenu aux princes d'Orange et au comtat Venaissin. Les Romains y fondèrent une colonie, et l'embellirent de plusieurs édifices. Elle fut tour à tour saccagée par les Goths, les Visigoths, les Lombards et les Sarrasins, qui firent disparaître les nombreux monuments qu'elle possédait.

Cependant on voit encore, dans l'intérieur d'une cour du palais de justice, autrefois palais épiscopal, les restes fort incomplets d'un arc de triomphe romain. On y distingue des sculptures représentant des trophées d'armes et des figures d'esclaves ou de prisonniers.

Ce monument était composé de deux piles décorées de colonnes engagées, et d'une seule arcade qui est ruinée un peu au-dessus de l'imposte. On peut juger, d'après l'exécution des sculptures et des ornements, qu'il appartient à la décadence de l'art romain.

Menard pense que cet arc de triomphe a été élevé en l'honneur de Septime-Sévère ; d'autres croient qu'il est bien postérieur à cette époque.

CARROUSEL (ARC DE TRIOMPHE DU), à Paris. Ce monument, placé à la principale entrée de la cour des Tuileries, fut élevé, en 1806, à la gloire des armées françaises, et construit sur les dessins de M. Fontaine, architecte de l'empereur Napoléon. Il a 45 pieds de haut, 60 de largeur et 20 1/2 d'épaisseur. Comme l'arc de Septime-Sévère, à Rome, qui lui a servi de modèle, il présente à sa face trois arcades ; celle du centre a 14 pieds d'ouverture, et celles latérales 8 1/2. Ses flancs sont percés de deux arcades qui traversent les trois premières, et se trouvent dans l'alignement des guichets, donnant d'un côté sur le quai du Louvre, de l'autre sur la rue de Rivoli. La masse

---

(1) Les Chambres votèrent un premier crédit de 156,000 fr. pour le monument, un second crédit de 60,000 fr. pour la statue, et un crédit supplémentaire de 28,000 fr. pour les dépenses imprévues.

du monument est en pierre de liais. Chacune des deux faces est ornée de quatre colonnes de marbre rouge de Languedoc, dont les bases et les chapiteaux, de l'ordre corinthien, sont en bronze ; elles soutiennent un entablement en ressaut, qui a sa frise en marbre griotte d'Italie. A l'aplomb de ces colonnes, au devant de l'attique et au-dessus des bas-reliefs, sont des statues représentant les différents corps qui se trouvaient à la bataille d'Austerlitz : un *cuirassier*, par Taunay ; un *dragon*, par Corbet ; un *chasseur à cheval*, par Foucou ; un *carabinier*, par Chinard ; un *grenadier de la ligne*, par Dardel ; un *carabinier de la ligne* (infanterie légère), par Montony ; un *canonnier de la ligne*, par Bridant ; un *sapeur*, par Dumont. On a sculpté dans la frise des figures allégoriques et des enfants portant des guirlandes. Quatre statues ont été placées dans les amortissements : une Victoire tenant une enseigne d'une main et de l'autre une couronne ; une Victoire tenant une palme et une épée ; une France victorieuse ; une Histoire tenant une table et son burin ; les deux premières sont de Petitot, et les deux autres de Gérard. L'attique est surmonté par un double socle, sur lequel s'élevait un quadrige ou char de triomphe, en plomb doré d'or mat, de forme antique, ouvrage de Lemot ; ce char était attelé aux quatre chevaux de bronze, jadis dorés, conquis à Venise, et connus sous le nom de *chevaux de Corinthe* ; ils paraissaient conduits par la Victoire et la Paix, figures de grande proportion, en plomb doré, coulées d'après les modèles de Lemot. Ce char vide attendait la statue de Napoléon ; la volonté de l'empereur, d'abord, et ensuite les événements n'ont pas permis de l'y placer. Les renommées, du côté du Carrousel, ont été sculptées par Dupasquier, et celles du côté du palais par Taunay.

Six bas-reliefs en marbre décorent les faces de ce monument ; tous offrent des sujets relatifs à la campagne de 1805 ; ils étaient indiqués, au-dessous, par des inscriptions gravées en lettres d'or, qui ont disparu en 1814. Le premier, du côté de la place du Carrousel, à gauche, représente la *Capitulation devant Ulm*, sculpté par Castelier ; le second, à droite, la *Bataille d'Austerlitz*, par Espercieux ; le troisième, sur le côté de l'édifice, l'*Entrée à Vienne*, par Deseine ; le quatrième, sur la face du côté des Tuileries, l'*Entrée à Munich*, par Claudion ; le cinquième, sur la même face, l'*Entrevue des deux empereurs*, par Ramey ; le sixième, sur le côté, à droite, la *Paix de Presbourg*, par Lesueur.

En 1814, les quatre chevaux de bronze furent déposés par les armées étrangères et renvoyés à Venise. Les bas-reliefs, ainsi que les attributs qui se rattachaient au règne de Napoléon furent enlevés.

En 1826, on plaça de nouveaux bas-reliefs dont les sujets étaient empruntés à la campagne d'Espagne de 1823. Un nouveau quadrige, sculpté par M. Boslo, fut placé au sommet du monument. La figure placée dans le char, et qu'on y voit encore aujourd'hui, est la représentation allégorique de la Restauration. Les nouveaux bas-reliefs disparurent après la révolution de Juillet 1830, et les anciens reprirent la place qu'ils occupaient avant la Restauration.

CASERNES. Il n'existait pas de casernes avant le règne de Louis XIV. Sous les prédécesseurs de ce prince, les soldats étaient logés chez l'habitant ou dans des maisons louées pour cet usage.

Un premier essai de casernement des troupes fut tenté au commencement du règne de Louis XIII. Une ordonnance du 10 janvier 1617 prescrivit, en effet, la construction de bâtiments militaires dans quelques places du royaume ; mais le manque d'argent força bientôt le gouvernement d'abandonner ce projet. Louis XIV l'entreprit avec plus de succès. Il ordonna, en 1691, que les troupes seraient casernées ; que l'on achèverait les constructions commencées, et que de nouveaux bâtiments seraient élevés, aux frais de l'Etat, dans les principales places frontières du royaume. Plus tard, ces constructions s'étendirent à toutes les places fortes, on bâtit des casernes pour les soldats et des pavillons pour les officiers. On en établit aussi dans les villes ouvertes, qu'on nomma *villes de garnison*. Ces établissements s'augmentèrent sous les règnes suivants.

Il existe aujourd'hui, en France, un nombre de casernes assez considérable d'infanterie et de cavalerie pour loger environ 450,000 hommes et 60,000 chevaux. On peut citer, parmi les plus vastes et les mieux construites, celles d'Arras, de Besançon, de Brest, de Caen, de Douai, de Lille, de Lyon, de Marseille, de Metz, de Paris (1), de Rennes, de Rouen, de la Rochelle, de Versailles, de Vincennes, etc., etc. (Voy. Blois.)

CASTILLET (Le), à Perpignan, département des Pyrénées-Orientales. Le Castillet est un ancien château fortifié, dont l'origine paraît remonter au cinquième siècle.

Cet édifice, qui défend aujourd'hui la porte dite de *Notre-Dame*, est construit en briques ; il est le seul de son genre en France, et est particulièrement remarquable par son majestueux aspect, par sa solidité, et par sa construction singulière. Son architecture a beaucoup d'analogie avec celle des monuments bâtis en Espagne du temps des Maures.

Le Castillet, qui a joué un grand rôle dans les guerres du huitième au treizième siècle, sert depuis longtemps de prison militaire.

CAVAILLON (Arc de triomphe de), département de Vaucluse. Cavaillon est une ancienne ville du comtat Venaissin. Les Romains, qui y avaient établi une colonie, y fondèrent plusieurs monuments dont il reste encore des vestiges.

Parmi ces derniers figure un fragment d'arc de triomphe que l'on croit appartenir au temps d'Auguste. La partie inférieure de cet arc est cachée sous la terre jusqu'à la corniche de l'archivolte. Il est percé sur quatre faces, disposition inusitée dans ces sortes de construction.

Les angles des piles sont ornés de pilastres dont les faces sont décorées d'ornements. Sur les tympans de l'arc sont sculptées, comme au monument de Saint-Remi, des figures de Renommées d'un travail très-imparfait. (Voy. Remi (Saint-).

CHALUS (Château de). Le château de Chalus, ancienne et petite ville du département de la Haute-Vienne, dont on attribue la fondation à *Lucius Capreolus*, proconsul d'Aquitaine, est remarquable dans l'histoire du Limousin par l'anecdote suivante :

« Une opinion accréditée par plusieurs siècles et appuyée du témoignage des chroniqueurs de l'époque, était que les souterrains de l'ancien château, fortifié de tours et de remparts, renfermaient un trésor inappréciable. En 1199, Guidomar, vicomte de Limoges, découvrit ce trésor, qui consistait en plusieurs figures en or, assises autour d'une table de même métal, représentant un homme, une femme et plusieurs enfants vêtus à la romaine. D'après les lois féodales, les trésors trouvés étaient réservés au seigneur du fief. Richard demanda le trésor du vicomte, refusa la part que Guidomar lui en offrit, voulut l'avoir en entier, et vint aussitôt mettre le siège devant le château. Parmi les assiégés se trouvait un nommé Bertrand de Gourdon, qui nourrissait contre Richard une haine héréditaire. Ce soldat remarqua le roi qui faisait le tour du château, pour chercher par où il commencerait son attaque : il le mit en joue et l'atteignit à l'épaule gauche d'une flèche d'arbalète qui pénétra très-avant dans la côte.

« Pendant que Richard languissait sur un lit de douleur de la blessure qu'il avait reçue le 26 mars, ses soldats avaient continué le siége du château, qui se rendit le 6 avril. Tous les défenseurs furent immédiatement pendus, à la réserve de Bertrand de Gourdon, qu'ils destinaient à un supplice plus horrible. Auparavant, Richard voulut le voir : « C'est donc toi, lui dit-il, qui as osé frap« per l'oint du Seigneur ? — C'est moi, répond Bertrand « avec audace ; et je me réjouis de ce que j'ai fait, car « j'ai eu le bonheur de venger ainsi mon père et mes deux « frères, qui étaient tombés par ta main. » Richard, touché du courage de son ennemi, ordonna qu'on le mît en

(1) Parmi les casernes de la capitale, on remarque celles du quai d'Orsay, de la rue Verte, de la Pépinière, de l'Ecole militaire (voyez ce nom), de Babylone et de Popincourt.

liberté et qu'on lui donnât quelque argent pour retourner auprès des siens. Le roi expira ; mais on ne tint aucun compte du pardon accordé au prisonnier, qui n'avait fait qu'user du droit de la guerre. Bertrand de Gourdon fut livré aux bourreaux, tenaillé et écorché vif avant d'être pendu. Roger de Hoveden accuse Marchades de cet acte de cruauté ; mais l'historien Velly l'attribue à Philippe-Auguste, qui, « par sa grandeur d'âme, dit-il, autant que « par politique, voulut tout à la fois venger la mort d'un « ennemi qu'il estimait et pourvoir à la sûreté des sou-« verains. »

CHALUSSET (Château de). A peu de distance du petit village de Boisseuil, département de la Haute-Vienne, à un quart de lieue du pont de Roselle, on remarque les ruines de l'ancien château de Chalusset, les plus curieuses et les plus importantes de toutes celles qui existent dans le département.

Les tours de Chalusset, si remarquables par l'étendue qu'elles couvrent de leurs débris, le sont peut-être da-

vantage par leur position pittoresque. Du haut d'une roche inculte et sauvage, au pied de laquelle deux ruis-seaux assez rapides viennent confondre leurs eaux, ces vieux remparts semblent menacer encore l'habitant des campagnes, dont ils n'excitent plus même la curiosité.

Ces magnifiques ruines ont déjà occupé le crayon d'ha-biles dessinateurs. Le château proprement dit, compris entre les ruisseaux de la Ligoure, au nord-ouest, et de la Briance, au sud-est, présente la forme d'un trapèze, dont l'axe se dirige du sud-ouest au nord-est, et dont le plus petit côté, qui répond à la porte principale, située au nord-est, peut avoir 80 pieds et le côté opposé 130 pieds. La longueur moyenne est d'environ 240 pieds. On n'observe de fossés que du côté du sud-ouest, les autres étaient suf-fisamment défendus par les pentes extrêmement rapides de la montagne. Sur les quatre angles du trapèze s'élevaient quatre tours considérables, accompagnées de plusieurs petites qui renfermaient les escaliers et dont on ne voit plus que les décombres. Dans tout cet espace se trouve

Pont de Saint-Chamas.

compris : 1° une tour d'entrée fort étroite d'abord, qui s'élargit en avançant, et offrait tout à la fois, en cas d'at-taque, un avantage aux assiégés et un obstacle aux assié-geants ; 2° deux salles assez grandes sur les deux côtés de la cour ; 3° une tour très-élevée, de forme pentagonale, placée à peu près vers le centre de tout l'édifice ; 4° une grande cour ou place d'armes, très-vaste, au pied de la même tour ; 5° enfin, deux salles qui terminent, du côté de la Briance, le développement du château ; le mur an-térieur de celle qui est la plus voisine du centre est en-tièrement détruit et laisse apercevoir, de l'autre bord, toute la partie intérieure des ruines. La structure de ces différentes pièces, totalement découvertes, et dont les murs sont presque partout abattus ou dégradés, appar-tient incontestablement au moyen âge. Il en est de même de tous les chapiteaux des colonnes et de ceux des piliers, évidemment gothiques, à joints alternatifs, qui s'obser-vent sur les parois des différentes salles, et contiennent des voûtes en ogives encore bien conservées.

D'après les documents les plus authentiques, le châ-teau de Chalusset occuperait l'emplacement d'une station

romaine. Du onzième au quinzième siècle, il passa, par acquisition, en différentes mains seigneuriales ; eut à sou-tenir plusieurs siéges et fut souvent pris et repris. En 1574, J. de Maumont, seigneur de Saint-Vic, se saisit de cette propriété, devenue presque inhabitable depuis l'expulsion des Anglais, et la restaura entièrement. Ses exactions ayant révolté les habitants de Limoges, ceux-ci se réunirent trois ans après aux paysans des environs et vinrent investir la forteresse qui se rendit après cinq jours de siége. Les fortifications furent rasées et ne se rele-vèrent plus depuis.

CHAMAS (Pont et Arcs de Saint-). La petite ville de Saint-Chamas, qui appartient au département des Bouches-du-Rhône, possède un précieux monument d'an-tiquité romaine ; nous voulons parler du pont *Flavien* et des arcs placés à ses deux extrémités, que l'on croit avoir été élevés comme monument triomphal.

Ce pont est construit sur la Touloubre, à l'endroit où cette rivière traverse l'ancienne voie *Aurélia*, qui conduit encore d'Arles à Aix. Il a 21 mètres 40 centimètres de longueur, 6 mètres 20 centimètres de large ; les deux arcs qui ornent ses extrémités ont sept mètres de haut. Les pieds-droits sont accompagnés de pilastres cannelés d'ordre corinthien ; ces pilastres, accouplés en retour, viennent décorer les faces latérales : l'entablement porte à chaque extrémité un lion. La frise des faces extérieures porte à son centre l'inscription suivante :

C. DONN.VS. C. F. FLAVOS, FLAMEN. ROMAE. ET AVGVSTI.
TESTAMENTO. FIEREI IVSSIT. ARBITRATV.
C. DONNEI. VENAE. ET. C. ATTEI. RVFEI.

(Caïus Donnius Flavus, fils de Caïus, Flamine de Rome et d'Auguste, a ordonné, par testament, de bâtir (ce pont et ces arcs) sous la direction de C. Donnius Vena et de C. Attius Rufus.

Le port de Saint-Chamas est formé par deux jetées, et consiste dans un petit bassin de 59 mètres de longueur sur 35 mètres de largeur, qui communique avec l'étang de Berre au moyen d'un chenal de 80 mètres de long sur 18 mètres de large. Il est fréquenté par de petits bâtiments de mer, par des tartanes de la rivière de Gênes et par les allèges d'Arles, qui viennent chercher de la poudre de guerre, des farines, des vins, des huiles et autres productions du pays.

CHAMP-DE-MARS, à Paris. Le vaste terrain qui sépare l'Ecole-Militaire des rives de la Seine n'offrait encore, en 1770, qu'un champ cultivé par des maraîchers. A cette époque on y traça un immense parallélogramme ou carré long de 864 mètres sur une largeur d'environ 420 mètres, entouré de fossés de trois côtés, et on le décora du titre pompeux de *Champ-de-Mars*. On ne pensait pas, en préparant cette vaste enceinte, que l'on dressait une arène où allaient retentir bientôt les premiers cris d'enthousiasme d'un grand peuple brisant ses chaines. C'est au Champ-de-Mars qu'eut lieu, le 14 juillet 1790, cette fameuse *Fédération*, exemple unique dans l'histoire, de députés d'une nation se réunissant pour proclamer l'union et la fraternité de tous ses membres.

On se fera difficilement une idée de l'enthousiasme et de l'ardeur que déploya la population parisienne dans les préparatifs de la cérémonie dont le Champ-de-Mars allait être le théâtre. On s'y porta de tous côtés avec des pioches, des pelles, des brouettes et tous les outils nécessaires aux travaux de terrassements. Le samedi matin, 11 juillet, Louis XVI passa à cheval au milieu de ce vaste atelier patriotique et le quitta vivement ému des démonstrations de l'amour du peuple. Enfin, le 14 juillet arriva. Trois rangs de gradins avaient été établis pour recevoir cent soixante mille citoyens ; le reste pouvait en contenir environ cent mille. Sur un terre-plein de 20 pieds de haut s'élevait l'autel de la patrie. On y arrivait de quatre côtés par un vaste escalier. Quatre plates-formes supportaient quatre petits autels antiques, un nombreux clergé attendait le cortége.

Le côté du Champ-de-Mars où s'élève l'Ecole militaire était occupé par une immense galerie couverte, ornée de draperies. Au milieu de la galerie étaient deux pavillons pour le roi et la famille royale. On voyait, à l'autre extrémité, vis-à-vis le pont d'Iéna, un arc de triomphe en charpentes d'une dimension colossale. L'autel, les galeries, l'arc de triomphe étaient ornés de nombreuses inscriptions analogues à la cérémonie.

Le 14, dès la pointe du jour, le peuple se mit en marche vers le Champ-de-Mars, tandis que les fédérés allaient se réunir sur les différents points qui leur avaient été assignés et que le plus âgé de leurs députés recevait séparément les quatre-vingt-trois bannières destinées à la fédération. Sur chaque bannière, de forme carrée et d'étoffe blanche, étaient peints une couronne de chêne et le nom du département auquel elle était destinée.

Le cortége se mit en marche à sept heures du matin dans l'ordre suivant : Une compagnie de cavalerie parisienne, une compagnie de grenadiers ayant en tête des tambours et des musiciens ; venaient ensuite les électeurs de Paris, une compagnie de garde nationale, le comité militaire, une compagnie de chasseurs, les présidents des districts, les membres du comité de la fédération, les soixante administrateurs de la capitale, marchant entre deux rangs d'anciens gardes de la ville. Le bataillon des enfants précédait l'assemblée nationale ; celui des vieillards la suivait immédiatement. Sur les flancs de ce bataillon se déployaient majestueusement les soixante drapeaux des districts de Paris. Quarante-deux députations dans l'ordre alphabétique des départements, les députations des troupes de terre et de mer, les quarante et un derniers départements formaient la suite du cortége fédéral. Sa marche était fermée par un détachement de grenadiers et de gardes à cheval.

Du faubourg Saint-Antoine, le cortége passa par les rues Saint-Denis, de la Ferronnerie, Saint-Honoré, Royale, la place Louis XV, le cours la Reine, le quai de Chaillot, et pénétra au Champ-de-Mars par un pont de bateaux qui avait été jeté sur la Seine, en face du couvent des Filles-Sainte-Marie ; un grand spectacle frappa les yeux des fédérés, trois-cent mille citoyens, de tout sexe, de tout rang, de tout âge, remplissaient les gradins qu'on avait élevés dans tout le pourtour du Champ-de-Mars.

A trois heures et demie, des salves d'artillerie annoncèrent que le cortége était arrivé au terme de sa marche. La messe fut célébrée après la bénédiction des quatre-vingt-trois bannières. Le roi parut à cette solennité sans ornements royaux. La célébration de la messe étant achevée, Lafayette monta à l'autel et prononça le serment qui allait être prêté par les fédérés ; il fut suivi de celui de l'Assemblée nationale, après quoi le roi prêta le sien en ces termes : « Moi, roi des Français, je jure à la nation d'employer tout le pouvoir qui m'est délégué par la loi constitutionnelle de l'Etat à maintenir la constitution décrétée par l'Assemblée nationale et acceptée par moi, à faire exécuter les lois du royaume. » Les cris de *Vive le roi !* qui déjà s'étaient fait entendre à plusieurs reprises, redoublèrent alors. A ce moment, la reine éleva son fils vers le peuple ; ce mouvement fut accueilli avec enthousiasme par les cris de *Vive la reine ! Vive le dauphin !* A six heures du soir la fête était terminée. Il serait difficile de peindre la profonde émotion qu'elle laissa dans le cœur de tous les assistants. Depuis cette cérémonie, le Champ-de-Mars prit le nom de *Champ de la Fédération*.

Lors de la révolte de Nancy, dans les derniers jours de juillet 1790, révolte qui coûta la vie à près de onze cents hommes, les Parisiens témoignèrent leurs regrets de la perte de leurs frères d'armes par une cérémonie funèbre, qui fut célébrée au Champ-de-Mars le 20 septembre suivant. L'arc de triomphe, la galerie en amphithéâtre, situés à l'autre extrémité du cirque, furent tendus en noir. L'autel fut converti en tombeau antique, entouré de cyprès et chargé d'inscriptions en lettres d'or, analogues à la circonstance. Cette pompe funèbre attira une grande partie de la population de Paris.

Les ornements de la Fédération, que nous avons décrits plus haut, furent conservés, et servirent, en 1791, à la célébration de l'*anniversaire du 14 juillet*. Cette dernière fête fut moins brillante, moins animée. Les cris de *Vive la liberté ! Plus de roi !* s'y firent entendre. Déjà la révolution faisait de rapides progrès ; les masses s'éclairaient, et la direction des esprits prenait une tendance nouvelle.

Le lendemain de cette commémoration, douze cents citoyens se rassemblèrent au Champ-de-Mars et signèrent sur l'autel de la patrie une pétition à l'Assemblée nationale, pour demander qu'il ne fût rien statué sur le sort de Louis XVI, sans avoir consulté le vœu général. L'Assemblée décréta l'inviolabilité du roi ; de son côté, la Société des amis de la constitution dressa une autre pétition pour demander que l'Assemblée nationale reçût, au nom du pays, l'abdication du roi : presque tous les membres de l'Assemblée s'étant retirés pour ne pas discuter sur l'objet de cette demande, un grand concours de citoyens se rend au Champ-de-Mars ; la pétition est communiquée à chacun, et il est décidé qu'on se réunira de nouveau, le dimanche 17, pour donner une seconde lecture de cet acte et le couvrir de signatures. L'Assemblée, inquiète de ce mouvement populaire, s'entoure de canons et de baïonnettes, appelle le corps municipal à sa barre, et ordonne que l'attroupement du Champ de la Fédération soit dissipé, décrète la *loi martiale*, et charge Bailly, alors maire de Paris, d'en faire exécuter les dispositions. Bailly se rend au Champ-de-Mars, précédé du fatal drapeau rouge, avec Lafayette, environ douze cents gardes nationaux et trois pièces de canon. Les sommations légales sont faites; mais le peuple, exalté, n'y répond qu'en lançant sur la force armée un grand nombre de pierres. Alors la troupe fait une première décharge en l'air. Cette démonstration étant restée sans effet, elle fut bientôt suivie d'une seconde, puis d'une troisième; l'attroupement se dissipa, mais le sang avait coulé : vingt-quatre insurgés avaient péri.

Une fête magnifique fut célébrée au Champ-de-Mars, le dimanche 20 septembre 1791, au sujet de l'acceptation et de la publication de l'acte constitutionnel. Toutes les autorités s'y rendirent en corps, précédées de hérauts d'armes, et y arrivèrent au bruit de cent bouches à feu. Bailly, qui, deux ans après, devait expier sur l'échafaud, dressé à la même place, ses erreurs républicaines et sa stoïque vertu, Bailly monta sur l'autel de la patrie, y éleva et offrit au respect du peuple le code constitutionnel, et prononça un discours remarquable par son éloquence mâle et naïve.

Le 15 avril 1792, on y donna une fête aux quarante Suisses du régiment de Château-Vieux, condamnés aux galères pour la révolte militaire de Nancy, et qui venaient d'être amnistiés.

L'anniversaire du 14 juillet y fut célébré la même année, mais sans aucun acte remarquable.

Le 10 août 1793, on fit au Champ-de-Mars l'inauguration de la nouvelle constitution. Cette fête nationale, qui avait été préparée par le peintre David, fut grande et majestueuse. Comme dans la première, de nombreuses députations des départements et des armées de terre et de mer y avaient été appelées. L'instant le plus remarquable de cette solennité fut celui où, après la lecture de la nouvelle constitution et le dépouillement des votes, le président de la Convention déposa dans l'arche, placée sur l'autel de la patrie, l'acte constitutionnel qu'il venait de proclamer. Alors, des salves d'artillerie, répétées sans intervalles, et les acclamations d'un million de voix se confondirent dans les airs, comme pour porter à la Divinité l'expression de la joie et de la reconnaissance de la nation.

Tout était accompli pour l'existence de la république; mais il lui restait une dette sacrée à acquitter. A l'extrémité du Champ-de-Mars avait été dressé un temple funèbre, élevé à la mémoire des défenseurs de la patrie et des citoyens morts pour la cause de la liberté. La Convention se dirigea vers ce lieu, suivie d'un char richement orné et d'une partie du cortége. Arrivé à l'autel, le président prononça un discours qui termina cette dernière cérémonie.

Le 11 novembre 1793, un vieillard vénérable, la tête couverte de cheveux blancs, était amené au Champ-de-mars, les mains liées derrière le dos, à peu près nu, mouillé par une pluie froide qui tombait à torrents, et accompagné d'une multitude de curieux demandant à grands cris son supplice : c'était Bailly. Il descend lentement de la charrette; le drapeau rouge, qu'on avait apporté, est brûlé en sa présence, et on en dirige la flamme sur son visage. Il allait monter sur l'échafaud, lorsqu'une voix sortie de la foule s'écrie qu'il ne faut pas souiller le Champ de la Fédération du sang d'un scélérat. Cette proposition est accueillie; l'instrument de mort est démonté lentement, et on va l'élever dans un des fossés qui se trouvent du côté de la Seine. Pendant trois heures l'infortuné Bailly se trouve en butte aux outrages de la foule qui l'environne; conspué, accablé de coups, couvert de boue, il tombe évanoui. De nouvelles tortures le rendent à la vie. « Tu trembles, Bailly, » lui crie un de ses bourreaux; « Mon ami, c'est de froid, » répond le martyr de la liberté. Enfin il recueille ses forces, monte sur l'échafaud, et sa tête tombe. — On poussa si loin l'inhumanité, les outrages, la barbarie, qu'il demanda plusieurs fois avec instance qu'on lui donnât la mort. Un témoin lui a entendu dire : « Vous devez être bien satisfaits, car vous me faites bien souffrir. »

Après l'épisode sanglant de la mort de Bailly, s'ouvre pour le Champ-de-Mars une ère de joie et de triomphe.

Les fêtes de la république, celles de l'empire y amenèrent chaque année toute la population parisienne. Nous ne citerons de ces solennités que les plus remarquables.

Lorsque la Convention eut connaissance de la prise de Toulon par le général Dugommier, elle décréta qu'une fête nationale serait célébrée dans toute l'étendue de la république, en l'honneur des succès brillants de nos armées. Le jour de cette grande solennité fut fixé, pour toute la France, au 10 nivôse an II (30 décembre 1793). David, alors directeur des fêtes nationales, fit de celle *des Victoires* le spectacle le plus magnifique.

Au milieu du vaste cirque du Champ-de-Mars s'élevait le temple de l'Immortalité. La Convention, entourée d'un ruban tricolore soutenu par des vétérans, et escortée par les quarante-huit sections de Paris, les sociétés populaires, les comités révolutionnaires, les tribunaux, le conseil exécutif et toutes les autorités constituées avec leurs bannières, partit du jardin des Tuileries pour se rendre au Champ-de-Mars; quarante-huit pièces de canon, traînées par les canonniers des sections, précédaient le cortége. Les quatorze armées de la république y étaient représentées par quatorze chars remplis de douze militaires blessés et entourés de quarante jeunes filles vêtues de blanc avec des ceintures tricolores : elles tenaient en main une branche de laurier et chantaient des hymnes à la victoire, composées par Chénier. Chaque char était escorté par un bataillon carré, et accompagné par les musiques de la garde nationale et des théâtres, qui se mariaient, par intervalles, avec les décharges de l'artillerie, le son des tambours et des clairons. Le char de la Victoire, rempli des drapeaux et étendards pris à l'ennemi, fermait la marche. Ce char triomphal, orné de couronnes de laurier et de guirlandes entrelacées de rubans aux couleurs nationales, était suivi d'un peuple immense. C'est dans cet ordre qu'on arriva au lieu de la fête, qui ne se termina qu'à la nuit.

La fête à l'*Être suprême*, instituée et présidée par Robespierre, fut célébrée au Champ-de-Mars, qui portait alors le nom de *Champ de la Réunion*, le 8 juin 1794. Ce fut encore David qui en fit les préparatifs. Il composa les bas-reliefs qui ornaient le grand arc de triomphe; les sujets étaient le *Dix août*, la *République*, le *Règne de la Philosophie*, le *Triomphe de la Sagesse*. La Convention se rendit en corps à cette fête, où Robespierre prononça un discours. A la sommité des rochers que l'on avait construits au milieu de l'enceinte était une espèce de tour sur laquelle on arrivait par des escaliers tournants. C'est là que se firent les offrandes à l'Être suprême.

Parmi les fêtes qui se donnèrent au Champ-de-Mars, sous le directoire, nous citerons celles de l'*agriculture*, du 14 juillet et du 9 thermidor, la fête du 10 *août*, celle des *vieillards*, etc., etc.

Sous le consulat, on célébra au Champ-de-Mars plusieurs fêtes nationales, entre autres, la fête de la fondation de la république et celle de la paix générale (1801).

Le lendemain du jour du couronnement de Napoléon, le 3 décembre 1804, ce prince fit au Champ-de-Mars la distribution des aigles aux gardes nationales et à l'armée. Les gardes nationales de l'empire représentées par des députations; les régiments et les députations d'armée appelés à la cérémonie du sacre, y reçurent leurs drapeaux et étendards des mains de l'empereur. « Soldats, leur dit-il, voilà vos drapeaux : ces aigles vous serviront toujours de point de ralliement. Elles seront partout où votre empereur les jugera nécessaires pour la défense de son trône et de son peuple. Vous jurez de sacrifier votre vie pour les défendre et de les maintenir constamment par votre courage sur le chemin de la victoire..... Vous le jurez! » Les soldats jurèrent et tinrent leur serment.

La distribution des drapeaux de la restauration eut également lieu au Champ-de-Mars le 7 septembre 1814. Cette cérémonie eut lieu avec la plus grande solennité. Un riche autel était dressé vers l'École militaire, presque en face du trône élevé pour le roi. Lorsque l'archevêque Talleyrand-Périgord, entouré d'un nombreux clergé, eut officié, Louis XVIII distribua les drapeaux, auxquels la duchesse d'Angoulême attachait une cravate en soie blanche.

Le 31 mai 1815, à huit heures du soir, veille de la cérémonie du Champ-de-Mai, une batterie, placée sur la terrasse des Tuileries, annonça cette fête par une salve de cent coups de canon, répétés par les batteries de Montmartre, du pont d'Iéna, des Invalides, de l'Ecole militaire, de Vincennes, et des ouvrages de la butte Chaumont, de Belleville et de Charonne. Le 1er juin, dès neuf heures du matin, les troupes étaient rendues au Champ-de-Mars. La garde impériale occupait la partie de l'est, la garde nationale remplissait celle de l'ouest, la cavalerie le devant de ces troupes. Un amphithéâtre avait été dressé pour recevoir les électeurs, les députés et les militaires envoyés par les corps de l'armée. A onze heures et demie des salves d'artillerie annoncèrent la marche du cortège, puis enfin l'arrivée de l'empereur, qui parut dans la voiture du sacre, attelée de huit chevaux blancs. Dans l'arène qui s'étendait depuis l'amphithéâtre jusqu'au péristyle, flottaient les bannières nationales destinées, par l'empereur, à la garde impériale, à la garde nationale et aux députations de l'armée. Dans les tribunes latérales étaient rangés les membres du conseil d'Etat, la cour de cassation, la cour des comptes, les tribunaux et l'université. Les hérauts d'armes, les pages, les aides des cérémonies, les chambellans étaient groupés sur les degrés qui conduisaient au trône, et qu'entouraient les trois frères de l'empereur, Lucien, Joseph et Jérôme, le cardinal Fesch, les ministres et les grands dignitaires. Les tertres du Champ-de-Mars, couverts d'une immense population, complétaient cet imposant tableau. Après la messe et le discours de M. Dubois, au nom des collèges électoraux, le chef des hérauts d'armes annonça, au nom de l'empereur, que l'acte additionnel aux constitutions de l'empire était accepté par le peuple français. L'empereur quitta ensuite le manteau impérial, et se rendit sur le trône, élevé au milieu du Champ-de-Mars, pour y faire la distribution des aigles. La cérémonie se termina par le défilé des troupes.

Lorsque, après la révolution de 1830, la France reprit les couleurs nationales, si chèrement achetées par le sang de ses enfants, le Champ-de-Mars fut encore témoin de deux grandes solennités. Les 27 mars et 2 mai 1831, le roi Louis-Philippe, entouré d'un brillant état-major, ayant à sa droite le maréchal duc de Dalmatie, ministre de la guerre, et à sa gauche le vieux vétéran de 1789, le général Lafayette, fit aux gardes nationales parisiennes et aux troupes de ligne la distribution solennelle des drapeaux et étendards aux nouvelles couleurs. Cette fête, toute militaire, n'eut ni l'éclat ni l'appareil brillant de celles qui l'avaient précédée; mais elle montra aux ennemis de la France des troupes bien disciplinées, prêtes à suivre leurs nouvelles enseignes sur le *chemin de la victoire*. Un pavillon, entouré de degrés sur quatre faces, avait été élevé à deux cents toises du bâtiment de l'Ecole militaire. Il était orné de drapeaux et de tentures tricolores. C'est là que les députations des corps vinrent recevoir leur signe de ralliement.

Au mois de juin 1837, à l'occasion des fêtes données par la ville de Paris pour célébrer le mariage du duc d'Orléans, le Champ-de-Mars fut choisi pour représenter le simulacre de la prise d'Anvers. Cette fête fut troublée par un épouvantable accident. Quelques cris sinistres ayant répandu l'effroi parmi la foule, elle s'ébranla dans toutes les directions et se précipita sur ses issues, qui furent aussitôt encombrées. Là périrent vingt-trois individus de tout sexe, écrasés par la foule; un grand nombre furent plus ou moins dangereusement blessés.

La seconde fête de la nouvelle république proclamée le 4 mai 1848 fut célébrée au Champ-de-Mars le 21 du même mois. L'Assemblée nationale, tous les corps constitués de la capitale y assistèrent, et une immense population prit part à cette solennité. Un grand nombre de statues, entre autres celles de l'*Egalité* et de la *Fraternité*, ornaient l'enceinte du Champ-de-Mars et les abords du pont d'Iéna. Une brillante illumination termina cette journée. C'est M. Etex qui présida aux travaux d'ornementation.

Le Champ-de-Mars, théâtre des grandes fêtes de la République, de l'Empire et des règnes qui lui ont succédé, est redevenu ce qu'il avait déjà été tant de fois, la lice des chevaux, un lieu d'exercices, de parades et de revue des troupes.

CHÂTEAU-GAILLARD D'ANDELY. Sous le nom d'Andelys, on comprend deux petites et anciennes villes du département de l'Eure qui ne sont séparées l'une de l'autre que par une chaussée d'un quart de lieue. L'histoire des Andelys rappelle les souvenirs les plus chevaleresques. C'est un des principaux théâtres des exploits de

Philippe-Auguste et de Richard Cœur-de-Lion. Mais tous les événements mémorables de cette grande époque se rattachent aux tragiques annales du château Gaillard, dont les ruines majestueuses dominent le cours de la Seine et le petit Andely.

Cette forteresse fut construite, en 1195, par Richard Cœur-de-Lion. Philippe-Auguste s'en empara en 1204. Il commença l'attaque au mois de septembre, et éprouva une vive résistance de la part des Anglais, qui ne se rendirent qu'après cinq mois de siége, le 6 mars 1204. La garnison ne comptait plus que cent quatre-vingts combattants. On rapporte, au sujet de ce siége, l'anecdote suivante : Roger de Lascy, connétable de Chester, commençant à manquer de vivres, renvoya toutes les bouches inutiles. Deux bandes, chacune de cinq cents vieillards malades, femmes ou enfants, avaient à peine traversé le camp des assiégants, qu'une troisième troupe de douze cents individus, repoussée par Philippe, dut rentrer dans la forteresse. En butte aux traits des deux armées, sans abri et sans vivres, réduits à se nourrir de la chair des chiens ou des cadavres de leurs compagnons, plus de la moitié avaient déjà péri, quand Philippe, touché de leur sort, leur distribua des vivres et leur permit de se retirer.

Le château soutint encore deux siéges mémorables, l'un de sept mois, en 1418, contre les Anglais; l'autre de six mois, en 1449, contre les Français. Cette forteresse, en partie taillée dans le roc, fut démantelée sous le règne de Louis XIII; ses ruines sont encore très-pittoresques. On voit, dans les fossés qui les entourent, des casemates où, pendant les siéges, on renfermait les chevaux et les provisions.

CHATELET. Ce nom était anciennement donné à de petits châteaux dans lesquels on plaçait un officier appelé *châtelain*. Il commandait les troupes préposées à la garde de la forteresse et répondait de sa sûreté. Ces officiers s'étant attribué, plus tard, des pouvoirs fort étendus, réunirent au commandement militaire l'administration de la justice; leurs juridictions, s'agrandissant successivement, prirent le titre de *châtelets* ou de *châtellenies*. Le premier de ces titres est resté aux justices royales, qui se rendaient dans les châteaux appartenant à la couronne, tels que le grand Châtelet de Paris, les juridictions de Montpellier, d'Orléans, de Melun, etc., etc.

CHATELET (Le Grand), à Paris. Ancien château, situé au bout du Pont-au-Change, sur la rive droite de la Seine. On croit que cette forteresse a été construite sous Jules-César ou sous l'empereur Julien. Elle était défendue par plusieurs tours et entourée de fossés profonds remplis d'eau vive, alimentés par la Seine. Les Normands l'attaquèrent inutilement en 886.

L'existence la plus connue de ce monument, telle que la rapportent les différents historiens qui en ont parlé, ne se révèle que vers le règne de Louis VIII; on le désigne, vers cette époque, sous le titre de *Châtelet du roi*.

Lorsque Philippe-Auguste eut agrandi l'enceinte de Paris, cette forteresse étant devenue inutile à la défense de la ville, on y établit le siége de la juridiction de la prévôté, qui se divisait en quatre sections : *l'audience du parc civil*, celle du *présidial*, la *chambre du conseil* et la *chambre criminelle*. Ces diverses juridictions ayant été réunies en un seul corps, prirent le nom de *Cour du Châtelet*.

Le grand Châtelet fut réparé et considérablement agrandi sous le règne de saint Louis, de 1242 à 1267. Les comtes de Paris l'habitèrent jusqu'à la fin du douzième siècle; ils y furent remplacés par les prévôts des marchands.

La faction bourguignonne qui assiégea le grand et le petit Châtelet y massacra, le 12 juin 1418, tous les prisonniers qui y étaient renfermés; leurs corps, jetés du haut des tours, étaient reçus à la pointe des piques. On évalue à quatre mille le nombre des victimes de cette affreuse boucherie, toutes appartenant au parti des Armagnacs.

Le Petit Châtelet.

Le 14 novembre 1591, le conseil des Seize fit arrêter et pendre dans la chambre du grand Châtelet, sans jugement préalable, Brisson, président du parlement, les conseillers Claude Larcher et Tardif, que l'on soupçonnait de favoriser le parti du roi.

Le grand Châtelet fut reconstruit en 1684. Dulaure rapporte à ce sujet l'anecdote suivante. On avait décidé que, pendant la reconstruction, la cour siégerait aux Grands-Augustins; mais les moines ne voulurent pas céder leur couvent. On résolut d'en faire le siége et de s'en emparer par la force. Il s'ensuivit plusieurs combats et assauts acharnés, où furent tués un grand nombre de religieux. La victoire, comme on le pense bien, resta au parti de la cour, qui s'y installa provisoirement. Après ces nouvelles reconstructions, il ne resta de l'ancienne forteresse que quelques tours obscures et inoffensives.

En 1756, on voyait encore, au-dessus de l'ouverture d'un bureau, sous l'arcade du grand Châtelet, une table de marbre contenant ces mots : *Tributum Cæsaris*. C'é-

tait là, sans doute, que se centralisaient tous les impôts des Gaules, usage qui semblait s'être perpétué, puisqu'un arrêt du conseil de 1586 fait mention des « droits domaniaux accoutumés être payés aux treilles du Châtelet. »

Parmi les cachots que renfermait le grand Châtelet, on cite entre autres celui de la *Fosse*, dans lequel on descendait les prisonniers par le moyen d'une poulie; ils y avaient les pieds dans l'eau, et y mouraient ordinairement quinze jours après leur détention.

Deux cent seize prisonniers, détenus dans les cachots de cette forteresse, furent égorgés pendant le massacre des prisons, en septembre 1792.

Le Châtelet fut démoli en 1812. C'est sur son emplacement que se trouvent aujourd'hui la place et la fontaine du même nom (voy. plus bas).

CHATELET (Le Petit). Il était situé à l'extrémité méridionale du petit pont, ainsi nommé pour le distinguer du grand pont, aujourd'hui Pont-au-Change. Le petit Châtelet, qui servait anciennement de porte de ville, en défendait aussi les approches. Son origine est la même que celle du grand Châtelet.

Un débordement de la Seine ayant renversé, le 20 décembre 1296, le petit pont et le petit Châtelet, ce dernier fut reconstruit par Charles V, en 1369, et servit plus tard de prison d'État. En 1402, on affecta ce bâtiment au logement du prévôt de Paris ; il fut démoli en 1782, pour cause d'utilité publique.

C'est sous le passage obscur qui conduisait dans l'in-térieur que l'on percevait, du temps de Louis IX, les droits d'entrée des marchandises qui arrivaient dans la cité. Un tarif, cité par Sainte-Foix, porte qu'un marchand qui entrera un singe pour le vendre payera quatre deniers ; que, si le singe appartient à un jongleur, cet homme, en le faisant jouer et danser devant le péager, sera quitte du péage, tant dudit singe que de tout ce qu'il aura apporté pour son usage ; de là vient le proverbe : *Payer en monnaie de singe.*

Un mystère devant le Châtelet.

Nous mentionnerons ici un ancien usage qui paraît se rapporter à toutes les cours souveraines de France : la fameuse *cérémonie des roses.* C'était une certaine redevance dont l'origine n'est pas bien connue ; on ne connaît pas non plus l'époque à laquelle cet usage a cessé d'exister.

Chaque année, le roi payait un *droit de roses* au parlement et à toutes les cours du royaume. Le même droit était fidèlement payé par les princes et autres seigneurs, lorsqu'ils étaient élevés à la dignité de pair de France. Ces derniers présentaient eux-mêmes leurs offrandes en séance solennelle ; celle du roi l'était, ordinairement, par le grand maître des cérémonies. Chaque membre du parlement ou de la cour recevait un bouquet et une couronne de fleurs.

Un peu avant l'audience, on faisait joncher de roses, de fleurs et d'herbes odoriférantes toutes les chambres, et la cérémonie se terminait par un splendide déjeuner offert aux présidents et aux conseillers ; les greffiers et les huissiers y prenaient également part.

C'était sur la place du Châtelet qu'avait lieu la représentation des *Mystères,* si populaires à cette époque.

CHATELET (Place et Fontaine du), à Paris. On a

vu plus haut que la place du Châtelet avait été établie en 1802 sur l'emplacement du bâtiment qui, pendant plusieurs siècles, servit à rendre la justice dans toute la juridiction de l'île de France.

Après la démolition de ce monument, le conseil général du département de la Seine soumit au premier consul le projet d'élever en son honneur, sur l'emplacement de cette vieille forteresse, un arc de triomphe destiné à perpétuer le souvenir de sa gloire. « Je vois avec reconnaissance, répondit le premier consul, les sentiments qui animent les magistrats de la ville de Paris. J'accepte l'offre du monument que vous voulez m'élever. Que la place reste désignée ; mais laissons aux siècles à venir le soin de le construire, s'ils ratifient la bonne opinion que vous avez de moi. »

Napoléon fit ériger, en 1808, au milieu de cette place, une fontaine monumentale en mémoire des triomphes de la grande armée. Ce monument, auquel on donna le nom de *Fontaine du Palmier*, est construit sur les dessins de M. Bralle. Il consiste en un bassin circulaire de 7 mètres de diamètre, surmonté d'une colonne de 16 mètres 90 centimètres d'élévation, représentant un palmier. Elle est entourée de bracelets ou anneaux de bronze doré, sur lesquels sont inscrits les noms des plus glorieuses batailles gagnées sous la République et l'Empire.

Le chapiteau de cette colonne est orné d'un élégant feuillage de palmier; il est surmonté d'une boule sphérique sur laquelle s'élève une *Renommée*, distribuant des couronnes. Quatre statues symboliques, placées aux angles du piédestal, représentent la *Loi*, la *Force*, la *Prudence* et la *Vigilance*. Ces statues, unies entre elles par la jonction de leurs mains, forment un cercle autour de la base de la colonne. Elles sont dues, ainsi que celle de la Renommée, au ciseau de M. Bosio.

La place du Châtelet fut le théâtre de combats sanglants dans la journée du 27 juillet 1830; un grand nombre de citoyens et de soldats de la garde royale y furent tués. Elle a été témoin de scènes tumultueuses lors de la révolution de février 1848 et pendant les journées néfastes du mois de juin de la même année.

CHEVERT (Tombeau de). Ce tombeau, placé dans les caveaux de l'église Saint-Eustache, à Paris, fut transféré au musée des monuments français, où il existe encore. Ce monument, qui n'offrait rien de remarquable sous le rapport de l'art, portait cette admirable épitaphe, composée par d'Alembert :

Cy-gît François Chevert, commandeur, grand'-croix de l'ordre de Saint-Louis, chevalier de l'Aigle blanc de Pologne, gouverneur de Givet et de Charlemont, lieutenant général des armées du roi.

Sans aïeux, sans fortune, sans appui, orphelin dès l'enfance, il s'éleva, malgré l'envie, à force de mérite: et chaque grade fut le prix d'une action d'éclat. Le seul titre de maréchal de France a manqué, non pas à sa gloire, mais à l'exemple de ceux qui le prendront pour modèle.

Il était né à Verdun-sur-Meuse le 2 février 1699 : il mourut à Paris le 24 janvier 1769.

Cette épitaphe, dit Dulaure, offre la preuve de la précision dont notre langue est susceptible, et l'exemple d'un grand mérite loué par un grand talent.

La ville de Verdun a élevé au grand homme qu'elle avait vu naître une statue en bronze qui orne sa principale place; le piédestal qui la supporte est en marbre blanc.

CITADELLE. Forteresse détachée du corps d'une place de guerre et qui la domine; elle est séparée des habitations des citoyens par une esplanade.

Les citadelles sont en même temps destinées à opposer une résistance vigoureuse aux ennemis du dehors et à comprimer les mouvements séditieux qui pourraient surgir au dedans. Elles servent aussi de refuge à une garnison forcée d'abandonner la ville. Leur origine est fort ancienne ; elles ont succédé aux châteaux forts et aux donjons du moyen âge, lorsque l'on dut mettre l'art de la fortification en harmonie avec le changement de tactique introduit par l'usage de la poudre et des bouches à feu. (Voy. Paris.)

CLISSON (Château de). Sur un roc qui domine la petite et ancienne ville de Clisson (Loire-Inférieure), s'élèvent les restes du vaste et antique château de ce nom, l'un des plus remarquables qu'il y ait en France, par son étendue, par son genre de construction et par la majesté de ses ruines ; il est baigné par la Sèvre, au confluent de cette rivière et de la Maine. Ses hautes tours, d'une couleur rougeâtre, et ses créneaux, festonnés de lierre, offrent un aspect imposant et des plus pittoresques.

Près de la porte du Sud, qui sert aujourd'hui de porte à la ville, commencent les murailles fortifiées qui environnent la cité et le château. A côté de cette porte, on monte sur un boulevard garni, dans toute sa longueur, d'arbres servant de promenade.

En suivant cette allée, on pénètre dans l'ancienne forteresse par la porte située au nord ; cette porte est accompagnée d'une plus petite, qui, comme la principale, avait son pont-levis. Une première cour se présente aux regards du visiteur ; elle est entourée de ruines majestueuses qui attestent le génie belliqueux des temps féodaux.

On descend, dans la partie sud du château, dans des caveaux humides qui servaient de cachots. Ces tombes vivantes ne recevaient le jour que par des ouvertures étroites et grillées. Après avoir franchi dix portes, dont plusieurs étaient garanties par des ponts-levis et des herses ménagées dans des murs de dix pieds d'épaisseur, on entre dans la dernière cour, autrefois entourée d'habitations servant à l'usage des maîtres de la forteresse.

COLONNES DÉPARTEMENTALES. Un arrêté du premier consul, du 29 ventôse an VIII (20 mars 1800), prescrivait l'érection, dans chaque chef-lieu de département (la France en comptait alors quatre-vingt dix-huit), sur la plus grande place, d'une colonne triomphale à la mémoire des braves morts pour la défense de la patrie et de la liberté. Les noms de tous les militaires domiciliés dans le département qui, après s'être distingués par des actions d'éclat, seraient morts sur le champ de bataille, devaient être inscrits sur cette colonne ; le nom d'aucun homme vivant ne pouvait y figurer, excepté celui des militaires qui avaient obtenu des armes d'honneur, conformément à l'arrêté du 4 nivôse an VIII (25 décembre 1799).

Indépendamment de la colonne départementale de la Seine, que l'on devait élever sur la place Vendôme, il devait être érigé une grande *Colonne nationale* destinée à recevoir les noms des militaires morts après avoir rendu des services d'une importance majeure.

Les conseils des départements furent chargés d'arrêter, dans la prochaine session, sur la présentation des préfets, les noms des militaires qui devaient être inscrits sur les colonnes départementales. Les frais nécessaires à l'érection de ces monuments devaient être pris sur les centimes additionnels ; ceux de la Colonne nationale sur le trésor public. Un jury d'artistes devait arrêter les formes et les dimensions des colonnes.

A Paris, la colonne monumentale devait être édifiée sur la place de la Révolution, ci-devant Louis XV. Déjà une figure de la Liberté, de proportions colossales, y avait été élevée en 1793, pour la cérémonie de l'acceptation de la Constitution, célébrée le 10 août de la même année. Cette figure, ouvrage du statuaire Lemot, disparut alors pour faire place au nouveau monument.

Le 25 messidor an VIII (14 juillet 1800), Lucien Bonaparte, ministre de l'intérieur, vint, en grande cérémonie, en poser la première pierre. On éleva une vaste charpente, couverte d'une toile peinte, représentant la colonne projetée : on voyait, autour de la base, tous les départements représentés par des figures symboliques qui se tenaient par la main. Depuis cette époque, la place de la Révolution prit le nom de place de la Concorde (1).

En découvrant les fondations du piédestal de la colonne, on trouva une boîte de bois de cèdre, contenant sept médailles, dont une en or et six en argent au millésime de 1754. On déposa à sa place une autre boîte en

____

(1) Elle reprit son premier nom en 1814, et celui de place de la Révolution après les événements de février 1848.

bois d'acajou, à double fond, renfermant, dans le premier, huit médailles, dont une en or, trois d'argent et quatre de bronze, représentant les portraits des trois consuls, du général Desaix, etc.; le second fond renfermait une planche de cuivre sur laquelle était gravée la relation de la pose de la pierre.

Cette colonne, ni celles des départements ne furent exécutées. Il est présumable, dit Dulaure dans son *Histoire de Paris*, que ce moyen fut un prétexte pour faire disparaître de la capitale et des villes de France les monuments de la liberté.

COUCY (Château de), situé à l'extrémité occidentale de Coucy-le-Château, petite ville du département de l'Aisne. Il fut bâti en 1598 par Enguerrand, le dernier des sires de Coucy, et formait un quadrilatère irrégulier, défendu par un large fossé, dont chaque angle présentait une tour. Une des cinq portes qui en fermaient l'entrée existe encore, ainsi que le donjon, grosse et volumineuse tour placée au milieu des ruines de l'édifice principal, et qui offre un des plus solides et des plus étonnants monuments de la féodalité. Ce donjon a 84 mètres 56 centimètres de haut, 98 mètres 45 centimètres de circonférence; ses murs ont 10 mètres 39 centimètres d'épaisseur. On y aperçoit trois larges fentes verticales, dont une règne dans toute la hauteur. La porte conservée est protégée par deux tours.

Ce château paraît avoir été édifié sur les ruines de l'ancienne habitation des sires de Coucy, élevée vers le neuvième siècle, et qui consistait en une espèce de forteresse entourée de murailles crénelées, de tours et de fossés profonds.

Un fameux châtelain de Coucy est connu par ses amours avec Gabrielle de Vergy, dame de Fayel, dont la fin tragique, digne de ces temps de barbarie, a fourni le sujet du drame le plus effrayant de notre théâtre. On sait que ce châtelain, blessé mortellement au siége de Ptolémaïs, aujourd'hui Saint-Jean-d'Acre, en 1191, chargea son écuyer d'extraire son cœur, de le saler, et de le porter dans un petit coffre avec une lettre à sa chère Gabrielle. Le seigneur de Fayel, déjà prévenu sans doute, se trouva sur le passage de l'écuyer près d'entrer au château, lui enleva la lettre et le coffre, et ordonna à son cuisinier d'apprêter ce cœur, qu'il offrit à manger à Gabrielle. « Cette viande est-elle bonne? lui demanda-t-il. — Délicieuse, répondit l'infortunée. — Je le crois bien, ajouta Fayel en lui remettant la lettre, c'est le cœur du châtelain de Coucy. » Gabrielle, après cet affreux repas, déclara qu'elle n'en ferait plus d'autre, et se laissa mourir de faim.

COUTANCES (Aqueduc de), département de la Manche. Si l'on en croit les traditions locales, la ville de Coutances aurait dû son antique splendeur à Constance Chlore, qui la fit fortifier au commencement du troisième siècle, et lui donna son nom ; vers le même temps, il y établit une garnison, et c'est de cette époque que l'on fait remonter la construction de l'aqueduc qui amenait dans la ville les eaux de la fontaine de l'Escoulanderie, ainsi appelée du nom de l'endroit où elles prenaient leur source.

Ce monument, dont quelques parties sont assez bien conservées, a 58 pieds d'élévation sous voûte; la voûte a 10 pouces d'épaisseur, et les conduits, avec les travaux en terre qui les recouvrent, 1 pied. De seize arcades qui soutenaient les conduits, il y en a treize du côté de la ville qui ont 22 pieds d'ouverture; la quatorzième n'en a que 15, la quinzième 16, la seizième 11. Cette dernière est à 75 pieds de distance des autres. Cet éloignement paraît avoir eu pour motif de laisser libre le passage de la route qui traversait l'aqueduc dans cette partie. Les piliers sur lesquels reposent les arcades ont 10 pieds de large sur 17 de long.

Des réparations successives faites à cet aqueduc en ont altéré le caractère primitif; la plus importante date de 1159. Depuis cette époque, ce monument n'ayant plus été entretenu, les conduits se sont dégradés et les eaux qui l'alimentaient ont été entièrement perdues.

CUSSY-LA-COLONNE, village du département de la Côte-d'Or, à quatre lieues de Beaune. Dans une petite plaine entourée de tous côtés de hautes collines, à un kilomètre du village, on aperçoit une colonne octogone antique qui s'élève sur deux piédestaux superposés.

Ce monument, qui a donné son nom au village, est en tout composé de douze pièces, depuis la base jusqu'au sommet. Le soubassement est composé de trois assises d'un seul bloc chacune. La base forme un carré dont les angles sont coupés, et qui a une rentrée demi-circulaire sur chacune des faces principales.

Le piédestal inférieur est simple et couronné de moulures; le second est richement sculpté. La corniche dont la base est surmontée est d'un seul morceau. Au-dessus de cette base est posée une espèce d'autel octogone, orné de huit figures représentant un Hercule, un captif gaulois revêtu des *braccæ* et du *sagum*, une Minerve casquée, une Junon, un Jupiter Ganymède, un Bacchus et une Naïade.

Le fût s'élève avec élégance; il est orné, à la partie inférieure, de rhombes dans lesquels il y a une rosette comme on en voit à quelques plafonds; la partie supérieure est décorée d'une sculpture en forme d'écailles.

Le couronnement, qui était d'une richesse d'architecture remarquable, manque presque en totalité; les parties en sont éparses en divers endroits. Le chapiteau, d'ordre corinthien, se voit au lieu dit la Grange d'Auvernay, où il forme la margelle d'un puits.

Cette colonne monumentale a été restaurée, en 1825, par les soins du préfet du département. Deux opinions se partagent sur l'origine de la colonne de Cussy; la première veut que ce soit un monument funéraire élevé à la mémoire d'un général romain, tué dans une bataille qui aurait eu lieu sous les règnes de Dioclétien et de Maximien; la seconde, qu'elle ait été édifiée pour éterniser le souvenir d'une victoire remportée vers le même temps. La figure allégorique du *Gaulois captif* semblerait justifier cette dernière opinion.

DAGOBERT (Tombeau de), roi de France, dans l'église Saint-Denis, désigné sous le nom de *chapelle sépulcrale*. Ce monument, de style ogival, est d'une finesse d'exécution remarquable; il est placé à gauche sous les quatre piliers qui soutiennent une des tours. Il a été restauré sous le règne de saint Louis, et représente, dans les trois bas-reliefs dont il se compose, la prétendue révélation faite à Ansoalde, ambassadeur de Sicile, par un anachorète qui assurait avoir vu Dagobert dans un esquif entre les mains des démons qui le torturaient, secouru et conduit dans le paradis par saint Denis et saint Martin.

DENIS (Porte ou arc de triomphe Saint-), à Paris,

Cette porte est située entre la rue Saint-Denis et le faubourg de ce nom, à l'endroit où commence le faubourg.

Sous le règne de Philippe-Auguste il existait déjà, à Paris, une porte Saint-Denis; elle était située entre la rue Mauconseil et celle du Petit-Lyon. Elle fut reculée sous Charles IX, placée entre les rues Neuve-Saint-Denis et Sainte-Apolline, et démolie en 1671, pour faire place au monument dont nous allons parler.

Les victoires remportées par Louis XIV dans la Flandre et dans la Franche-Comté; sa rapide conquête de la Hollande, surtout, avaient été accueillies en France avec le plus grand enthousiasme. La ville de Paris décida qu'un monument serait élevé dans son sein pour éterniser le souvenir de ces brillants succès. Le prévôt des marchands et les échevins s'assemblèrent extraordinairement à l'hôtel de ville et arrêtèrent unanimement, avec les principaux notables qui avaient été appelés à cette séance, l'érection d'un arc de triomphe. L'emplacement du lieu fut l'objet d'une assez longue discussion. Après avoir consulté les plus habiles architectes de la capitale, il fut décidé qu'il serait construit en face de la rue Saint-Denis, à l'endroit même où se terminait alors l'enceinte de la ville. Les travaux commencèrent vers la fin de 1672, sur les plans et la direction de l'architecte Blondel. Les bourgeois de la capitale en firent les frais; ils s'élevèrent, selon les mémoires du temps, à environ 500,000 fr. Les sculptures, commencées par Girardon, furent continuées et achevées par Michel Auguières. Les inscriptions appartiennent toutes à Blondel, qui donna aussi les sujets des bas-reliefs dont ce monument est décoré.

La porte Saint-Denis a 74 pieds de largeur et autant de hauteur; son épaisseur est de 15 pieds. L'ouverture de l'arcade a 24 pieds 2 pouces; sa hauteur 46 pieds 2 pouces. Les petites portes pratiquées dans les piédestaux pour le passage des piétons sont de mauvais goût : elles n'ont que 6 pieds 8 pouces de hauteur. Blondel a regretté de les avoir établies. Il nous apprend lui-même qu'il n'a cédé en cela qu'à l'exigence du prévôt des marchands, qui voulait faciliter la circulation dans cette partie de la ville, où l'affluence du monde était alors, comme aujourd'hui, très-grande.

Du côté de la ville, la face du monument présente deux obélisques, de forme pyramidale, engagés dans le mur et terminés, à leur extrémité supérieure, par un globe surmonté d'une couronne royale. Ces obélisques sont décorés de trophées d'armes antiques d'un très-beau style. Au pied de chacun d'eux est une figure allégorique de dimension colossale. La première, à droite, en entrant dans le faubourg, représente un homme vigoureux appuyé sur un gouvernail et tenant une corne d'abondance : c'est le Rhin, que l'armée française avait passé à Tolhuis le 12 juin 1672; la seconde figure, à gauche, représente la Hollande pleurant les désastres de la patrie vaincue : sa physionomie exprime une douleur profonde, à travers laquelle perce le sentiment de la haine et de la vengeance. Ces deux figures ont été exécutées sur les dessins de Lebrun. Dans un bas-relief au-dessus de l'arcade, on remarque un groupe d'hommes à cheval. Il est facile de reconnaître Louis XIV en tête de ce groupe. On lit sur la frise cette inscription : LUDOVICO MAGNO. La décoration qui fait face au faubourg est absolument semblable, mais avec les différences ci-après : le bas-relief placé au-dessus de l'arcade représente la prise de Maestricht par Louis XIV, le 1er juillet 1673; deux lions sont substitués aux figures humaines représentées au bas des obélisques placés du côté de la ville.

La porte Saint-Denis présente dans son ensemble un grand caractère d'unité et d'harmonie qui en font un des monuments les plus remarquables du règne de Louis XIV. Si quelques défauts se font remarquer dans les détails, ils sont amplement rachetés par le grandiose qui a présidé à son exécution.

M. Lombard de Langres rapporte dans ses Mémoires, au sujet de l'arc de triomphe de la porte Saint-Denis, l'anecdote suivante : « Bonaparte, après une longue campagne, vint visiter les différents travaux qui s'exécutaient dans Paris. Il vit l'arc de triomphe de la porte Saint-Denis,

et ces mots dédicatoires : *Ludovico magno*, en lettres récemment dorées, excitèrent sa mauvaise humeur. L'orgueil d'un mort blessait celui d'un vivant. Le ministre de l'intérieur, qui accompagnait le vainqueur dans cette tournée, fut vivement relancé; et, rentré chez lui, il relança à son tour l'architecte, qui s'excusa en disant qu'il avait doré cette inscription d'après les ordres de M. Cretet, son prédécesseur. Enfin on ne savait si l'on devait laisser subsister l'inscription ou l'enlever; on prit un parti moyen : on la bronza, et elle devint très-peu apparente. »

Les engagements qui eurent lieu à la porte Saint-Denis, pendant les journées des 28 et 29 juillet 1830, contribuèrent puissamment au succès de la cause de la liberté. Cette porte, après être restée enfin au pouvoir des citoyens, leur servit de quartier général et de point central de communication. Les insurgés de juin 1848 occupèrent également ce point pendant quelques heures; mais ils en furent délogés par les gardes nationales et les troupes de ligne, sous les ordres du brave général de Lamoricière.

La porte Saint-Denis a été restaurée en 1850.

DÉPÔT CENTRAL DE L'ARTILLERIE, situé sur la place de Saint-Thomas-d'Aquin, à Paris. Le dépôt central de l'artillerie a été créé le 31 mars 1820, pour y déposer les modèles des différentes armes, tant anciennes que modernes, sorties des manufactures françaises; des modèles d'affûts et de toutes les machines qui font partie du système de l'artillerie.

Ce dépôt comprend : 1° l'atelier de précision et de modèles d'armes; 2° le musée d'artillerie; 3° les archives; 4° la collection des plans, cartes et dessins. Il possède une bibliothèque d'environ douze mille volumes, tous ouvrages relatifs aux sciences et à l'histoire de l'arme. (Voyez Musée d'artillerie.)

DÉPÔT DES FORTIFICATIONS, rue Saint-Dominique-Saint-Germain, à Paris. Cet établissement a été créé en 1776, en même temps que le conseil des fortifications, remplacé, en 1817, par un comité de même arme. Il renferme les plans des places fortes de la République, les mémoires sur la défense des frontières, et les mémoires des différents siéges entrepris ou soutenus par les armées françaises; il envoie, sur l'ordre du ministre de la guerre, les plans, mémoires et ouvrages d'art et d'instruction qui sont nécessaires dans les directions du génie.

Ce dépôt, qui possède, comme le précédent, une bibliothèque appropriée à sa spécialité, est sous la direction du président du comité des fortifications. (Voyez Galerie des plans en reliefs.)

DÉPÔT GÉNÉRAL DE LA GUERRE, rue de l'Université, 61, à Paris. Cet établissement, si étroitement lié aux intérêts de l'armée, en ce qui concerne la partie scientifique de son organisation et de ses mouvements aux armées, fut créé, en 1688, par les soins du marquis de Louvois, alors ministre de la guerre. Avant cette époque, ce département ne possédait aucun local destiné à recevoir les vastes archives historiques de l'administration de la guerre. Les plans de campagnes, les mémoires et dessins, la correspondance des généraux, les cartes manuscrites et imprimées, les plans des batailles, tout fut recueilli en 1688, pour y avoir recours au besoin. Ces précieux matériaux, surtout pour ce qui concerne les guerres de la République et de l'Empire, augmentés chaque jour, et classés méthodiquement, forment aujourd'hui l'une des plus riches collections de ce genre en Europe.

Le dépôt de la guerre se compose de quatre sections, savoir :

1re section, *carte de France* (travaux graphiques et topographiques); 2e section, *travaux topographiques intérieurs* (construction des cartes, plans, dessins, etc.); 3e section, *histoire* (archives, recherches, classification des pièces, et travaux historiques, analyse des opérations militaires, etc.); 4e section, *statistique militaire* (recueil de documents sur les forces militaires des puissances étrangères, etc.).

Indépendamment des précieux manuscrits que possède le dépôt de la guerre, cet établissement renferme, en outre, une bibliothèque d'environ dix-huit mille volumes.

DESAIX (Fontaine), à Paris. Elle est située au centre de la place Dauphine, et fut élevée, en 1802, sur les dessins de M. Percier, à la mémoire du général Desaix, tué, le 25 prairial an VIII (14 juin 1800), sur le champ de bataille de Marengo.

Ce monument se compose d'un cippe qui porte le buste de ce général, couronné par la France militaire. Le *Pô* et le *Nil*, fleuves témoins de ses exploits, sont représentés, avec leurs attributs, sur le bas-relief circulaire. Deux Renommées gravent sur des écussons, l'une : *Thèbes* et les *Pyramides* ; l'autre : *Kehl* et *Marengo*.

Là sont placées plusieurs inscriptions ; l'une contient ces dernières paroles du général : *Allez dire au premier consul que je meurs avec le regret de n'avoir pas assez fait pour la postérité.* L'autre rappelle les lieux où il signala son courage ; on y remarque ces mots : *Les ennemis l'appelaient* LE JUSTE.

Une troisième inscription apprend qu'il naquit à Ayat, département du Puy-de-Dôme, le 17 août 1768, et que ce monument lui fut élevé en l'an X. Au-dessous, sur une plinthe en marbre, sont les noms de tous ceux qui ont contribué à l'exécution de ce monument.

Quatre têtes de lion en bronze jettent, dans un bassin circulaire, les eaux, qui proviennent de l'aqueduc d'Arcueil.

DIEPPE (Chateau de), département de la Seine-Inférieure. Ce château, témoin de tant de siéges et de combats, est situé presque au sommet de la grande falaise de l'ouest, sur laquelle il s'élève de terrasse en terrasse, et d'où il domine tout à la fois la vallée, la ville et la mer. On en attribue la construction à Charles VII, qui le fit bâtir vers la fin du quinzième siècle. Il est muni de hautes murailles, flanqué de tours et de bastions. « C'est un monument, dit l'un des historiens de la ville de Dieppe, d'un plan original, d'un style bizarre, qui offre, dans l'élévation de ses tours, dans les profils de ses murailles, dans l'austérité imposante de son entrée, dans sa vue étendue sur la mer, une variété singulière de scènes sévères, qui rappellent tout à la fois des souvenirs d'esclavage et de gloire. Semblable à tant d'autres forteresses élevées par la main des hommes, il a servi indistinctement à les défendre et à les opprimer. »

La ville de Dieppe ayant été entièrement détruite par le bombardement des Anglais, en juillet 1694, fut rebâtie en brique par ordre de Louis XIV. Le maréchal de Vauban critiqua beaucoup les nouvelles constructions, et en exprima ainsi son mécontentement à l'architecte : « Vous pouviez assurément, monsieur, beaucoup mieux faire, mais vous ne pouviez jamais faire plus mal. »

DIJON (Chateau de), département de la Côte-d'Or. Ce château fut construit par Louis XI vers le milieu du quinzième siècle ; il était entouré de fossés et flanqué de quatre tours. Ce qui reste encore de cette ancienne forteresse sert aujourd'hui de caserne de gendarmerie. Les parties principales, qui constituaient la force militaire du château, n'existent plus.

DINAN (Chateau de), département des Côtes-du-Nord. Cette forteresse, bâtie vers la fin du treizième siècle, consiste en un énorme donjon composé de deux tours qui s'élèvent majestueusement à la partie méridionale de la ville, dont il est séparé par deux fossés profonds, sur l'un desquels existe un pont de pierre d'une construction assez hardie ; sur le second, beaucoup moins large que le premier, était jeté un pont-levis, remplacé aujourd'hui par un pont en bois. Du côté de la campagne, ce château offre un aspect qui ne manque ni de grandeur ni de légèreté ; il a servi de demeure aux ducs de Bretagne, qui venaient souvent passer à Dinan une partie de la belle saison. On y montre encore un fauteuil que l'on prétend avoir appartenu à la duchesse Anne, femme de Louis XII.

ÉCOLE D'APPLICATION D'ARTILLERIE ET DU GÉNIE, à Metz, département de la Moselle. Une première école d'élèves d'artillerie créée à Douai, en 1679, ne subsista que quelques années. Rétablie à la Fère, en 1756, cette dernière fut transférée à Bapaume en 1766 et supprimée en 1772. Enfin une dernière école d'élèves s'établit à Châlons-sur-Marne, en 1791. Un arrêté des consuls du 12 vendémiaire an XI (4 octobre 1802) ayant réuni l'école de Châlons à celle du génie établie à Metz, elles prirent la dénomination d'*Ecole d'application d'artillerie et du génie.*

Il serait trop long d'ajouter à cet article la liste des officiers généraux des deux armes, de l'artillerie et du génie, sortis de cette école, et qui se sont illustrés pendant toute la durée des guerres de la Révolution, de l'Empire et des temps actuels.

L'artillerie compte, en outre, huit écoles régimentaires réparties dans les places de Douai, Metz, Strasbourg, Besançon, Toulouse, Rennes, la Fère et Vincennes. — Le génie a aussi trois écoles régimentaires à Montpellier, Metz et Arras.

ÉCOLE MILITAIRE, à Paris. Cet établissement a été institué par édit de Louis XV du 22 janvier 1751, dans le but de procurer une éducation militaire gratuite aux enfants de la noblesse française sans fortune. Le nombre des élèves fut fixé à cinq cents; les conditions d'admission, déterminées par l'édit de création, divisaient les aspirants en huit classes; savoir : 1re *classe*. Orphelins dont les pères avaient été tués au service, ou qui étaient morts de leurs blessures, soit au service, soit après s'en être retirés; — 2e *classe*. Orphelins dont les pères étaient morts au service, d'une mort naturelle, ou qui ne s'en étaient retirés qu'après trente ans de commission ; — 3e *classe*. Enfants qui étaient restés à la charge de leurs mères, leurs pères ayant été tués au service, ou étant morts de leurs blessures, soit après s'en être retirés pour cause de blessures ; — 4e *classe*. Enfants qui étaient également à la charge de leurs mères, leurs pères étant morts au service, d'une mort naturelle, ou après s'être retirés du service au bout de trente ans de commission; — 5e *classe*. Enfants dont les pères étaient morts au service; — 6e *classe*. Enfants dont les pères avaient quitté le service à raison de leur âge, de leurs infirmités, ou pour quelque autre cause légitime; — 7e *classe*. Enfants dont les pères n'avaient pas servi, mais dont les ancêtres avaient servi; — 8e *classe*. Les enfants de tout le reste de la noblesse qui, par leur indigence, se trouvaient dans le cas d'avoir besoin des secours du roi. Les élèves de ces huit catégories étaient logés, nourris et instruits aux frais de l'État. On admit aussi à l'Ecole un certain nombre de pensionnaires étrangers ou nationaux payant 2,000 livres. L'instruction élémentaire comprenait les mathématiques, l'histoire, le dessin, les grammaires latine, allemande et italienne, la physique expérimentale, l'écriture, l'équitation, l'escrime. Le service militaire faisait également partie de l'instruction des élèves.

Le produit des droits sur les cartes à jouer, que le roi abandonna à l'hôtel, forma le premier fond destiné aux frais de construction et d'ameublement de l'établissement. Ce faible produit ayant bientôt été jugé insuffisant, le roi accorda à l'administration, pour le terme de trente années, le bénéfice d'une loterie. Enfin, par lettres patentes du 24 juillet 1766, les religieux de la mense abbatiale de l'abbaye de Saint-Jean de Laon furent tenus de payer au trésorier de l'hôtel une rente annuelle de 12,000 livres.

Le bâtiment de l'Ecole militaire est situé dans la plaine de Grenelle, entre les avenues de Lowendhal, de la Bourdonnaye, de Suffren et le Champ-de-Mars. Il est bâti sur l'emplacement d'une ancienne garenne, appartenant à l'abbaye Saint-Germain. Sa construction, commencée en 1752, sur les plans et sous la direction de Gabriel, architecte du roi, fut terminée en 1756. Pendant que l'édifice s'achevait, l'Ecole s'établissait provisoirement au château de Vincennes. En 1758, quatre-vingts élèves y recevaient déjà l'éducation annoncée dans le programme publié par l'édit de création.

L'emplacement occupé par les cours forme un parallélogramme de 220 toises de long et de 150 de large. L'édifice a deux entrées principales : l'une, celle du midi, est fermée par une grille en fer; l'autre, d'un ordre d'architecture plus imposant, a été ouverte sur le Champ-de-Mars.

Deux cours, dont la première a 70 toises carrées, et la seconde environ 45, précèdent le principal corps de bâtiment; le reste consiste en cours adjacentes, jardins et constructions d'un goût plus simple et mieux approprié aux besoins de l'établissement. Une machine hydraulique, posée sur quatre puits, fait mouvoir quatre pompes, et fournit à la maison quarante-quatre muids d'eau par heure.

On remarque, sur les deux faces des bâtiments en ailes qui s'avancent jusqu'à la première grille, deux frontons ornés de peintures en grisaille à fresque, exécutés par Gibelin; l'effet du bas-relief y est très-bien imité. La première de ces peintures, à droite, représente deux athlètes, dont l'un arrête un cheval fougueux; la seconde, à gauche, est une allégorie de l'Etude, accompagnée des attributs des sciences et des arts.

Au milieu de la cour d'honneur, on voyait autrefois la statue pédestre de Louis XIV, par Lemoine; elle fut déposée depuis au Musée des monuments français. Le principal corps de bâtiment, du côté de la cour, est décoré d'un ordre de colonnes doriques, surmonté d'un ordre ionique; au milieu s'élève un avant-corps d'ordre corinthien dont les colonnes embrassent les deux étages : il est couronné d'un fronton et d'un attique.

La façade du côté du Champ-de-Mars est décorée d'un seul avant-corps de colonnes corinthiennes semblables au précédent. Au centre est un vestibule à quatre rangs de colonnes d'ordre toscan, ouvert de trois portes sur les deux faces : on y voyait les statues du maréchal de Luxembourg, par Mouchy; de Turenne, par Pajou; du grand Condé, par Rolland; du maréchal de Saxe, par d'Huez.

Au premier étage, la salle du conseil et quelques autres salles ont été ornées de tableaux représentant les batailles de Fontenoy et de Lawfelt, les siéges de Tournay, de Fribourg, de Menin, d'Ypres et de Furnes, peints par Beaufort, Lagrenée l'aîné et Doyen.

En 1768, le duc de Choiseul, alors ministre de la guerre, ordonna la construction d'un observatoire dans l'hôtel de l'Ecole militaire. Le célèbre Lalande, qui fut chargé de ce soin, s'en occupa avec tout le zèle que lui inspirait la science de l'astronomie. Il proposa d'y établir un grand quart de cercle mural, instrument qui manquait encore à l'observatoire du faubourg Saint-Jacques. Après de nombreuses oppositions de la part des ministres qui se succédèrent, Lalande obtint enfin, en 1774, l'objet de sa demande; mais il devait encore éprouver de nouvelles contrariétés. L'observatoire qu'il venait de faire élever fut démoli, et ce ne fut qu'en 1788 qu'il lui fut permis de le faire reconstruire. Le maréchal de Ségur, ministre de la guerre, l'autorisa à faire toute la dépense nécessaire pour porter l'instrument à sa perfection. Lalande a fait exhausser de deux petits étages une partie du bâtiment en aile, à gauche de la première cour; il a fait construire un massif pour porter une lunette, et, dans la direction du méridien, un mur pour recevoir le quart de cercle mural. Ces deux beaux instruments, et quelques autres servant aux observations des savants, sont placés sous la surveillance d'un astronome.

La chapelle n'a été construite qu'en 1769. L'archevêque de Paris en bénit la première pierre le 5 juillet, en présence du roi, qui la posa au même instant, et d'une nombreuse cour. Cette chapelle, d'une grande simplicité, n'offre rien de remarquable.

Pendant toute la durée de sa première destination, l'Ecole militaire avait une garde composée d'une compagnie d'invalides de soixante-huit hommes pour l'extérieur, et d'une compagnie de sous-officiers pour l'intérieur. L'état-major se composait d'un gouverneur, d'un lieutenant de roi, d'un major, de trois aides et de trois sous-aides-majors, de quatre capitaines des portes, de deux écuyers; l'administration était dirigée par un intendant, un trésorier, un secrétaire du conseil garde des archives, un inspecteur-contrôleur général, un sous-contrôleur. Le spirituel de l'Ecole était confié à cinq docteurs de la maison de Sorbonne et à un chapelain; l'archevêque de Paris en avait la haute surveillance; enfin, le service de santé était fait par un médecin, un chirurgien-major et un chirurgien herniste. Un conseil d'administration, un conseil d'économie et un conseil de police, présidés par le ministre de la guerre, dirigeaient la partie financière et disciplinaire de l'Ecole. — La bibliothèque, qui contenait environ cinq mille volumes, a été détruite et dispersée en 1793.

L'Ecole militaire, qui avait été dissoute par ordonnance du 1er février 1776, fut rétablie et réorganisée l'année suivante sur un plan plus vaste et mieux entendu. La vente de l'hôtel et de ses dépendances, prescrite par l'ordonnance de suppression, n'eut pas lieu; et, en 1778, le gouvernement remplaça le revenu sur les cartes par une indemnité de quinze millions de livres. Un arrêt du conseil, du 9 octobre 1787, prononça, pour être effectuée au 1er avril suivant, la suppression définitive de l'Ecole. Les élèves qui s'y trouvaient furent répartis dans les régiments de l'armée, ou envoyés dans les douze colléges militaires établis dans les provinces en 1776. Les bâtiments furent donnés à la ville de Paris, avec le droit d'y former les établissements qu'elle jugerait convenables. L'architecte

Brongniard fut chargé, en 1788, des travaux relatifs à la nouvelle destination qu'on allait donner à l'Ecole militaire, qui devait en partie remplacer l'Hôtel-Dieu. La révolution de 1789 changea ces nouvelles dispositions. La Convention nationale décréta, le 13 juin 1793, la vente de tous les biens formant la dotation de l'hôtel, que l'on transforma en caserne de cavalerie

Le général Bonaparte, qui avait passé ses premières années à l'Ecole militaire, y établit plus tard son quartier général; et l'on se souvient encore d'avoir lu sur la frise de la façade, du côté du Champ-de-Mars, ces mots : *Quartier Napoléon*. Devenu empereur, il y établit des régiments de sa garde. Aujourd'hui encore, les vastes bâtiments de cet édifice servent de caserne à différents corps de la garnison de Paris (infanterie, cavalerie, artillerie et génie). Il y a constamment un parc d'artillerie et une ou plusieurs batteries de cette arme.

C'est à l'Ecole militaire qu'eut lieu, en 1797, l'arrestation des conspirateurs de Presle, Brottier et la Villeheurnoy, au moment où ils développaient leur plan au chef d'escadron Malo, qui y était caserné. C'est encore dans ce bâtiment qu'à son retour du camp de Boulogne Napoléon prêt à entreprendre la campagne d'Austerlitz, fut harangué par le préfet de la Seine, et reçut les clefs de la ville de Paris.

L'Ecole militaire est un des beaux édifices isolés de la capitale. Son architecture est élégante et imposante à la fois. « En effet, ce monument, l'un des plus grands ouvrages du dernier siècle, dit M. Quatremère de Quincy, bien qu'enlevé à sa première destination et dépouillé de tout ce qui pouvait lui donner de l'intérêt, ne laisse pas d'offrir une des plus grandes masses d'architecture, à laquelle, comme à celle de Saint-Jean-de-Latran, à Rome, il ne manque, pour paraître ce qu'elle est, que de se trouver au milieu de la ville, mise en point de rapport et de comparaison avec d'autres. »

ÉCOLE POLYTECHNIQUE, à Paris. Elle occupe l'emplacement de l'ancien collége de Navarre, fondé en 1304 par Jeanne de Navarre, femme de Philippe le Bel.

Pont Saint-Esprit.

L'Ecole polytechnique a été instituée le 21 ventôse an II (11 mars 1794), sous le nom d'*Ecole centrale des travaux publics*, et organisée par décret du 7 vendémiaire an III (24 septembre 1794); elle prit la dénomination d'*Ecole polytechnique*, le 15 fructidor an III (1er septembre 1795).

Dans l'origine, cette école occupait une partie des bâtiments de l'ancien palais Bourbon, d'où elle fut transférée, par décret du 9 germinal an XIII (30 mars 1805), dans le local qu'elle occupe aujourd'hui, et qui a été récemment agrandi vers la rue de la Montagne-Sainte-Geneviève. On a élevé sur le carrefour de ce nom un portail décoré de sculptures. Des deux côtés de la voûte sont deux grands bas-reliefs : celui de droite représente les figures symboliques du *Génie*, de la *Marine* et de l'*Artillerie*; celui de gauche représente les attributs des *Mathématiques*, de l'*Astronomie*, de la *Physique*, de la *Chimie* et des autres sciences qui font l'objet de l'enseignement de l'institution. Au-dessus, sont sculptés cinq médaillons, représentant Lagrange, Laplace, Monge, Berthollet et Fourcroy, fondateurs de l'Ecole.

ESPALY (Château d'). Le village d'Espaly-Saint-Marcel, qui appartient au département de la Haute-Saône, n'est remarquable que par les ruines de son antique château, situé sur un rocher granitique baigné par la Borne. Il était entouré de hautes murailles garnies de tours rondes; un second corps de bâtiment, placé au centre des constructions extérieures et au sommet du rocher, formait une sorte de seconde forteresse surmontée d'un donjon. Ces ruines sont encore imposantes et dénotent l'ancienne importance de ce château sous le rapport de la défense.

C'est dans ce château que, suivant quelques historiens, Charles VII apprit la mort de son père, et qu'il fut proclamé roi, le 28 octobre 1422.

ESPRIT (Pont Saint-). La ville du Pont-Saint-Esprit, département du Gard, est située sur la rive droite du Rhône. Son pont, remarquable par sa hardiesse, son élévation, sa longueur et sa solidité, fut commencé en 1265 et terminé en 1309; il résiste donc, depuis plus de cinq siècles, à l'impétuosité du Rhône, qui, en cet endroit, est d'une force prodigieuse. Sa longueur est de 318 mètres 59 centimètres; mais sa largeur n'est guère que de 4 mètres 30 centimètres, d'un parapet à l'autre. Il se compose de vingt-trois arches à plein cintre, dix-neuf grandes et quatre petites. Chaque pile est en outre percée d'une petite arcade au-dessus de l'éperon pour faciliter l'écoulement des grandes eaux.

Les deux tiers du pont sont fondés sur le roc ; le reste l'est sur pilotis. Ce pont se remarque encore par cette particularité qu'il n'est point bâti en ligne droite ; il forme un coude très-sensible, disposition que l'on remarque également dans la construction du pont de pierre de Lyon. (Voy. Lyon.)

ÉTAT-MAJOR (Ecole d'application d'). Cette école, située dans la rue Saint-Dominique-Saint-Germain, a été instituée par ordonnance du 6 mai 1818. Elle est destinée à former des élèves pour le service de l'état-major, à tenir le corps au complet et à remplir les emplois de lieutenant vacants par les décès, les démissions et les promotions au grade de capitaine.

Cette école se compose de cinquante élèves sous-lieutenants, formant deux divisions. Ils sont choisis parmi ceux de l'Ecole de Saint-Cyr, de l'Ecole polytechnique et parmi les sous-lieutenants de l'armée.

La durée des études est de deux ans. Après ce temps, les élèves qui ont satisfait aux examens de sortie sont appelés à remplir les emplois de lieutenant vacants dans le corps d'état-major, et sont détachés pendant quatre ans dans les régiments d'infanterie et de cavalerie de l'armée.

Les élèves achèvent à l'école leurs études sur l'administration militaire, la topographie et la statistique, l'art et l'histoire militaire, la fortification, l'artillerie, la géométrie descriptive, les langues étrangères, le dessin, l'escrime et l'équitation.

ÉTOILE (Arc de triomphe de l'), situé à la barrière de l'Etoile, à Paris. L'origine de ce monument, consacré à la gloire des armées françaises, remonte au temps du Directoire (1797) ; il devait d'abord être élevé à la barrière d'Italie ; mais ce premier projet n'ayant pas reçu d'exécution, il fut question, plus tard, de l'établir sur la place de la Bastille. Ce nouvel emplacement présentant quelques difficultés locales, l'empereur décida qu'il serait élevé à la barrière de l'Etoile, pour servir d'ornement à l'une des plus belles entrées de la capitale. MM. Raymond et Chalgrin, architectes, furent chargés d'en établir le plan ; et, dès l'année 1805, commencèrent les travaux de construction, d'après les dessins de M. Chalgrin, resté seul chargé de la direction des travaux, M. Raymond ayant donné sa démission. Il n'est pas exact, ainsi que l'ont annoncé quelques descriptions de ce monument, que l'empereur en ait posé la première pierre. Ce furent les ouvriers employés à sa construction qui firent graver l'inscription suivante :

L'an mil huit cent six, le quinzième d'août, jour de l'anniversaire de sa majesté Napoléon le Grand, cette pierre est la première qui a été posée dans la fondation de ce monument. — Ministre de l'intérieur, M. de Champagny.

Ce monument, construit en pierre de Château-Landon, était élevé jusqu'à la corniche du piédestal, lorsqu'en avril 1810, à l'occasion du mariage de Napoléon avec Marie-Louise, archiduchesse d'Autriche, M. Chalgrin fit exécuter en charpente et en toile le simulacre de l'ensemble de l'édifice, et ce fut par cette porte triomphale, décorée pour la circonstance, que l'empereur et l'impératrice firent leur entrée dans Paris.

Cet architecte étant mort le 20 janvier 1811, les travaux furent continués par M. Goust. Interrompus après les événements de 1814, ils ne furent repris qu'en 1823, époque à laquelle une ordonnance royale en prescrivit l'achèvement, et dédia ce monument à l'armée d'Espagne, commandée par le duc d'Angoulême. L'architecte Huyot en prit alors la direction, qu'il conserva jusqu'en 1833. Il fut remplacé par M. Abel Blouet, qui a eu la gloire de le terminer en 1836.

La révolution de 1830 rendit à ce monument sa première destination, celle de perpétuer le souvenir des victoires de la Révolution, du Consulat et de l'Empire.

L'arc de triomphe de l'Etoile est unique au monde par ses proportions colossales. Les fondations ont 8 mètres de

profondeur au-dessous du sol, sur une superficie de 36 mètres de long et de 28 de large. La longueur de la grande arcade du milieu qui supporte le couronnement est de 14 mètres 50 centimètres. Les deux arcades latérales sont de moindre dimension.

Les abords du monument ont été nivelés et pavés. Une suite de bornes, réunies par des chaînes de fonte, le renferment dans un cercle autour duquel circulent les voitures. Vingt candélabres de fonte projettent le soir une vive lumière fournie par le gaz. Dans le milieu du pavement du grand arc, on a figuré en marbre une grande croix de la Légion d'honneur, au centre de laquelle est un aigle en fonte. On monte au sommet de l'édifice par un escalier en pierre dont le noyau évidé donne passage à un tuyau de descente pour l'écoulement des eaux.

Les sculptures et les ornements qui décorent les quatre faces de ce magnifique monument consistent ; savoir :

La grande Frise, exécutée par MM. Brun, Jacquot, Leitier, Rude, Caillouete et Seure aîné.

Côté de Paris. Deux groupes allégoriques, à droite et à gauche du grand arc, représentent, l'un, le *Triomphe* (1810), par Cortot ; l'autre, le *Départ* (1795), par Rude. Les deux Renommées qui décorent les tympans de l'arc sont de M. Pradier. — Les deux grands bas-reliefs, dont l'un représente la *Bataille d'Aboukir*, est de M. Seure aîné ; l'autre, qui représente les *Funérailles du général Marceau*, est de M. Lemaire.

Côté du Roule. Les tympans du petit arc, qui représentent des figures allégoriques, ont été exécutés par M. Bra. Le grand bas-relief qui est au-dessus, et qui représente la *Bataille d'Austerlitz*, est de M. Gechter.

Côté de Neuilly. Les deux grands groupes allégoriques, à droite et à gauche, représentent, l'un la *Résistance* (1814) ; l'autre, la *Paix* (1815) ; ils sont de M. Etex. Les deux Renommées sont de M. Pradier. Les deux bas-reliefs, dont l'un représente la *Prise d'Alexandrie* en Egypte, est de M. Chaponière ; l'autre, représentant le *Pont d'Arcole*, est de M. Feuchère.

Côté de Passy. Les tympans du petit arc sont de M. Vallois ; le grand bas-relief, représentant la *Bataille de Jemmapes*, est de M. Marochetti.

Le dessous des petites voûtes est orné de quatre bas-reliefs allégoriques exécutés par MM. Debay père, Esparcieux, Bosio neveu et Valcher. Les tympans de ces petits arcs sont ornés de figures exécutées par MM. Seure jeune et Debay père.

Des inscriptions, placées sur les piles du grand arc, contiennent les noms des principales batailles ou des faits d'armes dans lesquels nos armées sont restées victorieuses. Ces noms sont classés selon les grandes divisions du nord, pour les guerres des Pays-Bas ; de l'est, pour celles d'Allemagne ; du sud, pour les guerres d'Italie et d'Egypte ; de l'ouest, pour les guerres de la Péninsule. Ces inscriptions font de ce monument une vaste page historique, destinée à transmettre aux générations futures les souvenirs de notre gloire militaire. Nous en donnons la nomenclature à la suite de cet article.

Les trente boucliers qui décorent l'attique du monument portent les noms d'autant de batailles ou combats mémorables. Ces faits d'armes sont indiqués en lettres italiques sur notre tableau, tels qu'ils se trouvent placés sur les quatre faces de l'édifice.

Des tables, taillées dans les murs mêmes de l'édifice et placées sous les arcades latérales, contiennent dans quatre grands tableaux, sur vingt-quatre colonnes, les noms des généraux et autres qui se sont le plus distingués dans les différentes campagnes qui ont immortalisé nos armées, depuis 1791 jusqu'en 1814. Ce travail est dû à M. Blouet. Ces noms font suite au tableau ci-après, qui termine cet article.

Enfin, la dépense totale de ce monument s'est élevée, de 1806 à 1836, à 9,877,000 fr.

Tableau des campagnes, des faits d'armes et des noms inscrits sur l'arc de triomphe de l'Étoile.

NORD.

Armée du Nord.
— des Ardennes.
— de la Moselle.
— du Rhin.

Armée de Sambre et Meuse.
— de Rhin et Moselle.
— de Hollande.
— de Hanovre.

Diersheim.	*Grand-Port.*	*Ypres.*	*Breslaw.*
Dusseldorf.	*Malo-Jaroslawietz.*	*Luxembourg.*	*Berg-op-Zoom.*
Lille.	Aldenhoven.	Etlingen.	Altenkirchen
Hondschotte.	Maestrëcht.	Neresheim.	Schlingen.
Wattignies.	Weissembourg.	Bamberg.	Kehl.
Arlon.	Landau.	Amberg.	Engen.
Courtray.	Neuwied.	Friedland.	Moëskirch.
Turcoing.	Rastadt.	Biberach.	Hochstett.
Valmy.	*Jemmapes.*	*Fleurus.*	*Hohenlinden.*
Ulm.	*Lutzen.*	*Bautzen.*	*Dresde.*
Hanau.	*Montmirail.*	*Montereau.*	*Ligny.*

NOMS INSCRITS SUR LE COTÉ NORD (1).

Ambert.	Cureli.	Fouler.	Lanoue.
Amey.	Custine.	Friant.	Laroche.
Baltus.	Daboville.	Gerard (F.).	Latouche-Tréville.
Bardet.	Dalesme.	Gillot.	Laubadère.
Barbou.	* Damas.	* Girard.	Lefebvre.
* Bastoul.	* Dampierre	* Gouvion.	Lefol.
Beaurepaire.	Darnaud.	Gratien.	Lemaire.
Bellair.	Darriule.	* Grillot.	Lemoine.
Bernadotte.	Daumesnil.	Grouchy.	* Letort.
Beurnonville.	David.	Grundler.	Leval.
Bigot.	Davrange	Guilleminot.	Leveneur.
* Binot.	Debelle.	Hamelin.	Ligniville.
Blein.	Dejean.	Hamelinaye.	* Lochet.
Bonnaire.	Delaage.	Hanicque.	Lorge.
Bonnard.	Delcambre.	Hardy.	Luckner.
Bonneau.	Dembarrère.	Harville.	Malher.
Bordesoulle.	Desenfans.	Hatry.	* Marceau.
Bouvier des Eclatz.	Dessaix (J.).	Hoche.	Marcognet.
Boyer.	* Desvaux.	Houchard.	Margaron.
Broussier.	Dillon.	* Huard.	Mermet.
* Burcy.	Dommanget.	Hulot.	* Meunier.
Burthe.	Dorsner.	* Jamin (A.).	Michel.
Cambronne.	Doumerc.	Jamin (J.-B.).	Miranda.
Carnot.	Dubois-Theinville.	* Joubert (J.).	Missiessy.
Championnet.	Dufour.	Jourdan.	Monchoisy
Champmorin.	* Duhesme.	Kellermann.	Montfort.
Charbonnier.	Dumonceau.	Kilmaine.	Montrichard.
Chartres (Duc de).	Dumouriez.	Lafayette.	Morlot.
Chazot.	Duval.	Lahoussaye.	Neigre.
Colaud.	Fauconnet.	Lamarche.	Olivier.
Cosmao.	Ferrand.	Landremont.	Paillard.

(1) L'astérique indique les généraux qui ont été tués sur le champ de bataille, ou qui sont morts des suites de leurs blessures.

Pajol.	Poret de Morvan.	Schneider.	Vandamme.
Pelletier.	Prost.	Schramm.	Vandermaesen.
* Penne.	Pully.	Seroux	Vasserot.
Percy.	Puthod.	Souham.	Vichery.
Petiet.	Quentin.	Sparre.	Villatte.
Petit.	Rottembourg	Taponnier.	Villaret-Joyeuse.
Pichegru	Rouyer.	Teste.	Villemansy.
Piré.	Sahuc.	Tilly.	Watrin.
Poinsot	Saint-Mars.	Truguet.	Werhuell.
Poncet	Saint-Germain	Valence.	

EST

Armée du Danube	Armée du Var.
— d'Helvétie.	— d'Italie.
— des Grisons.	— de Rome.
— des Alpes.	— de Naples.

Adige.	*Pozzolo.*	*Naples.*	*Madrid.*
Montagnes noires.	*La Piave.*	*Plaisance.*	*Mequinenza.*

Werlingen.	Hal.	Dantzig.	Mohilow.
Guntzbourg	Prentzlow.	Heilsberg.	Smolensko.
Elchingen.	Lubeck.	Landshut.	Valontina.
Diernstein.	Pultusk	Eckmuhl.	Polotsk.
Hollabrunn.	Eylau.	Ratisbonne.	Krasnoë.
Saalfeld.	Ostrolenka.	Raab.	Wurshen.

Alkmaer.	*Zurich.*	*Austerlitz.*	*Iéna.*
Friedland.	*Essling.*	*Wagram.*	*La Moskowa.*

NOMS INSCRITS SUR LE COTÉ EST.

Abbatucci.	* Dalmann.	* Gouré.	Mathieu-Dumas.
Albert.	Daru.	Gouvion Saint-Cyr.	* Mazas.
Alméras.	Davout.	Grandjean.	Michaud.
Aubry.	* Debilly.	Grenier.	Molitor.
Barbanégre.	* Decouz.	Gros.	* Montbrun
Beaumont.	Dedon.	* Gudin.	Montesquiou-Fezensac
Beaupuy.	Defrance.	Guyot.	* Montmarie.
Bellavesne.	Delagrange (Ch.).	Guyot de Lacour	Morand.
Berckheim.	Delagrange (A.).	* Hervo.	Moreau.
Bertrand.	* Delmas.	Heudelet.	Moreaux.
Bessières.	* Delzons.	* Higonnet.	* Morland.
Bisson.	Demont.	* Jacquinot.	* Mortier (1).
Bonnet.	* Dery.	* Kirgener.	Mouton.
Boudet.	* Desjardins.	Klein.	Nansouty
* Bourcier.	Despagne.	Kniaziewicz.	Narbonne.
Bourcke.	Dessoles.	Laboissière.	Ney.
Boyeldieu.	D'Hautpoul.	* Lacuée.	Ornano.
* Boyer (J.).	Domon.	Lalaing d'Audenarde.	Oudinot.
Brueix.	Donzelot.	* Lamothe (H.).	Pelet.
Brun.	Drouet.	* Lanabére.	Pelleport.
* Bruyére.	Dumoustier.	* Lannes.	* Plauzonne.
* Campana.	* Duprat.	Lariboissière.	* Poniatowski.
Campi.	* Duroc.	* Lassale.	Rapp.
Carra-Saint-Cyr.	Durrieu.	Latour-Maubourg.	Richepanse.
* Caulaincourt.	Durutte.	* Latour d'Auvergne.	Rochambeau.
* Cervoni.	Dutaillis.	Lauriston.	* Romeuf.
Chambure.	Eblé.	Lecourbe.	Rosamel.
Chemineau.	Ferino.	Legrand	Rosily.
* Cherin.	Foissac-Latour.	Lejeune.	Roussel d'Hurbal.
Chouard,	Foucher.	Lemarois.	* Roussel.
Claparéde.	Fressinet.	Lepic.	Sainte-Suzanne.
Clarke.	Fririon.	L'héritier.	Savary.
Clément (L.-R.)	Gauthier-Clerc.	Macdonald.	Schal.
* Cohorn.	* Gautier.	Maison.	Schramm (J.).
Compans.	Gentil Saint-Alphonse.	Marescot.	Ségur (P.).
* Conroux..	Gérard.	Marin.	Songis
* Corbineau.	Girard *dit* Vieux.	* Marion.	Sorbier.
Curial.	Girardin.	Marulaz.	* Teulie.

(1) Tué le 28 juillet 1835 par la machine infernale Fieschi. Ses dépouilles mortelles ont été déposées dans les caveaux de l'hôtel national des Invalides.

* Tharreau.	* Valhubert.	Villeneuve.	Wathier.
Trilhard.	Vallin.	Vincent.	Wathiez
Turreau.	* Viala	Walther.	

SUD

Armée de Dalmatie.
— d'Egypte.
— d'Espagne.
— de Portugal.

Armée d'Andalousie.
— d'Aragon.
— de Catalogne.
— du Midi.

Jaffa.	*Caire.*	*Gratz.*	*Geisberg.*
Peschiera.	*Capri.*	*Combat de Sprimont.*	*Champ-Aubert.*

Loano.	Saint-Georges.	Bassignano.	Montebello.
Millesimo.	Mantoue.	Saint-Giuliano.	Le Mincio.
Dégo.	Tagliamento.	Dietikon.	Caldiero.
Mondovi.	Sediman.	Mutta-Thal.	Castel-Franco.
Rovéredo.	Mont-Thabor.	Gênes	Raguse.
Bassano.	Chebreisse.	Le Var.	Gaëte.

Lodi.	*Castiglione.*	*Arcole*	*Rivoli.*
Marengo.	*Pyramides.*	*Aboukir.*	*Héliopolis.*
Montenotte.			

NOMS INSCRITS SUR LE COTÉ SUD.

Andreossi.	Colli.	Jeanin.	Perrée.
Anselme.	Dallemagne.	* Joubert.	* Pigeon.
Arrighi.	Damas.	Kellermann (F.).	* Point.
Augereau.	Danthouard.	Kléber.	Poitevin de Maureillan.
Bachelu.	Darricau.	Lafond-Blaniac.	Pouget.
* Banel.	Déjean (A.).	* Laharpe.	Quiot.
Baurot.	Delaitre.	Lahure.	* Rambaud.
* Bayrand.	Delamotte.	Lameth (Charles).	Rampon.
Beauharnais (E.).	* Delegorgues.	Lamorandière.	Razout.
Béker.	Denniée.	* Lanusse.	Remond (V.).
Belliard.	Dériot.	Laplane.	Reynier.
Berge.	* Desaix.	Lapoype.	Ricard.
Berthezène.	Desgenette.	Larrey.	Rivaut de la Raffinière.
Berthier.	* Desnoyers.	Lasalcette.	Roguet.
Bessiéres (B.).	Destaing.	Lasowski.	* Roize.
Bigarré.	Digeon.	Ledru-des-Essarts.	Rusca.
Biron.	D'Hilliers (B.).	* Leturc.	Ruty.
* Blancheville.	Dode.	Loverdo.	Saint-Geniez.
* Boisgérard.	Dombrowski.	Lucotte.	* Saint Hilaire.
* Bon.	Dommartin.	* Magon.	Saint-Laurent.
Bonnemains.	* Dubois.	Mainoni.	Sanson.
Borrelli.	Dugua.	Marchand.	Sarrut.
Briche.	Dumas.	* Marigny.	Schawembourg.
Bron.	Dumerbion.	* Marisy.	Seras.
* Brueys.	Dupas.	Marmont.	Serrurier.
Brune.	* Duphot.	Masséna.	Soulès.
Brunet.	Emeriau.	Menard.	Soult (P.).
* Cacault.	Exelmans.	Menou.	* Stengel.
Caffarelly-Dufalga.	Fabre.	Merlin (E.).	Stroltz.
* Caffarelly.	Faultrier.	Merlin.	Subervie.
Campredon.	Fiorella.	Meunier (G.).	* Sulkoski.
Cassagne.	Frére.	Miollis.	Thouvenot
* Causse.	Gantheaume.	* Mireur.	Tirlet.
Cavaignac.	Garbé.	Monier.	Valazé.
Chabert.	Gardanne.	Montélégier	* Vallongne.
Chabran.	Garnier.	Montesquiou.	Vaubois.
Chamorin.	Gautherin.	Morangiés.	Verdier.
* Champeaux.	Gazan.	Murat.	Vial.
Charpentier.	* Grigny	Pacthod.	Vignolle.
* Charton.	Cudin.	Partouneaux	Willaumez.
Chasseloup.	Guyeux.	Pernety.	* Zayonscheck.

OUEST.

Armée des Pyrénées-Orientales.		Armée de réserve.
— des Pyrénées-Occidentales		— du camp de Boulogne
— de l'Ouest		Grande armée.

Roses	*Gironne*	*Toulouse*	*Oporto*
Astorga.	*Olivenza.*	*Medina-del-Rio-Secco*	*Fuente d'Oñoro*
Bastan.	La Corogne	Ocaña	Tortose.
Le Boulou.	Sarragosse.	Alba-de-Tormez.	Gebora.
Burgos.	Vals	Vique.	Badajoz.
Espinosa	Medelin.	Lerida.	Tarragone.
Tudela.	Maria-Belchite.	Ciudad-Rodrigo.	Sagonte
Uclez	Almonacid.	Almeida.	Valence.

Soma-Sierra.

NOMS INSCRITS SUR LE COTÉ OUEST.

Abbé.	Desailly.	Lamartillière.	Préval.
Aymard.	Desfourneaux.	Lamartinière.	Quesnel.
Baillod.	D'hennin.	* Lapisse.	Reille.
Bailly de Monthion.	Dorsenne.	Latrille de Lorencey.	Reiset.
Barbantane.	Drouot.	Laval.	Renaudin.
Barbot.	Dubouquet.	Lebrun.	René.
Barrois.	Dubreton.	Leclerc.	Rey (E.)
* Baste.	* Dugommier.	Lefebvre-Desnoëttes.	Rognat.
* Beauregard.	Dulong.	Lenoury.	Ruffin.
* Béchaud.	Duperré.	Lery.	Sahuguet.
Berruyer.	Durosnel.	Lespinasse.	Saint-Cyr-Nugues.
Bertoletti.	Duvernet (M.).	Lhermite.	Saint-Sulpice.
Beurmann (J.-F.).	* Ferey.	Liger-Belair.	Saligny.
Bonnamy	Flahaut.	Linois.	* Salon.
Bouchu.	Flamand.	Loison.	Sauret.
Boulart.	Foy.	Macon.	Schérer.
Brayer.	Franceschi.	Maransin.	Schmitz.
Brenier.	Frégeville.	Marbot.	Sébastiani.
Canclaux.	Gilly.	Martin.	Sémélé.
Castex.	* Gobert.	Mathieu-Maurice.	* Senarmond.
Caulaincourt (L.).	' Graindorge.	Maucomble.	Sercey.
Carbonnel	Gressot.	Maucune.	Servan.
Chastel.	Guéhéneuc	Maurin.	Sévéroli.
* Château	Guyot (C.).	Meynadier	Simmer.
Christiani	Habert.	Merle.	Solignac.
Clausel.	Harispe.	Milhaud.	Soult.
* Colbert.	Harlet.	Miguel.	Suchet.
Colbert (E.).	Haxo.	Mirabel.	* Taupin.
* Compère.	Hédouville.	Moncey.	Taviel.
Corbineau.	* Henry (Wolodkowiez),	Montmarie (L.).	Thiébault.
Dagobert.	Huber.	Muller.	* Thomières.
D'Alton.	* Jardon.	Musnier.	Travot.
Darmagnac.	Jouffroy.	* Noailles.	Troude.
Daultane.	Junot.	Ordener.	Valée.
Daure.	Klopiski.	Ordonneau.	* Valletaux.
Decaen.	* Lacoste.	Pécheux.	Victor.
Decrès.	Lacroix (P.).	* Pépin.	* Werle
Deflers.	Laferrière-Lévéque.	Pérignon.	Willot.
Delaborde.	Lagrange.	Philippon.	Wolff.
Delbecq.	Lallemand.	Picquet.	
Delort.	Lamarque.	Pille.	

Il résulte du tableau qui précède :

1° Que, de 1791 à 1814, la France a tenu sur pied 50 armées, sous diverses dénominations;

2° Que 158 batailles, combats ou faits d'armes, pendant la même durée, sont inscrits dans les ornements qui décorent l'arc de triomphe de l'Etoile;

3° Qu'enfin 652 noms s'y trouvent placés (1), et que, parmi les officiers généraux qui y figurent, 120 ont été tués sur les champs de bataille, ou sont morts des suites de leurs blessures.

(1) Celui de Jérôme Bonaparte a été ajouté à cette glorieuse liste en 1850.

FALAISE (Château de). A l'est de la petite ville de Falaise, département du Calvados, on aperçoit le château qui en défendait les approches, et qui, dès l'an 998, était déjà l'une des forteresses les plus importantes de la Nor-

mandie. Guillaume le Conquérant y naquit, en 1027. Il devint le centre de toutes les opérations militaires, pendant les guerres de rivalité de la France et de l'Angleterre, et résista longtemps à tous les efforts que firent les Français pour s'en emparer. Philippe-Auguste le prit par capitulation, en 1204. Henri V, roi d'Angleterre, s'en rendit maître, le 2 janvier 1418, après cinq mois de siége. Reprise, en 1450, par Charles VII, cette forteresse et la ville eurent beaucoup à souffrir à l'époque des guerres de religion qui désolèrent la France. Henri IV en fit démanteler les fortifications.

Le château est situé sur un roc élevé qui domine la ville; ses ruines conservent encore un caractère de grandeur qui lui donne un aspect imposant et sévère. Il était muni d'un donjon, entouré de fossés, et défendu par des tours solides et des remparts. Restauré et augmenté à diverses époques, il présente, à l'intérieur et à l'extérieur, différents genres d'architecture; mais c'est le style normand qui domine. La plus grosse tour est celle dite de Talbot, du nom de ce général, qui la fit élever en 1450; elle a environ 100 pieds de hauteur et est d'une construction tellement solide, qu'elle a subi très-peu de dégradations. On parvient à son sommet par un escalier caché dans l'intérieur des murs, dont l'épaisseur a de 13 à 16 pieds. La longueur de cette forteresse est de 270 pieds; sa largeur moyenne de 420 pieds.

FLÉCHE (Collège militaire de la), département de la Sarthe. Le collège militaire de la Flèche, fondé en 1764, avait été supprimé en 1776. Un décret impérial du 31 mai 1805 le recréa sous le titre de *Prytanée militaire*. Les élèves qui avaient satisfait aux examens de sortie passaient aux écoles spéciales de Fontainebleau pour l'infanterie, et de Saint-Germain pour la cavalerie; ils pouvaient

Château de Falaise.

egalement entrer à l'Ecole polytechnique, ou prendre du service dans la marine.

A la Restauration, le Prytanée militaire de la Flèche reçut la dénomination d'*Ecole militaire préparatoire*. Cette dernière reprit le titre de *Collège militaire*, par ordonnance du 12 avril 1831.

Le collège militaire de la Flèche est placé sous la direction du ministre de la guerre, et est destiné à l'éducation des fils d'officiers sans fortune.

Le nombre d'élèves entretenus aux frais de l'Etat est de trois cents boursiers et de cent demi-boursiers. On admet

au collège des enfants payant pension; le prix de la pension est de 850 francs; celui de la demi-pension, de 425 francs.

L'âge d'admission est fixé de dix à douze ans. Les élèves peuvent rester au collège jusqu'à la fin de l'année scolaire dans le courant de laquelle ils auront complété leur dix-huitième année.

FOIX (Château de), département de l'Ariége. L'ancien château de Foix s'élève sur un énorme rocher isolé, qui borne la ville à l'ouest; il se compose de trois grandes tours gothiques construites en pierres de grès, qui appartiennent à différentes époques.

Deux de ces tours sont carrées, l'autre est ronde. La plus petite, celle du Nord, a été fondée sur des substructions plus anciennes, et paraît remonter à l'époque romaine; la seconde, celle du milieu, a dû être construite par un des premiers comtes de Foix; la tour ronde, la plus remarquable des trois, ne date que du quatorzième siècle : elle aurait été fondée par Gaston Phœbus. Ces tours servaient à la fois de palais et de prison. Cette dernière destination est la seule qui leur soit restée.

La ville de Foix et son château sont célèbres par les siéges mémorables qu'ils ont soutenus; ils résistèrent, en 1210, aux efforts de Simon de Montfort et de l'armée croisée contre les Albigeois; les habitants, armés seulement de pierres, repoussèrent les croisés et les mirent en fuite, après leur avoir tué beaucoup de monde.

En 1272, le comte de Foix, enhardi par la situation avantageuse du château, où il s'était renfermé, osa défier le roi de France Philippe le Hardi, contre lequel il s'était révolté. Philippe, courroucé de cette audace, vint l'assiéger avec une puissante armée, et fit serment d'emporter la place à quelque prix que ce fût. La résistance fut si longue et si opiniâtre, que le roi entreprit de faire abattre l'énorme rocher qui porte le fort. A une époque où la poudre n'était pas encore inventée, c'était une entreprise difficile. Néanmoins on se mit à l'œuvre; de vastes quartiers de pierre étaient déjà renversés, et le rocher commençait à surplomber d'un côté, lorsque le comte, effrayé, se soumit et demanda grâce.

Dans le seizième siècle, la ville et le château furent successivement pris et repris par les catholiques et les religionnaires, et eurent beaucoup à souffrir des vicissitudes de la guerre.

FOY (Tombeau du général), dans le cimetière du Père-Lachaise, à Paris. Ce tombeau fut élevé à la mémoire de

l'illustre général, du grand citoyen et de l'habile orateur, au moyen d'une souscription nationale qui dotait en même temps ses enfants, laissés sans fortune.

La statue et les différents bas-reliefs qui ornent cet édifice funéraire sont en marbre blanc, et ont été exécutés par David (d'Angers).

Le monument figure un temple à jour, élevé sur un piédestal avec cette inscription :

Au général
Foy
ses concitoyens
28 novembre 1825.

La statue est placée entre les deux colonnes qui soutiennent l'entablement et la corniche

Une balustrade, d'un style simple mais noble, défend les abords du tombeau.

La dépense de ce monument s'est élevée à la somme de 90,000 francs.

FRANÇOIS Ier (Tombeau de), roi de France, dans l'église Saint-Denis. Ce monument, élevé en 1550, d'après les dessins de Philibert Delorme, est tout en marbre blanc. Seize colonnes ioniques cannelées, de 6 pieds de haut, soutiennent l'entablement. La voûte principale recouvre deux sarcophages sur lesquels sont couchées les statues, plus grandes que nature, de François Ier et de Claude de France, sa femme. Cette voûte est ornée de bas-reliefs exécutés par Germain Pilon, et représentant les génies de la mort, le Christ vainqueur des ténèbres, et les quatre prophètes de l'Apocalypse. Les bas-reliefs du soubassement représentent les batailles de Cerisolles et de Marignan. On y remarque aussi le bas-relief représentant des vivandières portant sur leur tête des ustensiles à l'usage des troupes. Au-dessus de l'entablement sont placées les statues de François Ier, de la reine et de leurs trois enfants, en habits de cour et à genoux. Ces cinq statues et les bas-reliefs du soubassement sont de Pierre Bontemps. Les arabesques des petites voûtes et les autres ornements de ce mausolée sont d'Ambroise Perret et de Jacques Chantrel.

FRÉJUS (Aqueduc de). La ville de Fréjus, département du Var, dont l'origine remonte aux Celto-Liguriens, fut considérablement agrandie par les Romains, qui l'enrichirent d'un grand nombre de monuments. Elle avait environ une lieue de circonférence, et comptait une population de quarante mille habitants.

Parmi les monuments d'utilité publique que possède la ville de Fréjus, on remarque les restes de l'aqueduc qui y conduisait les eaux de la Siagne, et qui avait un développement de 30,000 mètres. Arrivé à la porte de Fréjus, du côté de l'Italie, l'aqueduc se divisait en deux branches; l'une entrait dans la ville, du côté du nord, l'autre se dirigeait vers le port.

FRÉJUS (Porte dorée a). Cette ville doit à Auguste de beaux édifices publics; c'est sous son règne qu'elle fut entourée de fortes murailles flanquées de tours et percées de quatre portes magnifiques, dont les principales étaient la *Porte dorée* et la *Porte romaine*.

La première est l'une des plus importantes sous le rapport de l'art. Elle consiste en un arc dont le couronnement, les bas-reliefs et les ornements ont été entièrement effacés par le temps. Les deux montants sont tellement dégradés, que la ruine de ce monument paraît imminente, si l'administration locale ne prend pas de promptes mesures pour le réparer.

GALISSONNIÈRE (Château de la) Il est situé à

peu de distance du village de Monnières, département de la Loire-Inférieure. Les ruines de cet ancien monument féodal sont à la fois tristes et imposantes. Les seules parties qui sont encore debout sont presque entièrement recouvertes de lierre, ce qui leur donne un aspect très-pittoresque.

Vers le milieu du moyen âge, ce château eut à soutenir un grand nombre de siéges ; il fut pris et repris par les différents partis qui désolèrent cette contrée, tour à tour dévastée par les Anglais, les Français et les Bretons. Cet édifice a été longtemps habité par Barin de la Galissonnière, lieutenant général des armées navales, connu par la victoire qu'il remporta sur l'amiral Bing.

GALERIE DES PLANS-RELIEFS, à l'hôtel national des Invalides, à Paris. L'origine de cette belle collection remonte au régne de Louis XIV, qui avait reconnu l'utilité de réunir près de lui, pour y avoir recours au besoin, les plans-reliefs des places fortes du royaume et de celles qui avaient été conquises par ses armées.

Le premier de ces plans, exécuté par ordre du roi, fut celui de la citadelle de Lille, dont la construction eut lieu en 1660. Le but de cet établissement, dit l'écrivain auquel nous empruntons une partie de cet article, était de placer auprès du gouvernement une sorte de musée militaire qui présentât des notions aussi promptes qu'exactes sur les places fortes de la France et des pays étrangers, ainsi que sur leurs moyens d'attaque et de défense. La collection des plans-reliefs est, pour l'art de la fortification, ce que sont, pour l'artillerie, pour la marine, pour la mécanique et les usines, les collections du Musée d'artillerie, du Musée de marine et du Conservatoire des arts et métiers. Elle est un objet d'études pour les élèves du génie, de l'école d'application d'état-major et de l'École polytechnique, qui y reçoivent chaque année une instruction pratique sur l'art de la fortification, de l'attaque et de la défense des places.

La galerie des plans-reliefs a été successivement placée à Versailles, aux Tuileries et au Louvre. A l'époque de la création du comité des fortifications, en 1776, elle fut transférée dans les vastes combles de l'hôtel national des Invalides, et placée dans l'une des ailes de la façade de l'Ouest, qu'elle occupe encore aujourd'hui.

Une loi de l'Assemblée constituante, du 10 juillet 1791, plaça cet établissement dans les attributions du comité du génie, qui avait succédé au conseil des fortifications. La collection s'agrandit successivement sous la République et l'Empire. Napoléon y fit exécuter divers modèles de forts et de redoutes qu'il avait l'intention de faire construire pour la défense des côtes. Transportés au palais des Tuileries, ses modèles servirent dans les discussions des divers projets soumis au comité du génie.

« Après avoir fait les honneurs de la galerie aux rois et aux princes étrangers venus pour lui rendre hommage dans sa capitale, dit encore l'auteur que nous avons cité, l'empereur s'y rendit, le 6 mars 1813, accompagné de l'impératrice Marie-Louise et de toute sa cour. Il examina attentivement plusieurs des anciens reliefs, et s'arrêta avec une satisfaction particulière devant celui de Brest, qui venait d'être achevé, en disant : *C'est très-bien ! Que l'on appelle l'impératrice ; je veux qu'elle voie ce magnifique ouvrage !* »

En 1814 et 1815, les alliés enlevèrent une grande partie des plans-reliefs dont se composait la galerie, notamment ceux des frontières françaises du Nord, de Strasbourg à Lille inclusivement. Ces modèles, au nombre de dix-neuf, ont été successivement remplacés depuis.

Les curieux qui désirent visiter cet établissement en obtiennent facilement l'autorisation, sur leur demande ; les expositions annuelles ont lieu chaque année, du 15 avril au 15 mai.

Cette galerie figure annuellement au budget de la guerre pour une somme de 20,000 francs, y compris le matériel et le personnel de l'établissement.

GARD (Pont du), à cinq lieues et demie de Nîmes, département du Gard. Il est bâti sur le Gordon ou Gard, à seize kilomètres de Nîmes. Ce monument se compose de trois rangs d'arcades à plein cintre, élevées les unes sur les autres et jetées avec une hardiesse et une légèreté admirables à de très-grandes distances ; sa hauteur totale est de 146 pieds ; le premier rang, long de 13 toises, repose sur six arches, le second sur onze, le troisième sur trente-cinq.

Cet ouvrage extraordinaire, construit en pierres de taille posées à sec, fut élevé pour supporter un aqueduc dont le niveau devait joindre celui des deux collines escarpées entre lesquelles passe la rivière. Il conduisait dans Nîmes les eaux de deux fontaines qui, elles-mêmes étaient amenées au pont du Gard par une longue suite d'aqueducs.

L'opinion la plus généralement adoptée attribue la construction de ce gigantesque monument à Agrippa, gendre d'Auguste, qui en aurait ordonné la construction l'an 735 de Rome, lorsqu'il reçut la mission d'apaiser les soulèvements armés dans les Gaules.

Au commencement du dix-septième siècle, on entreprit de faire du premier des trois ponts un passage pour les voitures. Le duc de Rohan, qui venait porter des secours aux religionnaires de Nîmes, fit couper en amont tous les pieds-droits des arcs du deuxième rang, afin de faciliter le passage de son artillerie. Ces travaux ayant compromis la solidité de l'édifice, les états du Languedoc avisèrent, en 1700, au moyen de le faire réparer. Une première tentative n'ayant pas complétement réussi, on s'arrêta au projet de faire bâtir un pont particulier, également praticable aux voitures, et adossé à la face orientale de l'aqueduc. Cette entreprise, commencé le 22 juin 1743, fut achevée en 1747.

GISORS (Château de), département de l'Eure. Ce château, qui s'élève sur une petite montagne à l'extrémité de la ville de ce nom, et près de la rivière de l'Epte, était considéré, par sa situation et par la solidité de sa construction, comme un des postes les plus importants du Véxin normand. L'abbé Suger fait remonter sa fondation vers l'an 1000 ; elle serait due, selon lui, à un baron nommé Paganus. Guillaume le Roux en augmenta considérablement les fortifications de 1088 à 1097.

Cette forteresse se compose de deux enceintes, avec un donjon octogone très-élevé au milieu de la seconde. La première enceinte, qui sert aujourd'hui de halle, était très-étendue et pouvait contenir un grand nombre de soldats ; elle était flanquée de tours dont quelques-unes subsistent encore. On pénétrait dans l'intérieur par deux portes, défendues par de grandes tours, des herses et des ponts-levis. La seconde enceinte était bâtie sur le sommet de la colline, dominait la première et n'avait qu'une entrée.

Les ruines de ce vieux château attestent encore son ancienne importance militaire, à une époque où la poudre et les armes à feu étaient inconnues. — Philippe-Auguste s'y réfugia en 1197, après la bataille livrée sous ses murs, dans laquelle il courut les plus grands dangers. Entouré d'ennemis qui le poursuivaient, il parvint à se frayer un passage, l'épée à la main, et à se jeter dans la ville ; ses hommes d'armes se précipitèrent à sa suite dans un tel désordre et avec une telle impétuosité, que le pont de bois qui traversait l'Epte s'écroula sous le poids de ses cavaliers, chargés de lourdes armures, au moment où le roi achevait de le franchir ; il dut son salut à son cheval, qui le tira à la nage du péril qui le menaçait.

GLANUM (Tombeau de), près de Saint-Remi, département des Bouches-du-Rhône. L'antique cité de Glanum était, ainsi qu'on peut le conjecturer d'après ses monnaies, une colonie Massaliote. Elle fut détruite par les barbares vers la fin du quatorzième siècle. La ville moderne de Saint-Remi n'occupe pas précisément l'emplacement de cette antique cité, elle en est située à environ deux kilomètres.

Le tombeau qu'on y remarque est peut-être le monument de ce genre le mieux conservé que l'on possède. Il a environ 16 métres 24 centimètres d'élévation. La frise du second étage présente, du côté du nord, cette inscription :

SEX. E. M. IVLIEI. C. F. PARENTIBVS. SVEIS.

(Sextus Julius, Lucius Julius et Marcus Julius, fils de Caius Julius, à leurs parents.)

Les archéologues ne sont pas d'accord sur l'époque de la construction de ce monument. (Voyez Remi (Saint.)

GRANDE ARMÉE (Colonne dédiée a la), sur la place Vendôme, à Paris.

Au centre de cette place, l'une des plus belles et des plus vastes de la capitale, s'élevait autrefois la statue équestre de Louis XIV, qui disparut à la révolution de 1789. Sur les fondations de ce monument, d'une profondeur de 30 pieds, élevées sur pilotis, le premier consul Bonaparte posa la première pierre de la *Colonne départementale de la Seine*, que devait surmonter la statue de Charlemagne. Nous avons fait connaître plus haut la pensée qui fit donner une autre destination à cet édifice national. (Voyez Colonnes départementales.)

Après la mémorable campagne de 1805, si glorieusement terminée par la bataille d'Austerlitz et la paix de Presbourg, M. Denon, directeur des musées et de la monnaie des médailles, qui avait suivi l'empereur à Schœnbrunn, proposa de transformer la colonne départementale en un monument commémoratif des triomphes de la campagne.

Napoléon accueillit cette idée, et donna l'ordre de la mettre à exécution. L'activité la plus grande présida aux travaux, qui furent achevés en moins de quatre ans. C'était beaucoup pour un monument destiné à immortaliser une campagne de trois mois, trois mois qui avaient suffi à subjuguer toute l'Allemagne, à prendre Vienne, à faire mettre aux pieds de Napoléon les deux plus hautes puissances de l'Europe, la Russie et l'Autriche. Mais c'était bien peu, si l'on songe à l'immensité de la main-d'œuvre, à la prodigieuse quantité d'ouvriers et d'artistes qu'il fallut réunir pour faire marcher de front toutes les parties si diverses d'un si magnifique ensemble. A mesure que s'élevait la masse de pierre, dessinateurs, sculpteurs, fondeurs et ciseleurs, saisissaient à pleines mains le bronze des canons ennemis. Ils le tordaient, le pliaient, l'assouplissaient en tous sens comme une faible argile; ils le filaient, le tissaient pour ainsi dire comme un ruban, qui venait ensuite revêtir les assises de maçonnerie au fur et à mesure que la main de l'architecte les posait les unes sur les autres. Paris est la seule ville du monde, où, comme autrefois à Rome, les arts puissent, quand ils le veulent, opérer de semblables prodiges. C'est le paradis des artistes et des ouvriers, c'est leur gloire, c'est la récompense de leurs études, de leurs travaux !

La colonne a reçu successivement les noms de *Colonne d'Austerlitz*, de *Colonne de la Victoire*, puis enfin celui de *Colonne de la grande armée*, qui paraît lui être resté. Cette colonne est en pierre, recouverte de bronze. Ce bronze est celui de douze cents canons enlevés aux armées russes et autrichiennes pendant la mémorable campagne de 1805. La masse de ce bronze pèse neuf cent mille kilogrammes. Les bandes de bronze qui montent en spirale ont 3 pieds 8 pouces de haut.

Les proportions de ce monument sont colossales. Son élévation totale est de 138 pieds. Le piédestal, qui a 21 pieds d'élévation, présente sur ses faces quatre trophées militaires modernes, d'uniformes, de drapeaux, d'effets et ustensiles de guerre, jetés pêle-mêle dans un admirable désordre; au-dessus se dessinent des guirlandes de feuilles de chêne, surmontées aux quatre angles par quatre aigles reposés, en bronze massif, qui enlacent ces guirlandes de leurs serres. C'est de ce piédestal que s'élance la colonne.

La façade du piédestal, où se trouve la porte d'entrée, est due au crayon de M. Mazois, architecte, et au ciseau de M. Gérard. Les bas-reliefs des trois autres façades ont été sculptés en commun par MM. Renaud et Beauvallet, sur les dessins de M. Zix. Les quatre aigles sont de M. Canler, les ornements de M. Gelée.

A la partie supérieure de cette masse carrée, sur la face du midi, deux renommées en plein vol soutiennent une inscription latine, que l'on pourrait traduire par ces mots : « Avec le bronze conquis sous son commandement, pendant les trois mois de la campagne d'Allemagne en 1805, Napoléon, auguste empereur, éleva ce monument à la gloire de la grande armée. » Au-dessous de cette inscrip-

tion est une porte à deux battants, également en bronze, couverte d'aigles et de couronnes; dans l'intérieur de la colonne on a pratiqué un escalier à vis composé de cent soixante-seize marches, par lequel on monte à la galerie

placée au-dessus de la colonne : là s'élève un piédestal terminé en dôme. On y lit cette autre inscription :

Monument élevé à la gloire de la grande armée, commencé le 25 août 1806, terminé le 10 août 1810, sous la direction de M. Denon, directeur général ; de M. G.-B. Lepère et de M. Gondouin, architectes.

Le fût est enveloppé, dans toute sa hauteur, par un bas-relief qui se déroule en spirale sur une longueur de 840 pieds, et présente, inscrits presque jour par jour, tous les faits mémorables de la campagne d'Allemagne de 1805. Onze cent vingt agrafes en bronze, scellées dans le noyau de pierre du monument, servent à fixer ces bas-reliefs de la façon la plus solide et la plus simple. En fondant ces pièces de bronze, on y a ménagé des sabots, placés au revers, qui se rapportent aux agrafes, et s'y attachent au moyen d'un goujon qui les traverse.

Voici les sujets des soixante-seize tableaux que représentent les bas-reliefs, et qui se tiennent tous dans une stricte unité :

1. L'armée navale rentre dans le port de Boulogne, le 25 août 1805

2. Les 31 août, 1er, 2 et 3 septembre, les 3e, 4e, 5e et 6e corps partent du camp de Boulogne et marchent sur le Rhin.

3. Le 2 septembre, le 2e corps part d'Utrecht et se dirige sur le Mein.

4. Le 2 septembre, le 7e corps quitte le camp de Brest et se dirige sur le Haut-Rhin.

5. Le 17 septembre, le 1er corps part du Hanovre et se dirige sur le Mein.

6. Le 23 septembre, l'empereur va au sénat. Sa Majesté déclare que la guerre de la troisième coalition est commencée, et qu'elle va partir pour commander l'armée.

7. Le 25 septembre, le 2e corps, parti de Hollande, passe le Rhin à Mayence.

8. Le 26 septembre, le 3e corps, parti de Bruges, passe le Rhin à Manheim.

9. Le 26 septembre, le 4e corps, parti de Boulogne, passe le Rhin à Spire.

10. Le 26 septembre, le 6e corps, parti de Montreuil, passe le Rhin près de Dourlach.

11. Le 25 septembre, le 5e corps de cavalerie passe le Rhin à Kehl.

12. Le 1er octobre, l'empereur, arrivé à Strasbourg, passe le Rhin sur le pont de Kehl.

13. Le 1er octobre, l'électeur de Bade vient recevoir l'empereur à Ettlingen.

14. Le 2 octobre, l'électeur de Wurtemberg vient recevoir l'empereur à Louisbourg.

15. Le 6 octobre, le 4e corps rencontre l'ennemi à Donawerth.

16. Le 8 octobre, le maréchal Murat bat l'ennemi à Wertingen.

17. Le 8 octobre, entrée des Français à Wertingen.

B.-R. n° 12. — L'empereur passe le Rhin sur le pont de Kehl.

18. Le 9 octobre, le 4e corps entre dans la ville d'Augsbourg.

19. Les 8 et 9 octobre, les 2e et 3e corps passent le Danube à Neubourg.

20. Le 9 octobre, Guntzbourg est attaqué et pris.

21. Le 9 octobre, l'empereur distribue des honneurs sur le pont de Zursmershausen.

22. Le 10 octobre, l'empereur arrive à Augsbourg; il harangue le 2e corps sur le pont du Lech, et en reçoit le serment de vaincre.

23. Le 13 octobre, le 4e corps arrive devant Memmingen.

24. Le 13 octobre, le maréchal Soult cerne et prend une division ennemie dans Memmingen.

25. Le 11 octobre, 6,000 Français, cernés dans Albeck par 25,000 hommes, battent l'ennemi, et font 1,500 prisonniers.

26. Le 14 octobre, le maréchal Ney force le pont d'Elchingen et enlève la position de l'abbaye.

27. Le 14 octobre, le fossé de la porte d'Ulm est attaqué

28. Le 15 octobre, l'empereur arrive devant Ulm. Acclamations de l'armée.

29. Le 15 octobre, attaque et prise de Michels-Berg.

30. Le 19 octobre, le général Werneck et sa division sont faits prisonniers.

31. Le 17 octobre, le maréchal Berthier reçoit la capitulation d'Ulm.

32. Le 20 octobre, 1,500 officiers et 40,000 hommes sortent d'Ulm, posent les armes et se rendent en France.

33. Le 20 octobre, le feld-maréchal Mack et dix-huit généraux remettent leur épée en présence de l'empereur

34. La Victoire écrit sur un bouclier l'histoire de cette première partie de la campagne.

35. Le 24 octobre, entrée de l'empereur à Munich.

36. Le 27 octobre, le 1er corps arrive sur l'Inn devant Wasserburg.

37. Le 28 octobre, le 3e corps passe l'Inn à Muhldorf.

38. Le 29 octobre, l'empereur entre à Braunau, clef de

l'Autriche, et prend les magasins de l'artillerie de l'ennemi.

39. Le 1er novembre, le 3e corps passe la Traün à Lambach.

40. Le 4 novembre, prise d'Ebersberg, sur la Traün.

41. Le 3 novembre, le 5e corps entre à Lintz.

42. Le 5 novembre, le maréchal Murat, avec son corps, ayant passé l'Inn à Muhldorf, bat l'armée russe d'Amstetten.

43. Entrevue de l'empereur Napoléon et de l'électeur de Bavière, près de Lintz.

44. Les 4 et 5 novembre, le 6e corps s'empare du Tyrol, après la capitulation du fort de Luetasch, le combat de Scharnitz et le combat en avant d'Inspruck.

45. Le 7 novembre, prise des magasins d'Inspruck ; les malades sont confiés à la générosité française.

46. Le 7 novembre, drapeaux français retrouvés dans l'arsenal d'Inspruck.

47. Le 9 novembre, le 5e corps et la réserve entrent à Saint-Polten.

48. Le 10 novembre, l'empereur et son quartier général sont à l'abbaye de Molk.

49. Le 11 novembre, combat de Krems, près de Durustein.

50. Le 13 novembre, le maréchal Murat entre à Vienne avec la réserve.

51. Le maréchal Murat et le maréchal Lannes surprennent le pont de Vienne.

52. Le 13 novembre, l'empereur, à Schœnbrunn, harangue son armée.

53. Le 14 novembre, les habitants de Vienne présentent les clefs de leur ville à l'empereur.

54. L'empereur remet aux maires de Paris les drapeaux pris sur l'ennemi.

55. Les 15 et 16 novembre, combat d'Hollabrunn (connu sous le nom de Schongraben).

56. Le 20 novembre, l'empereur reçoit à Brunn les députés de la Moravie.

57. Le 22 novembre, des reconnaissances arrivent jusqu'à Olmutz.

58. Les 27 et 28 novembre, le maréchal Davoust entre à Presbourg, capitale de la Hongrie.

59. Le 29 novembre, l'empereur fait prendre position à son armée et fortifie Santon.

60. Le 29 novembre, l'empereur congédie un parlementaire russe.

61. Le 1er décembre, l'empereur visite ses avant-postes dans la nuit.

62. Le 2 décembre, l'empereur donne ses ordres aux généraux, le matin de la bataille d'Austerlitz.

63. BATAILLE D'AUSTERLITZ.

64. Le 2 décembre, les généraux et soldats russes, faits prisonniers, sont amenés à l'empereur.

65. Le 2 décembre, une partie de l'armée russe s'engloutit sous les flots.

66. Le 4 décembre, conférence des deux empereurs au bivac, près du moulin de Saruschitz.

67. Le 6 décembre, suspension d'armes.

68. Les canons et les armures de l'arsenal impérial de Vienne sont transportés en France.

69. Le ministre des relations extérieures passe le Danube devant Presbourg.

70. Le 26 décembre, paix de Presbourg.

71. Venise rendue à l'Italie.

72. Ratification du traité de Presbourg. L'électeur de Bavière et l'électeur de Wurtemberg sont proclamés rois.

73. La garde impériale rentre en France.

74. Le 27 janvier 1806, l'empereur arrive à Paris.

75. Triomphe de la campagne.

76. La renommée publie la nouvelle de la paix de Presbourg.

Ainsi donc, c'est le journal historique de la campagne de 1805 qu'il a fallu figurer et mettre, pour ainsi dire, en action autour du fût de la colonne. Que de difficultés présentait cette gigantesque composition ! D'une part, c'était l'ordre chronologique le plus rigoureux à observer ; de l'autre, on imposait à l'artiste l'obligation d'exprimer avec les chétives ressources offertes par la sculpture et sa sévérité de style, des événements dans lesquels des armées innombrables avaient figuré, revêtues de costumes antistatuaires, et traînant après elles leurs attirails de guerre. Le goût et l'imagination n'auraient point suffi à l'accomplissement de cette tâche ; un tact, un art infinis étaient nécessaires. On trouva tout cela chez un jeune homme, un jeune peintre encore obscur l'année d'avant, M. Bergeret, qui venait d'exposer au salon un tableau représentant les *honneurs rendus à Raphaël après sa mort*. Il fut seul chargé de traduire en dessins les programmes dictés par l'illustre Denon. Cette longue suite de croquis, ayant près de mille pieds d'étendue, servit de guide, sinon de modèle, aux sculpteurs ; et, on doit le dire à la louange de Bergeret, les plus beaux bas-reliefs de la colonne sont ceux dans l'exécution desquels on a le plus strictement suivi les esquisses tracées par lui.

Trente et un sculpteurs ont eu à reproduire les dessins de Bergeret ; ce sont MM. Bartholini, Beauvallet, Boischot, Boquet, Bosio, Bouillet, Bridan, Callamart, Cardelli, mademoiselle Charpentier, MM. Clodion, Corbet, Delaistre, Deseine, Dumont, Dupasquier, Fortin, Foucou, Franin, Gaule, Gérard, Goix fils, Lorta, Lucas, Montoni, Petitot, Picard, Renaud, Rutzhil, Stouff et Taunay.

Sur le couronnement de la colonne s'élevait la statue en bronze de Napoléon, représenté en empereur romain, couronné de lauriers, s'appuyant d'une main sur sa puissante épée, de l'autre, tenant le monde, boule légère où posait une victoire, les ailes déployées. Cette statue était l'œuvre de Chaudet, membre de l'Institut.

L'inauguration de la colonne eut lieu le 15 août 1810, jour de la fête de l'empereur, en présence de la garde nationale, de l'armée et d'une immense population, accourue pour prendre part à cette solennité, annoncée par des salves d'artillerie répétées sur tous les points de la capitale.

La dépense totale du monument s'était élevée à 1 million 975,447 francs.

La statue primitive fut abattue en 1814. Un câble avait été attaché à son cou, et plus de cinq cents personnes firent des efforts inouïs pour la renverser, sans songer que sa chute les eût infailliblement écrasées, et puni ainsi leurs intentions sacriléges. Heureusement pour eux, la statue ne bougea point ; il fallut, pour la descendre, qu'un ordre de l'autorité supérieure enjoignît, sous les peines les plus graves, à l'architecte qui l'avait placée, de la déplacer au plus vite. Elle servit plus tard à la fonte de la statue de Henri IV, rétablie sur le Pont-Neuf.

Le 8 juillet 1831, sur la proposition de Casimir Perier, le roi Louis-Philippe ordonna que la colonne reprendrait pour couronnement la figure de son fondateur, et la statue de Napoléon fut mise au concours. L'opinion publique voulut, cette fois, que l'on représentât l'empereur dans son costume historique.

Un charpentier du faubourg Saint-Antoine s'était, quelque temps auparavant, rendu l'interprète de ce vœu populaire en sculptant, dans un énorme bloc de chêne, une statue impériale, haute de 15 pieds, grossièrement faite par l'artiste improvisé, mais parfaitement ressemblante, sous le frac de la garde et le petit chapeau. Douze figurines furent présentées au jury d'examen ; celle de M. Seurre obtint la préférence, comme remplissant plus scrupuleusement les conditions du programme. M. Crozatier fut chargé de la fonte. — La dépense s'est élevée à 60,000 francs.

Le 28 juillet 1833, troisième anniversaire de la grande victoire du peuple, Louis-Philippe est venu en personne inaugurer la nouvelle statue. La garde nationale de Paris, la garnison tout entière et plusieurs régiments accourus de quinze à vingt lieues à la ronde, assistaient à cette magnifique cérémonie.

La date de cette attendrissante réparation à la mémoire du grand homme est consacrée par une inscription gravée sur la plinthe de la statue. Elle est ainsi conçue :

28 Juillet 1833, anniversaire de la révolution de juillet et l'an

troisième du règne de Louis-Philippe Ier, roi des Français, par ordonnance du 8 juillet 1831, rendue sur la proposition de M. Casimir Périer, président du conseil des ministres, la statue de Napoléon a été replacée sur la colonne de la grande armée; M. Thiers étant ministre du commerce et des travaux publics.

Enfin un nouveau soubassement en granit corse a été exécuté en 1835, sur l'autorisation des deux chambres, qui ont alloué à cet effet un fonds de 76,000 francs.

HAM (Château de), département de la Somme. Cette forteresse, qu'on découvre d'assez loin, présente un aspect triste, qui, au premier abord, jette dans l'âme une sorte de terreur et d'effroi. Il fut bâti vers l'an 1470, par Louis de Luxembourg, comte de Saint-Pol, que Louis XI fit plus tard décapiter. Ce château, devenu prison d'Etat, est défendu par des murs remarquables par leur épaisseur; il est entouré de remparts, de tours et de larges fossés. Au-dessus de la porte, garnie d'un pont-levis, on lit cette inscription en caractères gothiques : Mon mieux. La grosse tour, l'une des plus fortes qui existent en France, a 100 pieds de hauteur et autant de diamètre.

Le château de Ham a servi de prison aux ministres de Charles X, après leur condamnation par la cour des pairs; la duchesse de Berri et le prince Louis-Napoléon, aujourd'hui président de la République, y furent également détenus.

HAOND-LE-CHATEL, petit village de l'arrondissement de Roanne, département de la Loire. On remarque, non loin de cette commune, l'antique château de Boissy, l'une des forteresses les plus formidables de l'ancien Forez. Elle était, comme tous les châteaux du moyen âge, ceinte de fortes murailles et garnie de tours et de fossés. Celui-ci, construit sous le règne de Charles V, avait des fortifications tellement épaisses, que trois voitures pouvaient marcher de front sur la terrasse du rempart extérieur.

Sous le règne de Charles VII, le château de Boissy devint la propriété de Jacques Cœur, qui avait fait placer sur une des portes extérieures l'inscription suivante :

> Jacques Cœur fait ce qu'il veut,
> Et le roi ce qu'il peut.

L'amiral Bonnivet, tué à la bataille de Pavie, le 24 février 1525, y naquit vers l'an 1476.

HENNEBON (Château d'), département du Morbihan. Ce château, qui dominait la ville et en défendait les approches, est entièrement détruit; il n'en reste qu'une seule porte, de forme ogivale, pratiquée dans une courtine joignant les deux fortes tours qui dépendaient de la forteresse et servent aujourd'hui de prison.

Dans le quatorzième siècle, la ville et le château servirent de point central aux opérations militaires pendant les guerres entre le comte de Montfort, soutenu par les Anglais, et Charles de Blois, protégé par Philippe de Valois. Les partisans du comte de Montfort s'en emparèrent en 1341. Charles de Blois vint y mettre le siège la même année; mais Jeanne de Montfort, qui commandait la garnison, soutint courageusement plusieurs assauts, et le força d'abandonner son entreprise. Charles tenta encore inutilement de s'en emparer en 1342. Du Guesclin, s'en étant rendu maître en 1373, passa au fil de l'épée la garnison anglaise qui y était renfermée.

HENRI II (Tombeau de), roi de France, dans l'église Saint-Denis. Ce tombeau, en marbre blanc, a été exécuté sur les dessins de Philibert Delorme; sur la plate-forme qui le surmonte, le roi et Catherine de Médicis, sa femme, sont figurés en bronze, et agenouillés. Au-dessus, entre douze colonnes d'ordre composite, les corps du roi et de la reine sont couchés sur un sarcophage. Ces deux statues sont l'œuvre de Germain Pilon. Le soubassement est orné de bas-reliefs. Aux angles, on voit quatre figures colossales en bronze, d'un travail admirable, représentant les quatre vertus cardinales avec leurs attributs.

HONORÉ (Porte Saint-), à Paris. Toutes les portes construites sous ce nom, à différentes époques, indiquent les agrandissements successifs de la capitale.

La porte Saint-Honoré de l'enceinte de Philippe-Auguste était située à l'endroit où se trouve aujourd'hui le temple de l'Oratoire.

Celle dont il est ici question fut élevée sous le règne de Charles V; elle était située à l'endroit où la petite rue du Rempart venait aboutir dans celle Saint-Honoré. Elle n'offrait rien de remarquable, sous le double rapport des arts et de l'architecture. C'est par cette issue que pénétra Henri IV avec la plus grande partie de ses troupes, lorsqu'il s'empara de Paris après un long siège.

En 1631, une troisième porte Saint-Honoré avait été placée en face de la rue de la Convention, ci-devant rue Royale. Cette dernière fut démolie en 1732.

IÉNA (Pont d'), à Paris : il est situé en face du Champ-de-Mars et de l'Ecole militaire. Ce nom lui fut donné en mémoire de la célèbre bataille de ce nom, gagnée par l'empereur Napoléon sur les Prussiens, le 14 octobre

1806. Sa construction, commencée en 1809, fut achevée en 1813, sous la direction de MM. Lamandé et Dillon. Il se compose de cinq arches à plein cintre, dont le diamètre moyen est de 28 mètres; la largeur entre les têtes est de 12 mètres, et la longueur totale, entre les culées, de 140 mètres. A chaque extrémité des parapets sont quatre piédestaux en marbre de Château-Landon, destinés à porter des statues. Au-dessus de chaque pile, et dans l'intervalle des arches, étaient sculptés des aigles entrelacés de couronnes. Ces sculptures ayant été effacées sous la première restauration, on leur substitua des LL.

Les frais de construction de ce monument, y compris l'acquisition des terrains nécessaires, se sont élevés à 6,175,124 francs, 75 centimes.

Lorsqu'en 1814, les revers de Napoléon amenèrent l'armée prussienne à Paris, le prince Blücher, qui la commandait, voulut faire sauter ce pont dont le nom rappelait à ses troupes le souvenir d'une sanglante défaite. Cependant le roi Louis XVIII parvint à ramener le général prussien à des sentiments plus modérés, et calma ses susceptibilités en donnant une autre dénomination à ce pont. En conséquence, une ordonnance du mois de juin 1814 prescrivit qu'il prendrait désormais le nom de *Pont des Invalides*. L'opinion publique a fait en même temps justice des exigences étrangères et de la pusillanimité du gouvernement, en conservant à ce monument de notre gloire militaire sa première appellation.

INVALIDES (HÔTEL NATIONAL DES), à Paris. Parmi les monuments de la capitale qui honorent le plus la mémoire de Louis XIV, l'hôtel des Invalides doit être placé en première ligne. Cependant, la pensée de cette institution n'appartient pas exclusivement à ce prince ou à ses ministres. Elle est due à Philippe-Auguste; mais, mal secondé ou manquant de fonds, ce monarque dut presque immédiatement y renoncer. Reprise par Henri III et par Henri IV, elle fut abandonnée par Louis XIII, qui, dès l'année 1643, relégua les militaires invalides de la rue de l'Oursine dans l'hôpital de Bicêtre. (Voy. OURSINE.)

Louis XIV donna à l'institution créée par ses prédécesseurs les développements que réclamaient l'accroissement

Esplanade des Invalides.

progressif des forces militaires de son règne, et le grand nombre d'invalides que ces nombreuses guerres avaient laissés à la suite des régiments. Un arrêt du conseil du mois de mars 1660 assigna des fonds pour la construction des bâtiments et la dotation de cet établissement; des plans furent présentés, l'emplacement désigné et le terrain acheté. Le roi en posa la première pierre en 1670; et, quatre ans après, l'hôtel des Invalides s'éleva majestueux au nord-est de la vaste plaine de Grenelle; car Louis XIV *voulait* que tous les monuments élevés sous son règne fussent empreints de la grandeur de son nom, de sa ruineuse munificence. Dès l'année 1674 les bâtiments furent en état de recevoir une certaine quantité d'officiers et de soldats; mais ce ne fut que trente ans plus tard que le monument fut achevé dans tout son ensemble, d'après les plans et sous la direction de Jules Hardouin Mansard.

L'hôtel des Invalides est situé à l'extrémité occidentale du faubourg Saint-Germain. Sa façade regarde le septentrion; elle a 200 toises d'étendue, quatre étages et cent trente fenêtres. On aperçoit au-dessus de la principale porte d'entrée la statue équestre de Louis XIV.

Après avoir dépassé cette porte, on pénètre dans la grande cour, qui a 390 pieds de long sur 192 de large. Elle est entourée de quatre corps de logis, ayant chacun deux rangs d'arcades l'un sur l'autre, formant galeries. Le milieu de chaque face est accompagné d'une espèce de corps avancé avec un fronton : les combles sont ornés de tous côtés. Les appartements se trouvent convenablement disposés. Le grand état-major de l'hôtel, c'est-à-dire le gouverneur, le général commandant, l'intendant militaire, les officiers de santé et les bureaux, occupent ceux de l'aile droite et de l'aile gauche de la façade. Des appartements particuliers ont été pratiqués, du côté de la plaine de Grenelle, pour loger les officiers supérieurs et quelques officiers subalternes; les autres chambres, à très-peu d'exceptions près, sont en commun, mais disposées de telle sorte, que les militaires qui les occupent y sont fort à leur aise. Les dortoirs des officiers ont de quatre à six lits; ceux des sous-officiers et soldats en ont cinquante. Dans un des grands salons de l'hôtel se trouvent rangés, dans l'ordre chronologique, les portraits en pied des maréchaux de France morts. C'est encore dans la direction de Grenelle que se trouvent la manutention, la lingerie, l'infirmerie et les magasins. Les cuisines, au nombre de deux, sont situées dans l'intérieur.

Dans les corps de bâtiments placés à droite et à gauche de la principale cour sont quatre réfectoires, où l'on remarque des peintures à fresque représentant les siéges et les batailles les plus mémorables du règne de Louis XIV.

De la cour on arrive successivement, par les galeries latérales, dans six autres cours, qui ont toutes leurs destinations particulières.

L'infirmerie de l'hôtel est tenue avec le plus grand soin et la plus grande propreté. Les malades y sont soignés par les sœurs de Saint-Vincent de Paule, avec cette sollicitude bienveillante qui caractérise ces femmes si généreusement dévouées au soulagement des malades. Elles sont au nombre de vingt-huit, et occupent un bâtiment entièrement séparé des autres. Le laboratoire fait partie de leur pavillon.

Au fond de la grande cour se trouve l'entrée de l'église. Cet édifice, dont la construction complète le vaste bâtiment des Invalides, fut commencé en 1675; les travaux durèrent trente ans; quelques détails d'ornement n'étaient même pas encore achevés, lorsque Louis XIV termina sa longue carrière. Elle se compose d'une grande nef et de deux bas-côtés, décorés de pilastres corinthiens. L'église des Invalides, l'un des plus beaux monuments que possède la France, est due au talent de Mansard, qui en fut l'architecte. Elle est surmontée d'un magnifique dôme de 300 pieds de diamètre, c'est-à-dire d'environ 900 pieds de circonférence à sa base. Sa forme élégante et pyramidale s'élève à 225 pieds de hauteur et domine Paris. La façade de l'église regarde le midi : ses dimensions ont 30 toises de largeur et 16 de hauteur. Elle est élevée sur un perron de plusieurs degrés, décoré des ordres dorique et corinthien, superposée et couronnée par un fronton triangulaire. Les niches adjacentes à l'entrée du portail sont occupées par les deux statues colossales de saint Louis et de Charlemagne. La première est due au ciseau de Coustou aîné; la seconde à celui de Coysevox. Un troisième ordre de colonnes corinthiennes règne autour du dôme. Il est revêtu de plomb et orné de douze grandes côtes, dorées en 1813 par ordre de Napoléon. La dorure s'étend jusqu'à la hauteur qui recouvre la coupole. On remarque, dans les intervalles qui séparent les côtes, des trophées militaires couronnés par un casque, dont l'ouverture sert de lucarne. L'intérieur du dôme contient six chapelles. La coupole centrale représente l'apothéose de saint Louis, offrant à Dieu son épée et sa couronne. Cette œuvre, admirée par tous les amateurs, est de Charles de Lafosse. Sur les quatre pendentifs de cette coupole sont représentés les quatre évangélistes, qui appartiennent au même pinceau. La première voûte est divisée en douze parties égales, où sont représentés les douze apôtres, par Jouvenet. Les peintures qui décorent les quatre chapelles de Saint-Jérôme, de Saint-Ambroise, de Saint-Augustin et de Saint-Grégoire, sont dues au talent de Boullongne. La chapelle de la Vierge est une des plus remarquables; elle est en marbre blanc et d'un très-beau fini. La voûte du sanctuaire représente l'Assomption de la Vierge et la Trinité, peints par Coypel. Les groupes d'anges qui ornent l'embrasure des croisées ont été exécutés par les deux frères Boullongne.

Les victoires de la révolution, du consulat et de l'empire avaient décoré la nef de neuf cent soixante drapeaux et étendards enlevés à l'ennemi. Ces trophées de notre gloire militaire disparurent en 1814, lors de la première invasion des alliés. Les invalides les mirent eux-mêmes en cendre plutôt que de les livrer à leurs anciens possesseurs. Près de deux cents drapeaux ont déjà remplacé les premiers.

Les caveaux des Invalides renferment les dépouilles mortelles de plusieurs maréchaux de France et officiers généraux morts gouverneurs de l'hôtel. En entrant dans ces voûtes souterraines, on aperçoit, à droite, le tombeau de Turenne, qui a pour vis-à-vis celui de Vauban. Les autres noms sont inscrits sur la table de marbre placée dans l'église, en face de la chaire. Les cendres des vingt-quatre victimes du 28 juillet 1835 reposent également dans les mêmes caveaux; des inscriptions sont placées sur leurs tombeaux.

De nombreux canaux répandent avec abondance, dans toutes les parties de l'hôtel, les eaux nécessaires à la salubrité et à la consommation journalière de ses habitants.

Les invalides ont la jouissance d'une bibliothèque d'environ vingt-six mille volumes, qui fut créée, en 1799, par les soins du premier consul; elle est alimentée par des fonds spéciaux ajoutés chaque année à son budget.

En 1800, le premier consul prescrivit aussi la construction d'une batterie sur l'esplanade des Invalides. Depuis 1830, cette batterie s'est augmentée de plusieurs bouches à feu de divers calibres provenant de la conquête d'Alger. La batterie des Invalides annonce à la capitale les grandes réjouissances publiques et les victoires remportées par nos armées. (Voy. NAPOLÉON (Tombeau de).

ISSOUDUN (Château d').— La ville d'Issoudun, qui appartient au département de l'Indre, était autrefois l'une des places les mieux fortifiées du bas Berri. Détruite pendant la longue lutte des Romains et des Gaulois, elle fut, dit-on, rétablie par César. Sous le règne de Louis d'Outremer, elle était ceinte de fortes murailles flanquées de tours, environnée de fossés et défendue par un château considérable qui résista, pendant toute la première période du moyen âge, aux attaques successives dirigées contre lui; il a été brûlé par un incendie, en 1185, en même temps que la ville haute. La forteresse ne fut pas réédifiée; il n'en reste aucun vestige.

IVRY (Pyramide commémorative d'), département de l'Eure. — La plaine d'Ivry est célèbre par la bataille de ce nom, gagnée par Henri IV sur l'armée des ligueurs, commandée par le duc de Mayenne, le 14 mars 1590. C'est au moment où l'action allait s'engager que le roi adressa ces paroles remarquables à ses hommes d'armes : « Mes compagnons, leur dit-il, si vous courez aujourd'hui ma fortune, je cours aussi la vôtre. Je veux vaincre ou mourir avec vous. Gardez bien vos rangs, je vous prie; si la chaleur du combat vous les fait quitter, pensez aussitôt au ralliement; c'est le gain de la bataille : vous le ferez entre ces trois arbres (c'étaient trois poiriers); et, si vous perdez vos enseignes, cornettes et guidons, ne perdez point de vue mon panache blanc : vous le trouverez toujours au chemin de l'honneur et de la victoire! » — Une pyramide d'environ 50 pieds de hauteur, entourée d'une grille en fer, fut élevée en cet endroit, vers la fin du siècle dernier, par le duc de Penthièvre, pour perpétuer le souvenir de cette victoire mémorable. Cette pyramide, détruite pendant les temps orageux de la révolution, fut réédifiée par Napoléon en 1809.

JOUX (Château de), département du Doubs. — Ce fort ou château est bâti sur un mamelon isolé, d'environ

600 pieds de hauteur et dans une position des plus pittoresques, au pied de laquelle coule le Doubs. Cette forteresse défend l'entrée des gorges de la Cluse et de Verrières. Elle se compose de trois enceintes entourées de larges fossés, sur lesquels sont jetés trois ponts-levis. Le fort de Joux, qui sert de prison d'État depuis la conquête de la Franche-Comté par Louis XIV, a reçu successivement, comme prisonniers, Mirabeau, Toussaint-Louverture, le marquis de Rivière, le général Dupont, signataire de la capitulation de Baylen, etc., etc.

On ne sait rien de bien certain sur l'origine de ce fort; on croit qu'il a été élevé, au commencement du moyen âge, sur les ruines de fortifications romaines. L'histoire ne sait également rien sur le rôle que cette forteresse a dû jouer pendant les guerres féodales qui désolèrent la France et les provinces qui l'avoisinaient. Philippe le Bon en fit l'acquisition pour mettre ses frontières à couvert. Elle passa ensuite, alternativement, aux ducs de Bourgogne et aux rois de France.

JOUY (Aqueduc de), près de Metz, département de la Moselle. Cet aqueduc, qui joignait, sur une longueur de 1,120 mètres, les deux coteaux entre lesquels coule la Moselle, était destiné à conduire les eaux de Gorze à Metz. Sa longueur totale était de 24,746 mètres; il avait communément dans œuvre 2 mètres de hauteur sur 4 mètres de largeur. Il en reste encore cinq arches sur la rive gauche de la Moselle et dix-sept dans le village de Jouy-aux-Arches, sur la rive droite. L'arche sous laquelle passe, dans ce village, la route de Metz à Nancy, a 19 mètres de haut.

JUBLAINS (Fortifications romaines a). Le bourg de Jublains, département de la Mayenne, occupe l'emplacement d'une ancienne ville à laquelle les Romains donnèrent le nom de *Nœodunum;* ils élevèrent près de son enceinte un castrum (camp ou fort) qui en défendait les approches. Ce sont les vestiges de ces fortifications gallo-romaines que l'on remarque encore près de ce bourg.

L'enceinte de ce fort présente un carré de 320 pieds sur chaque face. Elle est entourée de murailles hautes de 12 pieds et larges de 9 pieds. Cette construction consiste en pierres liées avec du ciment. Les pierres qui parent les faces extérieures sont des parallélipipèdes rentrantes; de trois en trois pieds règne un cordon formé de deux rangées de briques. Aux quatre angles du carré sont des tours; d'autres tours garnissent au nord, à l'est et à l'ouest, les intervalles compris d'un angle à l'autre.

Au centre se trouvent les débris d'une autre fortification carrée, qui paraît avoir beaucoup d'analogie avec les donjons des châteaux du moyen âge.

Une voie romaine partait de Jublains et conduisait à un autre camp situé au confluent de l'Aron et de la Mayenne.

En 1843, le ministre de l'intérieur accorda, sur la demande du préfet du département, les fonds nécessaires à la conservation de cet intéressant monument.

JUILLET (Colonne de), sur la place de la Bastille, à Paris. Le projet d'ériger un monument sur cet emplacement date de 1792. Une loi de l'Assemblée nationale du 27 juin de cette année décrétait la « formation, en cet endroit, d'une place de la Liberté, et l'érection, au centre, d'une colonne surmontée de la statue de la Liberté. »

Divers projets échouèrent successivement de 1792 à 1814. Deux lois, des 10 décembre 1830 et 20 mars 1831, arrêtèrent « qu'un monument serait élevé sur la place de l'ancienne Bastille, en l'honneur des citoyens morts dans les journées des 27, 28 et 29 juillet 1830. » La première pierre en fut posée le 27 juillet 1831 par le roi Louis-Philippe.

L'exécution de ce monument fut d'abord confiée à M. Alavoine, mort en 1834, et ensuite à l'architecte Duc. La fête d'inauguration eut lieu le 28 juillet 1840.

La colonne est en bronze et à compartiments alternatifs en marbre de couleur; elle est surmontée d'un chapiteau de même composition.

Le piédestal est d'une sculpture riche et appropriée au sujet. On remarque, sur les deux faces, des couronnes et des palmes mortuaires; un coq gaulois figure aux quatre coins.

Un lion se détache en entier sur l'une des faces du piédestal; sa tête reparaît dans les trois colliers qui partagent le fût de la colonne, pour indiquer les trois journées de la révolution. Au bas, on lit l'inscription suivante, sur une plaque en bronze :

A la gloire
des citoyens français
qui s'armèrent et combattirent
pour la défense des libertés publiques
dans les mémorables journées
des 27, 28, 29 juillet 1830.

Le premier soubassement circulaire, au-dessus du piédestal, est en marbre blanc d'Italie, ainsi que le corps du deuxième soubassement, dont le socle est en granit gris de Sainte-Honorine (Normandie).

On monte sur la balustrade ou lanterne, que supporte le chapiteau placé au sommet de la colonne, par un escalier à jour, d'une ingénieuse construction, qui permet d'arriver à cette hauteur sans fatigue.

La statue en bronze doré qui couronne la colonne représente le *Génie de la Liberté* qui s'envole en brisant des fers et en semant la lumière. Cette allégorie est représentée par un flambeau que le génie tient de la main droite, et des fers brisés dans l'autre; son pied gauche est appuyé sur un globe. Cette statue est l'œuvre de M. Dumont, membre de l'Institut.

La balustrade qui repose sur le tailloir est dessinée avec élégance et d'un très-bel effet.

Toutes les substructions ont été exécutées en pierre de taille et autres matériaux de premier choix.

Dans les intervalles des colliers on a gravé et doré les noms des victimes de Juillet. Cet ornement tient lieu de cannelage.

La grille d'enceinte est tout en fonte de fer. C'est une œuvre d'art très-remarquable sous le rapport de sa composition, de son exécution et du système d'ajustage qui a été employé pour l'assujettir. Le socle au-dessous est en marbre rouge de Franchimont (Pays-Bas).

Quatre grands caveaux ont été pratiqués dans les fondations pour y recevoir les restes des victimes de Juillet. Ces caveaux sont percés de portes à chacune de leurs extrémités.

La hauteur de l'édifice, depuis le pavé de la place jusqu'au sommet de la statue, est de 49 mètres 80 centimètres.

Ce monument a coûté à l'État 2,374,000 fr.

KAYSERSBERG (en latin *Cæsaris-Mons*, mont de

l'Empereur), ancienne ville impériale, à trois lieues et demie de Colmar, département du Haut-Rhin. Elle est située au pied d'une montagne où l'on aperçoit les ruines du château de ce nom, qui, sous l'empereur Frédéric II, était déjà qualifié de *vieux château*. Ces ruines sont dans un tel état de dégradation, qu'il est impossible d'y reconnaître les plus légères traces de constructions ; on ne voit que des pierres éparses sur le sol.

KEHL (Tombeau du général Desaix, entre Strasbourg et), département du Bas-Rhin. Kehl a été une forteresse, et, par suite de sa position, son nom apparait plusieurs fois dans l'histoire des guerres entre la France et l'Allemagne. Créqui enleva la redoute de Kehl en 1678 ; mais le fort qui y fut construit en 1682, sous la direction de Vauban, fut rendu à l'Allemagne par le traité de Ryswich en 1697, et rasé. Cette place fut prise en 1703 par le maréchal de Villars. Les Autrichiens occupèrent Kehl en 1792 après la déclaration de guerre à la république française ; le 12 septembre de l'année suivante, le fort fut bombardé et réduit en un monceau de cendres par les Français..... Lorsque l'armée du Rhin apprit la mort du général Desaix, tué à Marengo le 25 prairial an VIII (14 juin 1800), elle voulut payer son juste tribut de regret à sa mémoire, en lui élevant un monument funéraire entre Strasbourg et le pont de Kehl, qu'il avait si vaillamment défendu quelques années auparavant. Une souscription fut spontanément couverte et la construction suivit de près.

Ce monument, situé dans l'île du Rhin, sur la route de Kehl, consiste en un tombeau de forme carrée, construit sur un socle peu élevé ; il est surmonté d'un sarcophage antique, orné de bas-reliefs. Sur l'une des quatre faces est le buste de Desaix, couronné par la Victoire ; sur les trois autres faces sont sculptés les principaux faits d'armes du général.

KERNILIS, village du département du Finistère. On y remarque les ruines pittoresques du château de Carman, consistant en quelques pans de murailles avec de longues cheminées, et en une grosse tour ronde revêtue en pierres de taille, surmontée des restes d'une tourelle.

KIFFIS, village du département du Haut-Rhin, situé près de la montagne de Blochmont, au haut de laquelle on aperçoit les ruines du château de ce nom. Les chroniques du pays sont restées muettes sur l'origine de cette vieille forteresse, ainsi que sur les événements militaires dont elle a dû être le théâtre pendant toute la durée des guerres du moyen âge.

KINTZHEIM (Château de). Sur la colline qui domine le village de Kintzheim, département du Bas-Rhin, on voit les ruines pittoresques d'un ancien château fort, dont les murailles, en partie tapissées de lierre, offrent un ensemble où règne une certaine coquetterie. On y remarque une haute tour, parfaitement conservée au dehors. On ne peut pénétrer dans l'intérieur qu'à l'aide d'une échelle, par une ouverture pratiquée à la moitié de sa hauteur.

Au-dessus d'une vaste salle souterraine est une autre salle dont les fenêtres donnent sur la campagne, et d'où l'on jouit d'une vue magnifique. Tout auprès est un oratoire avec un autel en pierre.

Sous une terrasse, dans l'une des cours, est un petit passage fort étroit et fort bas, dans lequel on descend par plusieurs marches, et qui aboutit à une tour carrée, à moitié démolie.

Il n'existe aucune trace historique sur l'origine de cet ancien château.

KIRCHEIM, village du département du Bas-Rhin, à quatre lieues de Strasbourg. Quelques historiens croient que ce village occupe l'emplacement d'un vaste palais des rois francs, fortifié, entouré de fortes tours et d'épaisses murailles.

Les décombres de cette antique résidence royale ont servi à la construction des habitations actuelles. Il reste encore quelques vestiges de murs encadrés dans la maçonnerie des maisons particulières ; mais on n'a encore pu trouver aucune inscription qui indiquât l'origine de ces vieux débris.

LAGARDE (Château de). Sur une hauteur au bas de laquelle est bâti le village de Lagarde, département de l'Ariége, on voit les ruines de l'ancien château de ce nom, qui fut jadis l'un des plus beaux et des plus considérables de la contrée. Sa circonférence était de forme carrée, avec quatre grandes tours, également carrées, à chacun de ses angles.

Quelques murailles ruinées, de belles et spacieuses terrasses assez bien conservées, sont les seuls vestiges qui restent encore de cette forteresse, dont l'origine ne parait pas remonter au delà du douzième siècle. Elle eut à soutenir plusieurs siéges vers la fin du moyen âge.

LANGRES (Arc de triomphe a), département de la Haute-Marne. C'est le seul monument romain qui se soit conservé en entier. Il fait partie de la muraille de la ville, avec laquelle il parait confondu.

Cet arc est à doubles arcades. Les pilastres de la façade et ceux de la partie latérale sont d'ordre corinthien. L'entablement qui les couronne est d'un très-beau style ; la corniche ne contient qu'un petit nombre de modillons, des oves et des denticules. On distingue, çà et là, sur la frise des boucliers groupés. Les chapiteaux et les bandeaux des archivoltes ont presque conservé leur première fraicheur, ainsi que l'architrave. La hauteur de ce monument, du niveau du sol au sommet, est de 13 mètres 70 centimètres ; sa largeur totale est de 19 mètres 48 centimètres ; la hauteur des arcades, d'environ 9 mètres 33 centimètres, et leur largeur, de 4 mètres 23 centimètres.

Une vague tradition en attribue la construction aux deux Gordiens, qui, associés au même triomphe décerné pour la même victoire à laquelle ils avaient également contribué, y auraient passé sous des arcades égales. Une seconde tradition en fait honneur à Probus, de 276 à 282 ; enfin, une troisième, à Marc-Aurèle, de 175 à 180. Une médaille trouvée dans une fouille, et portant l'inscription de cet empereur, paraitrait donner quelque poids à cette dernière. Quoi qu'il en soit, le monument appartient évidemment à une époque encore éloignée de la décadence.

A l'une des portes de Langres, dite *Longe-Porte*, on remarque les débris d'un autre arc de triomphe que l'on croit avoir été élevé en mémoire de la victoire remportée sur les Germains par Constance Chlore, en 304, au-dessous du village de Peigney. Cet arc parait avoir été composé, comme le premier, d'une double arcade, plus large et moins ornée.

LANNES (Tombeau du maréchal), au Panthéon, à Paris. Cet édifice, fondé sous l'invocation de sainte Geneviève, prit le nom de *Panthéon français*, par décret de l'Assemblée nationale du 4 avril 1791, qui le consacra à la sépulture des hommes illustrés par leurs talents, leurs services et leurs vertus. Rendu à sa première destination par décret impérial du 20 février 1806, les caveaux conservèrent les restes des grands hommes qui y avaient été inhumés. C'est ainsi que l'on voit, dans une pièce particulière, le cercueil du maréchal Lannes, duc de Montebello, mort le en 1809, des suites d'une blessure reçue à la bataille de Wagram, le 6 juillet de la même année. Sur ce cercueil sont des inscriptions qui rappellent les services rendus au pays par l'illustre guerrier.

LAVAL (Château de). La ville de Laval, chef-lieu du département de la Mayenne, doit son origine à un ancien château bâti dans le huitième siècle, pour arrêter les incursions des Bretons. Cette forteresse fut détruite par les Danois ou par les Normands, et rebâtie en 840 par Guyon, troisième fils de Guy-Valla, comte du Maine. Plusieurs habitations s'étant groupées autour du château, formèrent en peu de temps une petite ville, que Guyon fit entourer de murailles épaisses, crénelées et garnies de fortes tours. Le général anglais Talbot s'en était rendu maître, de vive force, en 1466; mais elle fut reprise par les Français l'année suivante.

Le château s'élève, sur le bord de la Mayenne, au milieu d'un groupe d'habitations bourgeoises de peu d'apparence. Il est surmonté d'une haute tour ronde qui en forme le donjon. On y voit une grande cour, de vastes pièces, une chapelle souterraine, une tour remarquable par sa magnifique charpente, et une immense salle qui était destinée aux délibérations des vassaux, quand il plaisait au seigneur suzerain de les convoquer.

Cette ancienne demeure, qui servit d'abord de résidence aux ducs de Laval, puis aux ducs de la Trémouille, sert aujourd'hui de prison; plusieurs salles ont été appropriées à cet usage.

L'ancienne galerie du château, d'une construction plus récente et d'un meilleur effet, a été convertie en Palais-de-Justice.

Le 25 octobre 1793, les environs de Laval ont été le

Château de Laval.

théâtre d'une bataille sanglante où les troupes républicaines furent complétement battues et mises en déroute par l'armée vendéenne

LÉGION D'HONNEUR (Palais de la), situé dans la rue de Lille, à Paris. Cet élégant édifice, bâti en 1786, sur les dessins de l'architecte Rousseau, pour le prince de Salm-Salm, porta le nom de son propriétaire jusqu'en 1802, époque à laquelle il fut affecté à la grande chancellerie de la Légion d'honneur, ordre institué par le premier consul Bonaparte le 19 mai de la même année. Il sert en même temps de demeure au grand chancelier et aux bureaux de l'ordre.

Il n'a qu'un rez-de-chaussée et un étage peu élevé, et la richesse de son architecture est très-remarquable.

La porte d'entrée présente un arc de triomphe décoré de colonnes ioniques. Deux galeries du même ordre partent de la porte et conduisent à deux pavillons en avant-corps, dont l'attique est revêtu de bas-reliefs; un péristyle ionique règne autour de la cour, en forme de promenoir couvert et continu. Le principal corps de logis est au fond de la cour; sa façade est relevée par un ordre de colonnes corinthiennes. Du côté du quai d'Orsay, ce palais présente l'aspect de deux bâtiments séparés par un avant-corps demi-circulaire, décoré d'un ordre corinthien.

LEHON (Château de). Lehon est un petit village du département des Côtes-du-Nord, à l'extrémité d'un des faubourgs de Dinan. Sur une hauteur qui le domine, apparaissent les vieilles tours couronnées de lierre de l'ancien château de Lehon, qui, après avoir été assiégé, pris, démoli et reconstruit plusieurs fois, est aujourd'hui dans un état complet de dégradation, mais dont l'aspect est très-pittoresque.

Cette forteresse formait un immense carré long, entouré d'épaisses murailles, qui lui servaient de remparts. Elle était garnie de six grandes tours et pouvait résister longtemps aux attaques de l'ennemi. La date de sa fondation n'est pas bien connue. De la plate-forme, on jouit d'un coup d'œil ravissant : on aperçoit le charmant paysage qui borde le cours de la Rance, les rochers escarpés qui dominent certaines parties de cette rivière, et les ruines antiques de l'église et du monastère de Lehon.

LOCHES (Château et donjon de). La ville de Loches, chef-lieu de sous-préfecture du département d'Indre-et-Loire, était autrefois renommée par la force et la puissance de son château, dont la fondation remonte aux premiers siècles de notre histoire. Lorsqu'en 742 Pepin et Charlemagne marchèrent contre Hunald, duc d'Aquitaine, l'armée des Francs entra en Berri, et s'empara de Loches après un assaut. On rapporte à ce sujet que les vainqueurs, jaloux de conserver intacte la gloire qu'ils venaient d'acquérir, ne commirent aucun massacre et se contentèrent de réduire les habitants en servitude.

Le château, bâti sur un rocher isolé et entièrement escarpé de trois côtés, ne consistait, dans l'origine, qu'en une tour carrée de construction romaine, à laquelle on ajouta une enceinte de petites tours rondes, dont les restes existent encore. Agrandi et embelli sous la domination des ducs d'Aquitaine, il finit par devenir un palais qui servit plus tard d'habitation aux rois Charles VII, Louis XI, Charles VIII, Louis XII, François 1er, Henri II et Charles IX.

Le donjon fut transformé en prison d'Etat par Louis XI; plusieurs prisonniers illustres y ont été successivement enfermés, savoir : le cardinal de la Balue, pour crime d'Etat; le duc d'Alençon, en 1456; Charles de Melun, qui y eut la tête tranchée, en 1468; Philippe de Commines, en 1486, et Ludovic Sforza. On y voyait, avant la révolution de 1789, deux cages de bois garnies de fer, dont l'une avait servi, pendant quatorze ans, de lieu de détention au cardinal de la Balue, qui en était, dit-on, l'inventeur. Ce donjon, parfaitement conservé, sert aujourd'hui de maison de détention.

La forteresse de Loches a été, pendant la longue période de son existence politique, le théâtre d'événements militaires remarquables; elle passa successivement, des rois de la première race, sous la dépendance des ducs d'Aquitaine et des comtes d'Anjou. Conquise par Jean-sans-Terre, roi d'Angleterre, Philippe-Auguste la confisqua à son profit au commencement du treizième siècle.

Le château de Loches fut longtemps le séjour de prédilection d'Agnès Sorel.

Obélisque du monument de Henri de Longueville.

Ce fut elle qui, dans cette même demeure, ranima les sens énervés de Charles VII. Un jour que le roi la pressait de se rendre, elle l'assura qu'un astrologue lui avait prédit qu'elle serait la maîtresse d'un grand roi. « Mais, ajouta-t-elle, cela ne peut regarder Votre Majesté. Le roi d'Angleterre est assurément plus grand que vous, puisqu'il possède ses terres et les vôtres, et l'on croira de même qu'il l'est en mérite, si vous l'en laissez le paisible possesseur; je prie donc Votre Majesté de me permettre de passer en Angleterre. » Cette plaisanterie toucha Charles VII et lui dessilla les yeux. Le désir de se rendre digne des affections d'une jeune beauté qui montrait tant de patriotisme lui fit entreprendre toutes les actions mémorables qui ont rendu

son règne illustre et qui lui ont mérité le surnom de *Victorieux.*

Le tombeau d'Agnès Sorel, qui remonte à la naissance des beaux-arts, en France, était tout à fait dégradé, et avait été relégué dans une chapelle du château, où il était menacé d'une destruction totale, lorsqu'en 1806 M. le général Pommereul, préfet d'Indre-et-Loire, le fit restaurer et placer au rez-de-chaussée d'une tour dont l'entrée donne sur la terrasse.

Ce monument consiste en une table de marbre noir, longue de 10 pieds et large de 4 pieds, sur laquelle est couchée la statue, en marbre blanc, d'Agnès Sorel; deux anges également en marbre blanc soutiennent le coussin sur lequel s'appuie la tête; à ses pieds reposent deux agneaux. Autour de la pierre funéraire est gravée l'épitaphe suivante :

Cy-gît noble demoiselle Agnès Saurelle, en son vivant dame de Beauté, Rochesserie, Issoudun, Vernon-sur-Seine, pieuse envers toutes gens, et qui largement donnait de son bien aux églises et aux pauvres, laquelle trépassa le neuvième jour de février 1449. Priez Dieu pour l'âme d'elle.

LOCHINÉ, petite ville du département du Morbihan. On voit dans son voisinage, devant la porte d'une maison particulière, deux statues provenant de la démolition du château de Quinipili, qui ont acquis une certaine célébrité par les dissertations auxquelles elles ont donné lieu. Il est fâcheux qu'aucune description n'ait encore fait connaître l'origine du château et les péripéties dont il a dû être l'objet pendant les guerres d'agression et civiles qui ravagèrent cette contrée dans les derniers siècles du moyen âge.

LONGUEVILLE (OBÉLISQUE DU MONUMENT DE HENRI -DE). Ce monument, transporté au musée du Louvre, est l'œuvre de François Auguier. Il fut élevé en mémoire de Henri Ier, duc de Longueville, qui avait commandé avec distinction les armées de Henri IV, et qui mourut accidentellement le 19 avril 1595 (1).

Il se composait de l'obélisque et de quatre statues, également transportées au Musée, représentant la *Tempérance*, la *Force*, la *Justice* et la *Prudence*, le tout en marbre. Les statues étaient placées aux quatre coins du piédestal de l'obélisque, orné de petits bas-reliefs, qui, de même que les statues, rappelaient les qualités et les exploits de Henri de Longueville.

(1) Il descendait du comte de Dunois, qui occupe une grande place dans notre histoire. Dunois était fils naturel de Louis de France, duc d'Orléans, assassiné le 23 novembre 1407, à Paris, dans la rue Barbette.

Paris. — Imp. Simon Raçon et Comp., rue d'Erfurth, 1.

La hauteur de l'obélisque est de 4 mètres 332 millimètres; l'artiste y a réuni les emblèmes des arts, de la paix, de la guerre et de toutes les vertus civiques et guerrières. Ces ornements sont exécutés du bas en haut. Sur l'un des côtés, le sculpteur s'est représenté foulant aux pieds le serpent de l'envie et travaillant au buste colossal du duc.

Ce monument ne reçut pas sa destination première; il paraît qu'il fut terminé par les ordres de Geneviève de Bourbon, duchesse de Longueville, qui le fit servir de mausolée à son mari, Henri II de Longueville, mort le 11 mai 1663. Il était fils de Henri Ier.

LONGUYON, petite ville du département de la Moselle. Dans les environs, et à l'est de cette commune, on remarque les ruines pittoresques du château de Mussy, qui avait acquis, dit-on, une grande célébrité vers la fin du moyen âge. Les vestiges que l'on y voit encore attestent, en effet, son ancienne importance militaire. On doit regretter que les archéologues du pays Messin ne nous aient transmis aucun renseignement historique sur cette ancienne habitation seigneuriale. La même lacune existe pour ce qui a rapport à la partie artistique et architecturale.

LOUCHES, village du département du Pas-de-Calais. Dans les environs de ce village, sur le sommet de la montagne déserte, dite de *Saint-Louis*, on remarque les vestiges d'un camp romain, dont le centre est occupé par les ruines d'une antique chapelle.

Les débris de fortifications romaines, que l'on aperçoit épars çà et là, ne laissent aucun doute sur l'ancienne destination de cet emplacement; les murailles épaisses qui l'entouraient sont d'une grande solidité et ont dû être défendues par des tours carrées, dont l'usage était généralement adopté dans les constructions de ce genre. On jouit, du haut de ces antiques débris, d'une vue pittoresque et très-étendue.

LOUIS XII (Tombeau de), roi de France, et de la reine Anne de Bretagne, sa femme, à Saint-Denis. Ce tombeau a été élevé d'après les ordres de François Ier; la partie architecturale fut exécutée à Tours, en 1517, par Jean Juste et François Gentil, sculpteurs français; les figures appartiennent au ciseau de Ponce Trebati, sculpteur vénitien.

Les bas-reliefs de soubassement représentent les victoires des Français en Italie, la bataille d'Agnadel, l'entrée de Louis XII à Milan, le siége de Gênes, etc.

Au milieu du mausolée sont les figures de Louis XII et d'Anne de Bretagne, étendues sur un sarcophage de marbre. On remarque entre les arcades, qui sont d'une rare élégance, les statues des douze apôtres.

L'entablement est surmonté d'un socle au-dessus duquel le roi et la reine, sculptés en marbre, sont agenouillés devant deux prie-Dieu. L'ensemble de ce monument présente un effet admirable de goût et d'exécution.

LOURDES (Château de), département des Hautes-Pyrénées. Selon quelques archéologues, l'ancien château, qui existe encore, et dont on a fait une prison d'État, aurait été construit, dans plusieurs siècles de notre histoire, sur les murs d'un camp romain assis sur l'emplacement qu'il occupe. Les chroniques de Froissard attribuent aux troupes du *peuple-roi* la construction du château. Selon lui, il aurait été élevé pour contenir les habitants de la vallée dans le devoir. Les peuples de cette contrée, à demi sauvages, indisciplinés et toujours prêts à s'armer contre l'autorité, avaient besoin d'être retenus par la crainte.

Ce château, dont il ne reste plus que quelques tours, est bâti sur la pointe d'un rocher très-élevé qui domine la ville de Lourdes à l'entrée de la gorge.

LYON (Aqueduc de). On voit encore quelques ruines de l'aqueduc romain qui conduisait à Lyon les eaux du Mont-Pila, éloigné de quinze kilomètres de cette ville, et qui fut élevé par ordre de l'empereur Claude. Lyon lui doit aussi une grande partie des anciens monuments dont elle était ornée et qui subsistent encore en partie.

Le besoin de pourvoir les habitants de *Lugdunum* (1) des eaux salubres indispensables à une grande population, détermina le gouvernement de Rome, ou plutôt les magistrats qu'il avait établis dans cette cité, à faire rechercher les sources qui avoisinaient la ville, pour les conduire sur les points où elles étaient nécessaires. Les Romains construisirent successivement plusieurs aqueducs. Les eaux du Mont-d'Or, les plus rapprochées de Lyon, furent d'abord recueillies par deux branches d'aqueducs, dont l'une partait de Poleymieux, et s'étendait jusqu'à Saint-Didier, en traversant les collines qui ont leur penchant vers la Saône. L'autre branche, partant de Limonest, allait jusqu'à Saint-Didier; là, se réunissant à la première, elle ne formait plus qu'un seul aqueduc qui passait à Eully, au Massu et à Saint-Irénée. Cet aqueduc formait une ligne courbe qui embrassait plusieurs vallées dans sa concavité, sans perdre pour cela son niveau, parce que toutes les petites collines qui le supportaient se succédaient immédiatement. Il paraît, d'après les traditions, qu'il fut construit par les soldats du camp de César, et qu'il ne servit qu'aux premiers habitants de Lugdunum.

L'accroissement rapide de Lyon rendit bientôt ces eaux insuffisantes. La partie de la colline de Fourvières, où l'on construisit les plus riches maisons de plaisance, et le palais des empereurs, ayant une élévation de 60 pieds au-dessus du lieu d'où partaient les eaux du Mont-d'Or, il fallut recueillir celles des sources plus éloignées. Le Mont-Pila, distant de huit lieues, et séparé de Lyon par plusieurs vallons d'une grande profondeur, était le seul lieu d'où l'on pût tirer une quantité d'eau suffisante. L'exécution d'une entreprise aussi gigantesque n'effraya pas les Romains; toutes les eaux des environs du Mont-Pila furent réunies en un seul aqueduc, qui commençait au midi de Saint-Chamond. On y recueillit aussi la totalité de celles de la rivière de Giers, ainsi que toutes les eaux du ruisseau du Janon et du Furens. Une fois réunies, les eaux de ces rivières coulaient emprisonnées dans leurs canaux, parmi les campagnes qui portent aujourd'hui les noms de Saint-Chamond, Cellieu, Chagnon, Saint-Genis-de-Terre-Noire, Saint-Martin-la-Plaine, Saint-Maurice-sur-Dargoire, Mornant, Saint-Laurent-d'Agny, Soucieu, Chaponost, Beaunan, Sainte-Foy, Saint-Irénée et Fourvières. L'aqueduc se terminait en ce lieu par un réservoir très-large, très-profond, solidement voûté, et encore de nos jours parfaitement conservé. Il existe sur la colline, dans l'ancien clos des Minimes; sa longueur est de 45 pieds, sa largeur de 44 pieds; son élévation est de 21 pieds; l'intérieur est divisé par arcades, soutenues par de forts piliers. Le tout est revêtu d'un ciment qui s'est maintenu assez intact, ainsi que les ouvertures supérieures par où les eaux se précipitaient. Tout près de là, il y avait un autre réservoir plus long et supporté par un grand nombre de voûtes, dans la direction du nord au midi; l'eau y descendait par un puits d'un pied et demi carré.

La construction des aqueducs, depuis les sources des montagnes jusqu'aux réservoirs de la cité, était très-variée, à cause des nombreux obstacles que les ingénieurs avaient rencontrés sur le passage des canaux. Ceux-ci furent, ou pratiqués dans l'intérieur des collines, avec des puits supérieurs qui servaient de ventouses, ou bien à la surface même du sol, ou supportés par des arcades. Dans le premier cas, on entourait le canal d'un massif de maçonnerie; ensuite on l'enduisait intérieurement d'un ciment composé de briques pulvérisées, dont la solidité égalait celle du granit. Des évasements en forme de chambre étaient pratiqués à des distances plus ou moins éloignées pour contenir les eaux surabondantes. Quand le canal était à fleur de terre, on creusait un fossé de cinq pieds de largeur; on lui donnait dix pieds au moins de profondeur; on plaçait au fond un massif, de pur ciment, de dix-huit pouces. Sur ce massif, on élevait les deux murs de côté, en leur donnant un pied et demi d'épais-

(1) Nous empruntons une partie de ces détails au *Guide pittoresque du voyageur en France*, excellent ouvrage publié par MM. Firmin Didot frères, et que nous avons dû souvent consulter.

seur. Ces deux murs étaient ensuite surmontés d'une voûte à plein cintre, d'un pied de flèche et d'un pied d'épaisseur. Lorsque, par l'effet des pentes du terrain, le canal se trouvait hors du sol, on l'élevait sur un mur de maçonnerie de six pieds d'épaisseur. Mais pour une hauteur plus considérable, on construisait des arcs et des piles ; et leur hauteur dépendait de l'élévation où l'on était forcé de placer le canal.

La solidité de cet ouvrage, la perfection du travail, la longueur et la difficulté de l'entreprise, étonnent tous ceux qui l'examinent. Rien n'est plus propre que les vestiges qui en restent à nous donner une idée juste de la magnificence que mettaient les Romains dans la construction de leurs édifices publics. L'étendue de celui-ci, à cause de ses circuits, était de plus de treize lieues, à compter de sa naissance, près de Saint-Chamond, jusqu'à Lyon. La construction de cet ouvrage immense est digne également de remarque : le corps de la maçonnerie est un petit moellon de roche, depuis trois jusqu'à six pouces d'épaisseur, toujours posé en bain de mortier, qui ne laissait aucun vide dans ses joints-moutons, et formait partout un corps inaltérable. Dans les parties qui ont une certaine élévation hors de terre, de grandes briques, dont on faisait régner un cours de deux assises de quatre en quatre pieds de hauteur, liaient les parements avec les massifs du mur, et interrompaient le maillage en réseau. Les restes les plus considérables de cet immense travail sont ceux du grand aqueduc qui conduisait les eaux du Mont-Pila sur la colline de Fourvières : on en voit des débris hors des portes de Saint-Irénée, à côté du télégraphe ; à Sainte-Foy, dans le vallon de Beaunan ; à Chaponost, à Brignais, à Mornant, à Saint-Maurice, à Saint-Genis-de-Terre-Neuve et à la petite Varizelle.

LYON (Pont de Pierre ou Pont du Change, a). Parmi les douze à quatorze ponts jetés sur le Rhône et la Saône, pour faciliter les communications, d'une rive à l'autre, des habitants et de la garnison de Lyon, nous ne devons pas omettre de mentionner celui-ci, qui entre plus particulièrement dans notre spécialité.

La construction de ce pont remonte au milieu du onzième siècle, alors que les armées féodales se croisaient et s'attaquaient incessamment, pour la gloire ou la convoitise de leurs seigneurs. Il se compose de huit arches et a 193 mètres entre les culées. Quelques inscriptions antiques, que l'on voit sur les piles, indiquent que les matériaux qui ont servi à l'établir proviennent en grande partie des débris du célèbre temple élevé par la ville de Lyon en mémoire de l'empereur Antonin.

Il existait anciennement une tour au milieu de ce pont. Dans le treizième siècle, lors des démêlés entre le clergé et les habitants, ceux-ci s'en rendirent maîtres, et interceptèrent, de cette position, toute communication de la rive gauche à la rive droite de la Saône. Plus tard, la tour fut démolie et remplacée par une jolie niche, ornée d'une statue de la Vierge, à laquelle on a substitué un bâtiment élégant destiné à servir de corps de garde. (Voy. Tilsitt (Pont de.)

LYVOIS (Monument élevé a), à Alger. Ce monument a été élevé, par souscription, en mémoire d'un jeune officier d'artillerie qui, le 11 février 1835, périt victime de son dévouement, en sauvant un trois-mâts russe, la Vénus, qu'une terrible tempête menaçait d'engloutir. Il a été placé à l'extrémité du môle de la Santé, à Alger, presque en regard du rocher où le malheureux officier a trouvé la mort. Sa construction consiste en pierres apportées de Toulon. Sa hauteur est d'environ 12 pieds. Quatre canons, provenant de la Cazaubah, sont placés aux quatre angles d'un cénotaphe formé de quatre plaques de marbre. Deux couronnes, l'une de laurier, l'autre de chêne, sont sculptées en relief sur les deux plaques triangulaires. Celle de devant porte cette inscription :

A la mémoire de Charles de Lyvois, capitaine d'artillerie, mort à 33 ans, victime de son dévouement, dans la tempête du 11 février 1835.

Sur la plaque de derrière sont inscrits ces mots :

Élevé par l'armée et la population d'Alger

MADELEINE (Monument de la), à Paris. Cet édifice, situé à l'extrémité occidentale du boulevard de la Madeleine, faisant face à la place de la Concorde et du palais de l'Assemblée nationale, devait avoir une tout autre destination, et il est peu de monuments qui aient éprouvé tant de vicissitudes dans leur établissement.

Si l'on en croit quelques écrivains, l'intention du gouvernement était de reproduire dans la capitale de la France le Panthéon de Rome, qui devait s'harmoniser avec le palais Bourbon, auquel il devait faire face. Les travaux, poussés avec rapidité, étaient déjà bien avancées au moment où la Révolution parut : elle les arrêta en 1790, et les détruisit en 1793. C'est dans le cimetière de la Madeleine que furent recueillies les dépouilles mortelles de Louis XVI, et, plus tard, celles de Marie-Antoinette.

De 1796 à 1799, de nouveaux projets furent présentés pour élever sur l'emplacement de la Madeleine un monument digne de la grande nation. La destination, comme on le pense bien, fut entièrement changée : les uns proposèrent la construction d'une salle pour le corps législatif ; d'autres un musée national, une bibliothèque publique ; d'autres enfin un théâtre, un marché. Les architectes de la capitale attendaient la décision du gouvernement sur l'érection du nouveau monument, lorsqu'un décret daté de Posen, le 2 décembre 1806, fit connaître les intentions de l'empereur à cet égard. Ce décret très-remarquable, et devenu historique, mérite de trouver place ici ; il était contresigné Hugues-Bernard *Maret*, ministre secrétaire d'État ; maréchal Alexandre *Berthier*, prince de Neuchâtel, ministre de la guerre, *major général* :

« Napoléon, etc., avons décrété et décrétons ce qui suit :

« Art. 1er. Il sera établi sur l'emplacement de la Madeleine de notre bonne ville de Paris, aux frais du trésor de notre couronne, un monument dédié à la Grande Armée, portant au frontispice : L'empereur Napoléon aux soldats de la grande armée.

« Art. 2. Dans l'intérieur du monument seront inscrits sur des tables de marbre les noms de tous les hommes par corps d'armée et par régiment qui ont assisté aux batailles d'Ulm, d'Austerlitz et d'Iéna, et, sur des tables d'or massif, les noms de tous ceux qui sont morts sur les champs de bataille. Sur des tables d'argent sera gravée la récapitulation par département des soldats que chaque département a fournis à la Grande Armée.

« Art. 3. Autour de la salle seront sculptés des bas-reliefs où seront représentés les colonels de chacun des régiments de la Grande Armée avec leurs noms ; ces bas-reliefs seront faits de manière que les colonels soient groupés autour de leurs généraux de division et de brigade par corps d'armée. Les statues en marbre des maréchaux qui ont commandé des corps ou qui ont fait partie de la Grande Armée seront placées dans l'intérieur de la salle.

« Art. 4. Les armures, statues, monuments de toute espèce enlevés par la Grande Armée dans ces deux campagnes; les drapeaux, étendards et timbales conquis par la Grande Armée, avec les noms des régiments ennemis auxquels ils appartiennent, seront déposés dans l'intérieur du monument.

« Art. 5. Tous les ans, aux anniversaires des batailles d'Austerlitz et d'Iéna, le monument sera illuminé, et il sera donné un concert précédé d'un discours sur les vertus nécessaires au soldat, et d'un éloge de ceux qui périrent sur le champ de bataille dans ces journées mémorables.

« Un mois avant, un concours sera ouvert pour recevoir la meilleure pièce de musique analogue aux circonstances.

« Une médaille d'or de 150 doubles Napoléons sera donnée aux auteurs de chacune de ces pièces qui auront remporté le prix.

« Dans les discours et odes, il est expressément défendu de faire aucune mention de l'empereur.

« Art. 6. Notre ministre de l'intérieur ouvrira sans délai un concours d'architecture pour choisir le meilleur projet pour l'exécution de ce monument.

« Une des conditions du prospectus sera de conserver la partie du bâtiment de la Madeleine qui existe aujourd'hui, et que la dépense ne dépasse pas trois millions.

« Une commission de la classe des beaux-arts de notre Institut sera chargée de faire un rapport à notre ministre de l'intérieur, avant le mois de mars 1807, sur les projets soumis au concours. Les travaux commenceront le 1er mai et devront être achevés avant l'an 1809.

« Notre ministre de l'intérieur sera chargé de tous les détails relatifs à la construction du monument, et le di-

recteur de nos musées de tous les détails des bas-reliefs, statues et tableaux.

« Art. 7. Il sera acheté cent mille francs de rente en inscriptions sur le Grand Livre pour servir à la dotation du monument et à son entretien annuel.

« Art. 8. Une fois le monument construit, le grand conseil de la Légion d'honneur sera spécialement chargé de sa garde, de sa conservation et de tout ce qui est relatif au concours annuel.

« Art. 9. Notre ministre de l'intérieur et l'intendant des biens de notre couronne sont chargés de l'exécution du présent décret. »

Sur les quatre-vingt-douze projets présentés à l'Institut par les concurrents, quatre furent placés en première ligne et adressés à Napoléon, qui avait alors son quartier général à Tilsitt. L'Institut faisait connaître dans son rapport qu'il avait décerné le premier prix à M. Beaumont, comme celui qui avait le mieux répondu aux conditions du programme. L'empereur en jugea autrement : il donna

la préférence au plan de M. Pierre Vignon, qui reçut immédiatement l'ordre de s'occuper des constructions. Les travaux avaient déjà fait de rapides progrès, lorsque, comme en 1790, ils furent arrêtés par un autre événement politique : l'abdication de Napoléon et le retour en France de la famille des Bourbons. Le monument dut encore changer de destination; on le rendit au culte catholique. M. Vignon continua les travaux en conséquence, et les dirigea avec talent jusqu'en 1828, qu'il termina sa carrière. Le gouvernement le remplaça par M. Huvé, qui eut enfin l'honneur de voir achever, au moins extérieurement, cet édifice dont nous parlerons ailleurs (1).

MAISON CARRÉE, à Nîmes, département du Gard. Ce monument, généralement considéré comme un chef-d'œuvre d'architecture, est, sans contredit, l'un de

(1) V. *Les principales églises de l'Europe*. Cette série, qui est sous presse, paraîtra bientôt.

ceux qui se sont le mieux conservés, et qui ont le moins souffert des ravages du temps et des dévastations des barbares.

On avait cru longtemps que cet édifice était un temple complet et isolé; mais des fouilles exécutées en 1822 donnèrent la certitude que ce monument avait de bien plus vastes développements.

Le bâtiment est orné, au dehors, de trente colonnes d'ordre corinthien; elles sont à plusieurs assises, dont on aperçoit à peine les joints. Elles ont une base attique dont les moulures sont ornées avec goût. Les chapiteaux sont taillés à feuilles d'olivier, et les modillons ornés de feuilles de chêne. Les colonnes sont placées à quatre pieds de distance l'une de l'autre.

L'architrave a trois grandes bandes; la frise et la corniche sont ornées de belles sculptures.

Au devant de la façade principale, qui regarde le septentrion, règne un grand vestibule ou portique, ouvert de trois côtés. Ce portique est soutenu par deux colonnes isolées sur chaque côté et par six colonnes de face. Le fronton, la frise et l'architrave sont sans ornements sur le devant. On y remarque seulement plusieurs trous qui indiquent la place d'une inscription. C'est en suivant l'indication de ces trous et la trace de quelques lettres restées sur le mur, que M. de Séguier rétablit l'inscription suivante :

C. CÆSARI AUGUSTI F. COS. L. CÆSARI AUGUSTI F.
COS. DESIGNATO PRINCIPIBUS JUVENTUTIS.

Ainsi ce temple aurait été consacré à Caïus et à Lucius, fils adoptifs d'Auguste et princes de la Jeunesse. Les opinions ont été longtemps partagées sur la fondation de ce monument. Les uns prétendaient qu'il avait été élevé en mémoire de Caïus César, d'autres l'attribuaient à Marc-Aurèle et à Lucius Verus.

Au fond du vestibule est la porte d'entrée, qui est carrée et fort élevée; elle est accompagnée de deux beaux pilastres.

Le plan de cet édifice est un rectangle de 25 mètres 65 centimètres, sur 13 mètres 45 centimètres. L'intérieur n'a pas plus de 16 mètres de longueur sur 12 de largeur et autant de hauteur. Les murs ont environ 70 centimètres d'épaisseur.

MANS (Fortifications romaines du). La ville du Mans, chef-lieu du département de la Sarthe, a été fondée par les Romains dans le deuxième siècle de notre ère. On voit encore, dans presque tout leur entier, à la partie nord de la ville, les anciennes murailles dont elle fut entourée. Ces fortifications, qui rappellent des souvenirs de guerre de près de dix-sept siècles, ont une longueur de 4 à 500 mètres. Il existe trois tours rondes, de même origine, assez bien conservées, et qui faisaient également partie du système de défense de la cité gallo-romaine.

MARCEAU (Tombeau de), à Ehrenbreistein, ville de l'ancien département français de Rhin-et-Moselle, située sur la rive droite du Rhin, et qui appartient aujourd'hui à la Prusse. Le général Marceau, blessé mortellement à la bataille d'Altenkirchen, le 19 septembre 1796, mourut le 25 du même mois, des suites de cette blessure, à l'âge de vingt-sept ans. Il fut inhumé, avec une grande solennité, dans le camp retranché de Coblentz, dont il s'était emparé en 1794; ce camp était sur une colline de la rive gauche, vis-à-vis d'Ehrenbreistein. La cérémonie eut lieu au bruit de l'artillerie des deux armées française et autrichienne, qui déposèrent un instant leurs vieilles haines pour honorer la valeur et les vertus du jeune héros.

L'armée française lui éleva un modeste tombeau, consistant en une pyramide sur laquelle se font remarquer quelques symboles militaires et des inscriptions en l'honneur du guerrier qui sut se concilier en même temps le respect et l'affection de ses concitoyens, l'estime et les regrets de ses ennemis. Ce monument, qui s'élève sur un piédestal, avait été tracé par le général Kléber, ami de Marceau.

L'une des inscriptions de cette pyramide invitait les amis et les ennemis du général à respecter son tombeau.

Lorsque le gouvernement prussien fit travailler aux nombreuses fortifications qui défendent aujourd'hui cette position, on voulut construire des batteries à la place même où s'élève la pyramide; mais les autorités militaires respectèrent le vœu de l'inscription, et le monument fut conservé; on le descendit dans le milieu de la plaine, au-dessous du niveau du nouveau fort, où il existe encore aujourd'hui.

MARIUS (Monument élevé par), à Pourrières, bourg du département du Var. Aux environs de ce bourg, à environ cinquante mètres de la rivière d'Arc et vers le commencement de l'angle formé par l'ancien chemin situé à gauche et à l'extrémité du pont de la grande Pugère, on remarque les ruines d'un monument élevé par Marius, lorsqu'il eut détruit ou fait prisonniers, dans les plaines

Fortifications romaines du Mans.

de Trets et de Pourrières, environ trois cent mille barbares sortis de la Germanie pour entreprendre la conquête de l'Espagne. Une tapisserie du moyen âge nous a transmis la forme de ce monument. Il consistait en une base carrée entourée d'un pourtour, sur laquelle s'élevait une pyramide; on y voyait plusieurs bas-reliefs, dont un, entre autres, représentait le général romain debout sur un bouclier, et porté triomphalement par trois guerriers.

Il ne reste maintenant qu'une partie du massif qui l'environnait; ce massif, tel qu'on le voit aujourd'hui, a 6 mètres d'épaisseur en carré, et s'élève irrégulièrement à environ deux pieds et demi du sol; la partie du pourtour encore existante n'est séparée du massif que par une distance de 9 pieds.

MARSEILLE (Arc de triomphe de), département des Bouches-du-Rhône. Ce monument, élevé sur la place Castellane, a été commencé à l'occasion de l'expédition qui a eu lieu en Espagne en 1823. Sa destination a été entièrement changée, par suite de la révolution de juillet 1830.

M. Penchaud, architecte, a été chargé de l'exécution des travaux; MM. David et Ramey, membres de l'Institut, des statues, des trophées et des bas-reliefs.

Le bas-relief de la face principale, représentant la *Ba-*

taille de Fleurus, appartient au ciseau de David ; il a remplacé celui du *Combat de Navarin*, qui y avait été primitivement posé.

Le bas-relief placé sous l'arcade, représentant la *Patrie appelant ses enfants à son secours*, est également de David.

Le bas-relief correspondant représente les *Récompenses décernées aux braves lors de leur retour après la victoire*. Il est de M. Ramey.

Les quatre statues, exécutées par le même artiste, sur la face opposée, représentent la *Tempérance*, la *Clémence*, la *Force* et la *Vigilance* ; les deux bas-reliefs figurent les batailles de *Marengo* et d'*Austerlitz*.

Au-dessous de l'emplacement du quadrige, non encore achevé, on lit cette inscription :

AVX ARMÉES FRANÇAISES
VICTORIEVSES A JEMMAPES HÉLIOPOLIS MARENGO
AVSTERLITZ IÉNA SMOLENSK MONTMIRAIL NAVARIN
AVX GÉNÉREVX CITOYENS
QVI SCELLÈRENT DE LEVR SANG LE TRIOMPHE DE LA LIBERTÉ
A LOVIS PHILIPPE PREMIER
LES MARSEILLAIS RECONNAISSANTS.

D'après le projet, le quadrige doit figurer un char de triomphe conduit par six chevaux ; Napoléon doit y être placé debout, en costume romain, le front ceint d'une couronne de laurier.

Les dépenses de ce monument se sont élevées à la somme de 490,000 francs.

MARTIN (Porte ou arc de triomphe Saint-), situé à Paris, à l'endroit où le boulevard de ce nom sépare la rue Saint-Martin de celle du Faubourg. Cet arc fut construit en 1674, sur les dessins de Pierre Bullet.

Ce monument présente un carré parfait dans chacune de ses faces : il a 54 pieds de large, 54 pieds d'élévation, y compris l'attique, dont la hauteur est de 14 pieds. Cette construction est percée par trois arcades : celle du milieu a 15 pieds de largeur et 30 d'élévation ; les arcades latérales ont chacune 8 pieds de largeur et 16 de hauteur.

Les pieds-droits, qui, aux extrémités, s'élèvent jusqu'à l'entablement, et ceux qui supportent l'arcade du milieu, ainsi que le bandeau de cette arcade, ont la même largeur et sont travaillés en bossages vermiculés. Cet ornement est d'un très-bon effet. Au-dessus est un entablement à grandes consoles ; le tout est surmonté d'un attique qui porte l'inscription suivante :

LUDOVICO MAGNO
VESONTIONE SEQUANISQUE DIS CAPTIS,
ET FRACTIS GERMANORUM, HISPANORUM, BELAVORUMQUE EXERCITIBUS,
PRÆF. ET ÆDIL. P. CC. ANNO D. 1674.

Dans les deux espaces qui se trouvent entre les pieds-droits, le bandeau de la grande arcade et l'entablement, sont deux bas-reliefs relatifs aux conquêtes de Louis XIV. Dans un de ces bas-reliefs, du côté de la ville, on voit ce monarque assis sur son trône, ayant à ses pieds la figure allégorique d'une nation à genoux qui lui tend les bras, et lui présente un rouleau contenant le traité de la triple alliance.

L'autre bas-relief représente le même roi sous les traits d'Hercule ; il est entièrement nu, comme ce dieu ; il tient en main une massue, et foule aux pieds des corps morts ; la Victoire, descendue du ciel, tenant des palmes d'une main, pose, de l'autre, sur la tête du roi, une couronne de lauriers. C'est l'allégorie de la conquête de la Franche-Comté.

Du côté du faubourg, les bas-reliefs représentent, sous les mêmes allégories, la prise de Limbourg et la défaite des Allemands. Ces bas-reliefs sont de Desjardins, de Marsy, de Lehongre et de Legros.

Entre les colonnes de l'entablement, sont divers attributs de l'art militaire ; entre celles du milieu, la face radieuse du soleil, symbole de Louis XIV.

Cet arc de triomphe a été l'objet de plusieurs réparations, en 1819 et 1820.

MASSÉNA (Tombeau du maréchal), dans le cimetière du Père-Lachaise, à l'est de Paris. Ce monument funéraire, qui a été érigé en 1817, offre, sur un piédestal de 5 pieds de haut, un obélisque de 20 pieds. Sur une des faces, on a sculpté le buste du maréchal.

On connaît les faits d'armes et l'illustration du célèbre guerrier qui fut l'un des lieutenants les plus habiles et les plus heureux de Napoléon. Ce prince l'avait surnommé *l'Enfant chéri de la Victoire*.

Le maréchal Masséna, duc de Rivoli et prince d'Essling, est mort le 4 avril 1817.

MONTLHÉRY (Château et tour de). Montlhéry est une petite ville du département de Seine-et-Oise, dont l'origine remonte à la fin du huitième siècle, sous le règne de Hugues-Capet. Elle était autrefois défendue par une puissante forteresse, située sur la pente d'une montagne au sommet de laquelle fut bâti, en 1015, par Thibaud, seigneur de Montlhéry, un château qui joua un grand rôle dans les guerres du moyen âge, et qui a été longtemps l'effroi des rois de France.

On remarque encore, au milieu de ses ruines féodales, la tour du donjon, qui a résisté pendant huit siècles aux ravages du temps. Cette tour, qui a encore 96 pieds de haut, paraît avoir été beaucoup plus élevée. A cette tour en est accolée une seconde de moindre dimension, où se trouvait l'escalier, dont il ne reste plus de traces. Les alentours présentent les ruines des murs et des tours qui formaient la forteresse.

L'anecdote suivante se rattache à son histoire militaire. Jean de Croy, qui avait embrassé le parti des Bourguignons, avait été fait prisonnier en 1413 et conduit au château de Montlhéry. Un jour, vingt cavaliers déterminés, envoyés de Saint-Denis par son père, qui y commandait, traversent la Seine, gagnent, par des chemins détournés, les approches du château, et, profitant du moment où le prisonnier assistait à la messe dans une église située en dehors des murs, s'emparent de lui, le jettent sur un bon cheval, et gagnent au galop le quartier général du duc de Bourgogne, qui les accueille avec joie. En vain l'alerte fut donnée au château, en vain sa garnison s'ébranla, en vain des hommes d'armes s'éparpillèrent dans toutes les directions, Jean de Croy était sauvé, et jamais ses ennemis ne purent l'atteindre.

Pendant la guerre dite du Bien public, le 16 juillet 1465, les tours de Montlhéry furent témoins d'une sanglante bataille entre les troupes de Louis XI et celles du duc de Bourgogne, commandées par le comte de Charolais. Chaque parti s'attribua la victoire ; cependant le champ de bataille resta aux Bourguignons. La plupart des historiens ont observé que l'intention de Louis XI et du comte de Charolais n'était pas d'engager une action ; le premier voulait se jeter dans Paris, bien muni de provisions, et tirer la guerre en longueur, et le comte ne voulait qu'opérer sa jonction avec les ducs de Bretagne et de Berri ; ce fut Pierre de Brézé, maréchal de Normandie, qui mit ces princes aux prises malgré eux.

Un poste télégraphique est aujourd'hui placé au centre des ruines de l'antique forteresse.

Il existe encore à l'entrée de la ville, vers le bourg de Linas, une porte dont l'existence remonte à celle du château, mais qui ne présente rien de remarquable sous le rapport de l'architecture militaire.

MONT-SAINT-MICHEL, bourg du département de la Manche, dans le fond de la baie de Cancale. C'est, sans contredit, l'un des lieux les plus célèbres de la Normandie. Son origine remonte, selon quelques historiens, à l'an 708, époque à laquelle l'évêque d'Avranches y jeta les fondements d'une riche abbaye et d'une église sous l'invocation de l'archange saint Michel. On y éleva successivement un château et des fortifications qui rendirent cette position formidable.

Le château, l'église et l'abbaye sont situés sur un immense rocher granitique, coupé à pic, au pied duquel est bâti le bourg, entouré de remparts. On compte 450 toises de circonférence à la base du rocher, et 180 pieds d'élévation, à partir du niveau de la grève jusqu'au niveau du rocher, qui a été aplani pour y poser les fondations du château et des bâtiments de l'abbaye. La lanterne du clocher est à 400 pieds d'élévation au-dessus de la grève.

Le mont Saint-Michel est presque partout entouré de hautes et épaisses murailles, flanquées de tours et de bastions. L'ouest et le nord ne présentent que des pointes de noirs rochers. La partie la plus inclinée à l'est et au midi est seule habitée et forme un groupe de maisons peu considérable renfermant une population d'environ 400 âmes.

L'abbaye est aussi remarquable par son style que par son site; elle l'est également comme monument historique. On y distingue la porte d'entrée, flanquée de deux hautes tours. Au nord, se trouve un vaste édifice très-bien conservé, d'une hardiesse et d'une élévation extraordinaires. Il comprend, au rez-de-chaussée, des salles immenses et connues sous le nom de salles de *Montgommery*. Au premier étage se trouve, à l'est, une pièce de 29 à 30 mètres de longueur, qui servait autrefois de réfectoire aux moines; c'est un des plus beaux vaisseaux gothiques qui

existent en France. A l'ouest est la superbe salle dite des *Chevaliers*, admirable morceau d'architecture du onzième siècle. C'est dans cette pièce que Louis XI institua, le 1er août 1469, l'ordre de Saint-Michel. La voûte de cette salle est soutenue par trois rangs de colonnes en granit d'une grande légèreté et d'un travail parfait; elle a 28 mètres de longueur. Les appartements de l'étage supérieur étaient autrefois destinés à recevoir les cellules servant de dortoirs.

Entre l'est et le midi est un bâtiment à un seul étage, ayant une jolie façade en granit; il est désigné sous le nom de *Salles du gouvernement*. Au milieu de ce bâtiment s'élève l'église, dont la nef a été récemment dévorée dans un incendie.

L'église, qui n'a pas moins de 50 mètres de longueur, est élevée sur un plateau créé à l'aide de voûtes remarquables par le fini du travail. Sous l'édifice sont de vastes souterrains et des caveaux creusés dans le roc, dont plu-

sieurs servaient de prison. On y voit encore, entre autres, deux cachots de 8 pieds carrés, où l'on prétend qu'on descendait jadis les criminels d'État, pour les y faire périr dans une lente et cruelle agonie. C'est à côté de ces cachots qu'était placée la célèbre cage de fer, ainsi nommée bien qu'elle fût en bois. Louis XV y fit enfermer un pauvre écrivain nommé Dubourg, qui avait publié un libelle contre lui et la marquise de Pompadour. Ce malheureux, pour se distraire, dépensa beaucoup de temps et de peine pour sculpter, à l'aide d'un clou, quelques figures grossières sur un des barreaux de ce cachot; on rapporte qu'avant de mourir il déclara que ce qui l'y avait fait le plus souffrir, c'était les rats, dont plusieurs avaient rongé ses pieds engourdis sans qu'il pût se remuer ou se défendre. Le 10 mai 1777, le comte d'Artois, se rendant à Brest, s'arrêta au mont Saint-Michel, et ordonna la destruction de cette cage; mais cet ordre ne fut exécuté que quelque temps après, en présence des jeunes ducs d'Orléans.

Le premier siége du mont Saint-Michel remonte à l'an 1090. Guillaume le Roux, roi d'Angleterre, et Robert, duc de Normandie, réunirent une nombreuse armée pour y forcer leur frère Henri, qui, manquant de vivres, fut obligé d'abandonner la place, et de se retirer en Bretagne.

Les habitants d'Avranches vinrent attaquer le mont Saint-Michel en 1138, y mirent le feu et y commirent de grands dégâts.

Guy de Thouars, l'ayant inutilement attaqué, en 1203, l'incendia pour la deuxième fois.

Deux cents ans de repos avaient réparé les malheurs passés, lorsqu'en 1417 les Anglais vinrent de nouveau attaquer cette position. Cette fois encore, l'ennemi fut repoussé avec perte. Revenu en 1423 avec des forces considérables, les défenseurs de la forteresse résistèrent à toutes les attaques avec un courage héroïque. Les Anglais, irrités de cette valeureuse résistance, prirent le parti de convertir le siége en blocus. Maîtres de la mer et des places voisines, ils interceptèrent l'arrivée des munitions de guerre et de bouche et allaient forcer la garnison, lorsque des secours inattendus, préparés par Guillaume de Montfort, évêque de Saint-Malo, vinrent changer la face des choses. Une flotte, armée secrètement, dont le commandement avait été confié à Bryant de Chateaubriand, vint attaquer les bâtiments anglais et les défit dans un combat vif et opiniâtre.

Le mont Saint-Michel devint encore le théâtre de plusieurs engagements pendant les guerres de religion et de la Ligue ; ce furent les derniers événements de son histoire militaire.

Au commencement de la première révolution, le mont Saint-Michel fut converti en prison d'Etat et en maison centrale de détention. Le conventionnel Lecarpentier, condamné en 1820 par la Cour d'assises de la Manche, pour être rentré en France sans autorisation, y fut enfermé jusqu'à sa mort, en 1829.

En 1830 et 1848, on y enferma un assez grand nombre de personnes condamnées pour délits politiques. Les détenus de cette première époque s'y signalèrent dans un incendie qui éclata dans la nuit du 22 au 23 octobre 1834 ; ils contribuèrent puissamment à sauver le monument, et ne firent aucune tentative d'évasion.

MONTBRUN (Château de). Non loin et au-dessus du bourg de Montbrun, département de la Haute-Vienne, on aperçoit les restes du vieux château de ce nom, qui a dû être d'une grande importance dans le moyen âge, à en juger par la solidité de ses constructions. Ses débris, d'un effet très-pittoresque, consistent dans le nombre de ses vieilles tours rondes, dont on admire à la fois la hauteur et les vastes dimensions. Il était en outre défendu par de fortes murailles et entouré de fossés dont les traces se font encore remarquer. Le donjon, très-élevé, dominait une assez grande étendue de terrain ; il est de forme carrée et couronné d'embrasures. On doit vivement regretter que les annales du Limousin n'aient laissé aucune trace des sièges et des attaques dont cette forteresse a dû souvent être le théâtre. Les seigneurs de Montbrun n'y sont même que rarement mentionnés.

MONTFORT (Château de). Le village de Montigny-Montfort, département de la Côte-d'Or, est remarquable par les ruines pittoresques d'un ancien château construit vers le milieu du moyen âge, et qui donne une idée des forteresses de ces temps féodaux. Il était entouré de murs et de fossés que le temps a fait entièrement disparaître. Cette habitation consistait en un massif de maçonnerie quadrangulaire ; l'entrée principale était défendue par deux tours octogones. Deux autres tours le flanquaient à l'est et à l'ouest.

MONTMORENCY (Tombeau de Henri II, duc de), à Moulins, département de l'Allier. Ce tombeau a été élevé en 1652 par la princesse des Ursins, femme de l'illustre amiral décapité à Toulouse, le 30 octobre 1632, sous le ministère du cardinal de Richelieu. Il est placé à gauche du grand autel, vis-à-vis l'ancienne grille du chœur des religieuses, et représente le duc à moitié couché, appuyé sur son coude gauche, tenant une épée nue de la main droite ; la duchesse est assise à ses pieds, voilée et en mante. A côté du mausolée sont deux statues représentant la *Valeur* et la *Libéralité*. Derrière le monument, et sur le mur qui le touche, on voit une espèce de portique avec son fronton, soutenu de deux colonnes et de deux pilastres. Entre ces colonnes sont deux autres statues : la *Noblesse* et la *Piété*. Au milieu de ce portique est une urne qui renferme les cendres du duc ; le feston qui entoure l'urne est porté par deux anges, et le haut du fronton est couronné par les armes de Montmorency.

Ce mausolée a environ 8 mètres d'élévation sur 5 mètres de largeur. Le corps du tombeau est en marbre noir ; les statues, ainsi que les ornements, sont en marbre blanc. On y lit une inscription latine dont voici la traduction : « L'an 1652 et le vingtième de son deuil, Marie-Félicie des Ursins, princesse romaine, éleva ce mausolée à la mémoire de son digne époux, Henri II de Montmorency, le dernier et le plus illustre des ducs de ce nom ; pair, amiral et maréchal de France, la terreur des ennemis, les

délices des Français, mari incomparable dont elle n'eut jamais à déplorer que la mort. Après dix-huit ans du mariage le plus heureux, après avoir joui de richesses immenses, et possédé sans partage le cœur de son époux, il ne lui reste aujourd'hui que sa cendre. »

Le tombeau, les statues et les ornements, sont l'œuvre des sculpteurs François Augier, Thomas Regnaudin, Thibaud Poissant et Coustou.

Ce monument allait être détruit en 1793, par une bande de révolutionnaires, et les bras étaient déjà levés pour l'abattre, lorsqu'une voix, sortie de la foule, s'écria : « Quoi ! vous allez renverser le monument d'un bon républicain, puisqu'il est mort victime du despotisme ! » Les marteaux s'arrêtèrent, et les cendres du dernier représentant de la féodalité sur les champs de bataille furent respectées à l'aide de ce certificat de civisme.

MORIMONT (Château de). A peu de distance du village de Levoncourt, département du Haut-Rhin, on voit, sur une hauteur, au milieu d'un bois, les vastes ruines du château de Morimont. L'intérieur était occupé par le château, le donjon et des cours spacieuses ; d'énormes tours rondes et d'épaisses murailles extérieures, dont quelques-unes subsistent encore, en défendaient les approches. Cette forteresse fut brûlée par les Suédois pendant la guerre dite de *Trente ans* (1633). On ignore l'époque de sa fondation ; mais il résulte du titre d'oblation du comte de Ferrette à l'évêché de Bâle qu'il était déjà fort ancien en 1271. Sa position avantageuse fait supposer que l'emplacement sur lequel il est élevé aurait été anciennement occupé par un *castrum* romain.

MUSÉE D'ARTILLERIE, à Paris. Cet établissement a été fondé le 24 floréal an II (14 mai 1794.) Il doit son existence à l'administration générale chargée, à cette époque, de diriger la fabrication extraordinaire des armes portatives, ordonnée par la Convention nationale. Cette administration recueillit, dans le local des Feuillants, quelques armes anciennes trouvées dans des maisons d'émigrés, au Garde-Meuble de la couronne, au cabinet des armures de Chantilly et dans divers dépôts établis à Paris depuis la prise de la Bastille. De nouvelles recherches et

diverses acquisitions enrichirent bientôt le Musée naissant d'objets rares et curieux.

Au commencement de 1799, le gouvernement plaça cet établissement sous la direction de l'artillerie, et le fit transférer dans le bâtiment attenant à l'église Saint-Thomas-d'Aquin. Les conquêtes de la Révolution, celles du Consulat et de l'Empire, augmentèrent successivement cette intéressante collection. En 1814, le Musée renfermait déjà une quantité d'objets d'une grande importance, lorsque la première invasion vint lui enlever quelques-unes de ces pièces.

En 1815, pendant que l'on traitait de la capitulation de Paris, on retira du Musée la plus grande partie des objets qu'il contenait, pour les soustraire à l'avidité des alliés. Cette sage mesure conserva à la France et aux arts la plus belle portion de cette précieuse collection.

Lors des journées de Juillet 1830, le Musée fut dépouillé de la presque totalité des anciennes armes qu'il renfermait. Toutefois, une grande partie de ces objets sont heureusement venus reprendre leur place sur les râteliers d'où ils avaient été enlevés.

Le Musée se compose de quatre grandes galeries, tournant autour d'une cour, et d'une grande salle dite *Galerie des Armures*, dans laquelle sont rangées, dans l'ordre chronologique, les armures défensives complètes des anciens hommes d'armes, c'est-à-dire le fer qui recouvrait les gens de guerre depuis les pieds jusqu'au cou; on y voit aussi, classés dans le même ordre, les casques, les boucliers, les cuirasses, etc., etc. Parmi les armures, on remarque celles de Jeanne d'Arc, de Louis XI, du connétable de Bourbon, de François Ier, de Bayard, de Charles IX, du duc de Guise (Henri le Balafré), de Henri III, du duc de Mayenne, du brave Crillon; enfin, l'armure fabriquée à Brescia par Garbagnani, et donnée par la République de Venise à Louis XIV.

Les quatre galeries contiennent les armes blanches et les armes à feu portatives, anciennes et modernes. Ces collections, placées également dans l'ordre chronologique, sont rangées avec art et présentent un ensemble très-remarquable des armes offensives en usage aux diverses époques de notre histoire militaire.

Les armes les plus précieuses sont renfermées dans des armoires placées au milieu des autres galeries. Parmi les armes de prix, on en voit avec de très-belles incrustations en pierres fines, en argent, en ivoire et en nacre; on y remarque aussi une assez grande quantité d'autres objets rares et curieux.

Les bouches à feu de différents âges et de différents calibres, les modèles d'affûts, de caissons, etc., forment une collection complète et à part, qui mérite de fixer l'attention des curieux et des hommes spéciaux.

toit, au onzième siècle, qu'une simple forteresse au centre de laquelle se trouvait un vaste palais, s'agrandit successivement et devint l'origine de la capitale de la Lorraine. Lorsque Charles le Téméraire envahit le duché de Lorraine, Nancy était précédé de faubourgs que l'on rasa à l'approche des Bourguignons, et sur les ruines desquels on éleva des remparts, où s'immortalisa la noblesse lorraine. Ces fortifications, augmentées en 1585 et 1621, n'existent plus aujourd'hui. On n'y voit que l'ancienne citadelle, encore entourée de fossés et de quelques restes de fortifications non entretenues.

Parmi les portes qui ornent encore la ville de Nancy, on remarque celle de *Saint-Jean*, construite au quinzième siècle; la porte *Stanislas*, la porte *Notre-Dame* et la porte *Sainte-Catherine*. Les deux premières sont d'ordre dorique; la dernière forme un arc de triomphe de trois portiques, composé également d'ordre dorique avec leurs chapiteaux et entablements, surmontés d'un attique orné de trophées d'armes et de bas-reliefs.

L'événement le plus remarquable dans les fastes de la Lorraine et particulièrement de la ville de Nancy, est celui de la bataille qui se livra sous les murs de la place en 1477. La garnison était réduite à la dernière extrémité, lorsque le duc René II vint à son secours avec des forces imposantes, au moment où la famine la plus affreuse allait la forcer de se rendre, et prévint les assiégés de son arrivée par un fanal allumé sur les tours du village de Saint-Nicolas. Le duc de Bourgogne était placé au centre de son armée, où est aujourd'hui Bonsecours, sa droite du côté de la Malgrange, et sa gauche appuyée sur la rivière de la Meurthe. L'avant-garde de René, composée de 7,000 hommes d'infanterie et de 2,000 chevaux, s'avança derrière le bois de Jarville, et prit l'ennemi en flanc, en

NANCY (FORTIFICATIONS ET PORTES DE). La ville de Nancy, chef-lieu du département de la Meurthe, qui n'é-

même temps qu'un second corps de Suisses et d'Allemands, disposé comme le premier, attaquait l'aile gauche. René fut conjuré par ses capitaines de ne point exposer sa tête, si chère à la Lorraine : « J'étais disposé, leur dit-il, à suivre vos conseils, mais je n'attendais pas celui-là; » et il commença l'attaque; l'armée bourguignonne ne put résister au choc impétueux des Lorrains, des Suisses et de la garnison de Nancy qui prit part à l'action; les Bourguignons épouvantés fuirent, et le carnage devint bientôt horrible. Charles le Téméraire fondit à plusieurs reprises et en désespéré au plus fort de l'action, où il fit des prodiges de valeur; mais, entraîné par les fuyards, il termina sa carrière dans les marais de l'étang de Saint-Jean, où son corps fut retrouvé.

Les Français s'emparèrent de Nancy en 1633 et le conservèrent jusqu'au traité de Vincennes de 1661, qui stipulait la destruction des fortifications. Reprise par Tourville en 1670, Louis XIV en fit relever les murailles, de nouveau détruites en vertu du traité de Riswick, à l'exception de la citadelle et des portes de la ville neuve.

NANTES (Château de), département de la Loire-Inférieure. Ce château, bâti en 938 par l'un des premiers comtes de Nantes, Alain Barbe-Torte, mort en 943, consiste en une énorme masse de bâtiments irréguliers, flanquée de tours rondes. Dominé de toute part, il n'est plus d'aucune défense pour la ville et sert aujourd'hui de magasin à poudre.

Un autre château, celui de Bouffray, bâti sur la fin du dixième siècle, a aussi perdu son ancienne importance militaire. On y voit encore une tour très-élevée de forme polygonale, construite en 1662, qui renferme l'horloge et la cloche du beffroi.

NANTOUILLET (Château de). Le village de Nantouillet, département de Seine-et-Marne, possède un ancien château fort, bâti par François Ier; il est remarquable par son architecture, toute dans le style de la renaissance. La partie extérieure de ce bâtiment ne présente, comme fortification, aucun caractère important. L'intérieur, au contraire, offre des détails d'un grand intérêt sous les rapports artistiques.

Le chancelier Duprat, qui fut pendant une grande partie de sa vie l'objet de la haine du peuple, et que méprisait le prince dont il avait flatté les goûts licencieux, mourut dans le château de Nantouillet en 1535, à l'âge de soixante-douze ans.

NAPOLÉON (Tombeau de), aux Invalides. Les travaux du tombeau de Napoléon, suspendus depuis quelque temps, ont été repris avec activité en 1850. Ce monument n'étant point encore achevé, nous en donnerons la description d'après le programme arrêté par le gouvernement, de concert avec la commission nommée par l'Assemblée législative.

C'est en remplaçant le baldaquin en bois qui fut construit en 1809, que l'architecte a trouvé les moyens de descendre dans la crypte sans rien déranger aux dispositions existantes dans le dôme; il s'est borné à élever le nouveau baldaquin de huit marches de plus que l'ancien, et il a ainsi obtenu l'échappée nécessaire. Il a reporté dans l'église le maître-autel faisant face à la nef, placé autrefois au bas de ce baldaquin, et il a trouvé sur ce point la porte d'entrée de la descente à la crypte, qui est décorée de deux figures portant dans leurs mains les insignes impériaux. Au-dessus de la porte est inscrit le vœu qui ouvre le testament de l'empereur à Sainte-Hélène :

Je désire que mes cendres reposent sur les bords de la Seine, au milieu de ce peuple français que j'ai tant aimé.

Les parois de la descente qui conduit à la crypte sont garnies de marbre blanc. Au bas de cette descente sont deux bas-reliefs, dont un représente le tombeau de Sainte-Hélène, et l'autre la France recevant les dépouilles mortelles de l'empereur. Quatre candélabres en bronze ornent ce vestibule, qui donne accès à la crypte, au centre de laquelle est le sarcophage renfermant les restes du grand homme. Ce sarcophage, en marbre rouge de Finlande, a 4 mètres de long sur 2 mètres de large; il se compose de trois blocs, le couvercle, le corps et les pieds. Le socle, en granit des Vosges, serait aussi massif. Un riche pavé en mosaïque, représentant une couronne de laurier entourée d'une gloire, est au pied du sarcophage.

Douze victoires, tenant dans leurs mains des symboles allégoriques, entourent le sarcophage.

Les parois du portique sont décorées de dix bas-reliefs représentant les actes qui ont illustré le règne du législateur.

De ce portique, on arrive enfin à une chambre souterraine dite *reliquaire*. Là est déposée l'épée d'Austerlitz. Quarante drapeaux et les insignes qui ont été portés par l'empereur sont aussi déposés sur un autel, aux pieds de la statue de l'empereur, représenté debout en costume impérial; une grille fort riche ne laisse voir qu'au travers, à la lueur d'une lampe, les précieux dépôts qu'elle renferme.

Douze lampes seront suspendues sous le portique, et ne seront allumées que le jour de la fête de Napoléon, le jour de sa mort et le jour de la translation aux Invalides.

NARBONNE (Tour de). La ville de Narbonne, département de l'Aude, l'une des premières colonies fondées par les Romains, l'an de Rome 636 (220 ans avant Jésus-Christ), ne possède plus aucun monument militaire de cette époque; et cependant elle était déjà l'une des places les plus considérables de la Gaule narbonnaise; le temps a tout fait disparaître. On n'y voit qu'une vieille tour carrée construite dans le moyen âge, et sur laquelle s'appuie le palais de l'archevêché. L'origine de cette tour est ancienne. Quelques historiens assurent qu'elle formait, avec un massif de bâtiment qui a disparu sous les fondations du palais, une espèce de citadelle élevée pour maintenir les habitants dans le devoir.

NÉGREPELISSE (Château de), département de Tarn-et-Garonne. Ce château, qui existe encore aujourd'hui, est dans une situation très-pittoresque, sur la rive droite de l'Aveyron. Il est soutenu, aux deux côtés opposés à la façade principale, par deux tours rondes très-élevées. Deux autres tours de même forme, et d'une hauteur égale, s'élèvent isolément du côté de l'entrée. Ces tours se lient à des murailles peu élevées et qui servaient à défendre les approches du bâtiment.

La ville et le château furent pris sur les religionnaires, en 1621, par le duc de Mayenne, qui y plaça une garnison de quatre cents hommes, égorgée par les habitants pendant une nuit obscure. Louis XIII, l'ayant investie le 8 juin 1622, la prit d'assaut le 10 du même mois, et fit passer ses défenseurs au fil de l'épée. Un auteur contemporain raconte ainsi cet épouvantable épisode : « Les mères qui s'étaient sauvées au travers de la rivière ne purent obtenir aucune miséricorde du soldat, qui les attendait à l'autre bord et les tuait. En une demi-heure tout fut exterminé dans la ville, et les rues étaient si pleines de morts et de sang, qu'on y marchait avec peine. Ceux qui se sauvèrent dans le château furent contraints le lendemain de se rendre à discrétion, et furent tous pendus. Les soldats mirent ensuite le feu à la ville, laquelle fut toute brûlée en une heure. Le château seul fut conservé. »

NEVERS (Fortifications de). La ville de Nevers, chef-lieu du département de la Nièvre, est une grande et ancienne cité gauloise, défendue, dans les premiers temps de la conquête romaine, par des murailles que l'on voyait encore il y a deux cents ans, et dont il reste quelques fragments. — Pierre de Courtenay, comte de Nevers, l'entoura d'une nouvelle enceinte, commencée en 1194, et y fit élever une citadelle. Les murailles, très-hautes et d'une grande épaisseur, étaient baignées, au sud par la Loire et la Nièvre; dans les autres parties elles étaient entourées d'un fossé large et profond. Des remparts extérieurs s'élevaient sur plusieurs points jusqu'au marche-pied.

Dans le quinzième siècle, on ajouta à ces fortifications de grandes tours rondes espacées de distance en distance; ces tours étaient casematées et couronnées de créneaux et de machecoulis. Ces constructions existent encore presque partout, mais plus ou moins dégradées. Quelques tours ont été réparées et forment aujourd'hui des maisons assez commodes.

Les portes de la *Barre*, de *Nièvre* et des *Croux* furent construites en même temps que la nouvelle enceinte; les autres le furent plus tard. Elles étaient toutes couronnées de créneaux et de machecoulis, fortifiées de deux tours casematées et munies d'un boulevard en avant. La porte de Croux, la seule qui subsiste et qui puisse donner une idée des autres, a été rebâtie en 1393.

Pepin le Bref fit choix de la ville de Nevers pour y établir le centre de ses opérations militaires, dans la guerre acharnée et cruelle qu'il fit au malheureux Waifre, duc d'Aquitaine. Il y tint, en 765, l'assemblée des grands du royaume, appelée alors *Champ-de-Mai*. Dans le neuvième siècle, Charles le Chauve y séjourna plusieurs fois, et y établit un hôtel des monnaies. En 952, la ville de Nevers fut assiégée et prise par Hugues, comte de Paris, qui la livra aux flammes. La duchesse de Nevers s'y retira en 1617 et y fut assiégée par le maréchal de Montigny; mais le siége fut levé peu de temps après.

OBÉLISQUE. Ces sortes de monuments étaient destinés à orner les places publiques. Ils appartiennent aux anciens peuples de l'Egypte qui les élevèrent d'abord en l'honneur du soleil; ils servirent ensuite à honorer la mémoire de leurs rois ou à éterniser le souvenir de certains événements remarquables. Ce sont des espèces de pyramides élancées, ou des colonnes carrées reposant sur un piédestal, qui se terminent en pointe et dont les pans sont coupés en forme d'aiguille. Leur hauteur varie de 50 à 150 pieds, non compris le piédestal. Ces édifices, dont la forme se dessine selon leur importance historique, sont en pierre dure ou en granit.

Tous les obélisques qui existent en Europe, successivement renversés et réédifiés, y ont été apportés par les Grecs et les Romains. La France acquit, en 1831, celui de Luxor, qui figure aujourd'hui sur la place de la Concorde. Donné par Méhémed-Ali, pacha d'Egypte, son érection n'eut lieu qu'à la fin de 1834. Cet obélisque, qui est en granit rose, était placé à la porte d'un palais, à Thèbes, et avait pour pendant un monument semblable. Celui de la place de la Concorde a 25 mètres 3 centimètres de hauteur; sa base a 2 mètres 51 centimètres.

ORANGE (Arc d'), département de Vaucluse. Il est situé dans une plaine, à quatre cents pas des dern'ères maisons de la ville, sur la grande route de Lyon à Marseille. Il est percé de trois arcades, dont une grande au milieu et deux petites de chaque côté; sa largeur est de 22 mètres, sa hauteur de 20 mètres.

La face septentrionale est la mieux conservée; cependant, de quatre colonnes il n'en reste que trois et la base de la quatrième.

Le bas-relief de l'attique représente un combat de fantassins et de cavaliers. A gauche de ce bas-relief sont des instruments de sacrifice, l'*aspergille*, le *préfericule*, la *patère*, le *simpulum* et le *lituus*, tous attributs nautiques.

Les trophées qui sont sur les côtés du fronton sont presque entièrement composés d'attributs maritimes. Ceux qu'on voit immédiatement au-dessus des petites arcades sont formés à l'aide d'armes offensives et défensives, mais qui n'ont aucun rapport à la marine. On lit sur un bouclier du trophée de gauche ISVIVS; sur un autre BEVE; sur le trophée de droite DODVCACVS; enfin, sur un fragment, les lettres SRE. Les trophées de la face méridionale présentent les inscriptions suivantes : SACROVIR, MARIO, DACVNO, VDILLVS, AV....OT, et les lettres S.R.E., plusieurs fois répétées.

Des opinions très-diverses ont été émises sur la destination et l'époque de la construction de cet arc. D'après celle qui paraît avoir prévalu, il aurait été élevé en mémoire de la défaite des Teutons par Marius; toutefois, il ne paraît pas que son érection date du temps de ce général. Peut-être l'a-t-il été par ordre de Jules-César, et en commémoration de toutes les victoires remportées par les Romains dans la Gaule narbonnaise.

ORGON (Aqueduc d'). Orgon est une petite ville du département des Bouches-du-Rhône, dont l'origine paraît remonter à l'époque de la domination romaine, ainsi que l'attestent les ruines d'un aqueduc et plusieurs inscriptions trouvées dans les environs. L'aqueduc, qui amenait les eaux de la Durance dans la ville, était établi avec toute la solidité que les Romains apportaient dans les constructions de cette nature. La partie de ce monument la mieux conservée est celle où le conduit d'eau passe sous une voûte creusée dans le roc, et percée dans le but d'éviter à l'écoulement un détour considérable.

ORGON (Château d'). Sur le sommet d'une colline au pied de laquelle la ville est bâtie, on voit les ruines d'un ancien château, qui consistent en une grande citerne bien conservée, et en quelques restes de murailles construites à différentes époques.

Ce château fut pris d'assaut par Enric, roi des Visigoths, lorsqu'il allait assiéger Arles; il fut possédé par tous les souverains qui ont régné sur la Provence, et considéré par eux comme une place forte très-importante par sa position; il en est souvent parlé, dans les ouvrages des troubadours du douzième et du treizième siècle, comme ayant servi de prison à plusieurs seigneurs du Languedoc faits prisonniers. Le château fut démoli, en 1483, par ordre de Louis XI.

Sur la montagne qui domine le château d'Orgon, et qui est connue dans le pays sous le nom de Notre-Dame, se voient aussi les ruines d'une ancienne forteresse, dont la ligne de fortification renferme un espace de 57,700 mètres carrés. On croit généralement que ce sont les restes d'un camp romain élevé dans les premiers temps de la conquête de cette partie des Gaules.

OURSINE (Maison d'invalides militaires, rue de l'), à Paris. La première idée de la fondation d'une maison de retraite en faveur des militaires âgés ou mutilés dans les combats est due tout entière à une époque où les institutions utiles, généreuses et patriotiques étaient incomprises ou mal appréciées. Aussi ce projet, conçu par Philippe-Auguste, resta-t-il sans exécution. Henri III accomplit en partie les vues philanthropiques de ce prince. Il forma, en 1575, dans la rue de l'Oursine, une *Maison royale et hospitalière* pour les officiers et soldats infirmes, auxquels il donna une décoration qu'ils portaient sur la poitrine, et qui consistait en une croix nacrée avec cette devise : *Pour avoir bien servi*. Cette nouvelle institution de chevalerie reçut le nom d'*Ordre de la charité chrétienne*. En 1596, Henri IV dota et agrandit cet établissement, dont il se déclara protecteur.

En 1643, Louis XIII fit transférer les invalides de la rue de l'Oursine à Bicêtre, qui servait en même temps de prison et d'hôpital civil. Là, mal logés, mal nourris, mal entretenus, ces vieux débris de Coutras, d'Arques, d'Yvri, de Castelnaudary et de Bormio, se virent bientôt forcés de quitter cet asile pour entrer dans des abbayes d'hommes, où ils ne furent guère mieux traités. La maison de la rue de l'Oursine sert aujourd'hui de caserne pour l'infanterie. (Voy. INVALIDES.)

PALMIER (Fontaine du), à Paris. (Voy. Chatelet (Place et Fontaine du.)

PARIS (Citadelle de). Elle fut élevée en 885 par Gosselin, évêque et guerrier intrépide, qui résista si vaillamment aux attaques des Normands. Cette forteresse, construite en bois, était montée sur un massif de maçonnerie, et placée sur la rive gauche de la Seine ; elle s'élevait à la partie occidentale de l'île de la Cité, et défendait le palais du comte de Paris, ainsi que le pont au Change, alors appelé le Grand-Pont. Ce fut vainement que les Normands l'attaquèrent et lui livrèrent huit assauts dans l'espace de treize mois.

Enfin, le 6 février 887, un débordement de la Seine ayant séparé la Cité de la citadelle, cette forteresse, privée de secours, tomba au pouvoir de l'ennemi, qui l'incendia ; ses braves défenseurs furent tous massacrés. (Voir l'article qui suit.)

PARIS (Fortifications de). Lorsque Paris s'éleva sous la protection du gouvernement romain, on lui donna des chefs militaires, également chargés du commandement des troupes, et des corps spéciaux auxquels était confiée la police de la ville. On avait compris, dès cette époque, la nécessité d'assurer la sûreté de la place contre les invasions extérieures, et on résolut de l'entourer de fossés et de tours capables de résister à une attaque imprévue. Toutefois, il serait difficile de fixer d'une manière précise l'enceinte des murailles élevées dans ces temps éloignés. On sait qu'elles n'avaient pour développement que la partie connue sous le nom de *Cité*, et que les fossés n'étaient garnis que d'un léger revêtement. Un camp retranché défendait, au sud, les approches de la ville.

Vers la fin de la domination romaine, la cité était fortifiée par un mur d'enceinte qui l'entourait de toutes parts. La Seine lui servait de puissant auxiliaire et de fossés naturels inexpugnables, car il n'y avait alors que deux points de passage sur la rivière, le grand et le petit pont. Deux espèces de redoutes les défendaient sur les deux rives opposées. Lorsque l'on perça la rue d'Arcole, on trouva encore, dans l'île Notre-Dame, des restes de murs de construction romaine qui témoignent de l'existence des fortifications.

A la fin du septième siècle, les fortifications de Paris, quoique bornées dans une étroite enceinte, étaient cependant susceptibles d'une assez longue défense. En 885, la ville, assiégée par les Normands, dut son salut à ses murailles. Ces barbares furent obligés d'en lever le siége et d'abandonner leurs projets de rapines et de dévastation. Les chroniques du temps mentionnent, au sujet de ce siége, la tour ou citadelle de bois dont il a été parlé plus haut.

Les fortifications de Paris restèrent à peu près dans le même état sous les rois de la première et de la seconde race, c'est-à-dire environ six cent quarante ans, du cinquième au onzième siècle (482 à 1124). Seulement, elles s'étendirent sur les deux rives de la Seine, de manière à protéger en même temps et d'une manière plus efficace la ville et la navigation de la rivière. Ce ne fut que sous les règnes de Louis VI et de Louis VII qu'on sentit le besoin d'enfermer dans une même enceinte les faubourgs qui, dans cet espace de temps, s'étaient élevés au nord et au midi de la ville.

« Jamais roi de France, dit Dulaure, n'eut, plus que Louis VI (le Gros), besoin de se mettre en garde contre les attentats des seigneurs et de fortifier la ville de Paris, où il faisait sa demeure ordinaire. Les ducs et comtes, voisins de son duché de France, n'étaient pas les seuls qui l'inquiétaient. Il avait à se défendre contre les barons de ce duché, contre ses propres vassaux. » Pour rendre l'accès de la ville plus difficile, il ordonna la construction de forteresses ou têtes de ponts, et fit entourer de murailles les faubourgs dont nous avons parlé plus haut. Mais alors ces faubourgs ne s'étendaient guère à plus de deux cents toises des deux rives. Cet espace renfermait la seconde enceinte de Paris.

Louis VI fit également construire, dans un lieu nommé *Karoli-Vana*, un château (castrum), destiné à défendre au nord-ouest l'entrée de la ville, et à protéger cette campagne contre les excursions qui la désolaient. Il restaura le grand et le petit Châtelet. (Voyez ces mots.)

Sous le règne suivant, et d'après les conjectures les plus probables, le périmètre de cette seconde enceinte devait commencer vers le milieu du quai de la Mégisserie, dans la direction de la rue des Lavandières. Le point le plus éloigné de sa circonférence, traversant la rue Saint-Martin, ne devait pas dépasser la rue des Ecrivains. On suppose qu'à son autre extrémité cette ligne rejoignait la Seine vers la place de Grève. La direction de l'enceinte de la rive gauche est plus difficile encore à déterminer, et c'est toujours par conjecture que quelques écrivains ont fixé son point de départ sur la Seine à l'endroit où débouche la rue des Grands-Augustins, et son extrémité opposée à la rue de Bièvre ; qu'enfin, le point le plus distant de sa circonférence ne devait pas dépasser la rue des Mathurins.

Le troisième agrandissement de Paris, depuis Louis VII jusqu'à Philippe-Auguste, n'amena aucun changement remarquable dans son système de défense. Sous le règne de ce prince, l'an 1190, on commença les fondations d'une nouvelle enceinte, entourée de murailles, de tours et de fossés, qui s'étendit, au midi, des bourgs Saint-Germain-l'Auxerrois, Bourg-l'Abbé, Beau-Bourg, Bourg-Thibourt, etc. Cette enceinte fut achevée en 1211. Le mur de clôture était flanqué de tours. Quatre tours principales défendaient l'entrée et la sortie de la Seine, c'étaient la *Tour de Nesle*, la *Tour-au-Bois*, dite aussi du *Grand-Prévôt*, la *Tour de la Tournelle* et la *Tour Barbeau* ou de *Billy*. Elles servaient aussi de défense et de citadelles à la ville.

Cette troisième enceinte commençait dans la partie septentrionale de la Seine, à l'angle de la colonnade du Louvre. Elle suivait la direction de ce corps de bâtiment, traversait la rue Saint-Honoré, en face de celle de Grenelle, et se dirigeait, à peu près parallèlement à cette rue, jusqu'à la rue Montmartre, en passant derrière l'église Saint-Eustache. De la rue Montmartre, le mur d'enceinte suivait la direction de la rue Mauconseil, traversait la rue Saint-Denis, et aboutissait rue Saint-Martin, à la hauteur de la rue Grenier-Saint-Lazare. De cette rue, l'enceinte se prolongeait jusqu'à la rue Vieille-du-Temple, au point où se trouve aujourd'hui le marché des Blancs-Manteaux, et, suivant une ligne courbe, redescendait vers le fleuve, en passant par le marché Saint-Jean, l'église Saint-Paul, le couvent de l'Ave-Maria (aujourd'hui caserne d'infanterie), et venait aboutir à la rive droite de la Seine, entre le quai des Ormes et celui des Célestins.

Du côté méridional, les remparts partaient à peu près du point où est aujourd'hui le pont de la Tournelle, suivaient la direction de la rue des Fossés-Saint-Victor, qui leur doit son nom ; puis, montant sur la colline, passaient dans le collége de Navarre, aujourd'hui l'École polytechnique, et renfermaient l'église et le couvent Sainte-Geneviève ; traversaient la rue Saint-Jacques à la hauteur de la rue Sainte-Hyacinthe, redescendaient de là vers la Seine, dans la direction de la place Saint-Michel, de la rue des Fossés-Monsieur-le-Prince, du passage du Commerce, de la rue Contrescarpe, et venaient, parallèlement à la rue Mazarine, aboutir sur la rive gauche, en face de leur point de départ, là où se trouve aujourd'hui le pavillon oriental de l'Institut. La superficie de la ville de Paris comprise dans l'enceinte de Philippe-Auguste pouvait avoir 700 arpents.

La construction des murailles se composait de blocages compris entre deux parements de pierre de taille ; des créneaux de peu d'épaisseur n'occupaient qu'une faible partie de la largeur du mur ; des terres rapportées appuyaient les fortifications à l'intérieur.

Ce fut aussi vers cette époque que les murailles du château du Louvre furent restaurées et réunies au système de défense de la ville.

Pendant les troubles qui suivirent la funeste bataille de Poitiers, la captivité du roi Jean, et les démêlés entre le dauphin, lieutenant général du royaume, et Charles le Mauvais, roi de Navarre, Marcel, prévôt des marchands, homme hardi, entreprenant, d'un caractère décidé et d'une grande énergie, s'occupa de mettre Paris à l'abri de toute tentative. Il en fit fortifier plusieurs points en 1357, organisa une garde chargée d'en surveiller la police de jour et de nuit, et jeta les fondements d'une nouvelle enceinte. Il imagina de barricader les rues au moyen de fortes chaînes en fer, qui se tendaient et s'accrochaient aux deux extrémités des murs des maisons. Ce dernier système de défense a été, depuis, plusieurs fois employé. Il a servi, parfois, à protéger les libertés publiques, mais aussi à favoriser les révoltes et les émeutes populaires.

L'année suivante, le dauphin tenta vainement de s'emparer de la capitale. Les fortifications résistèrent aux attaques de ce prince.

En 1359, Édouard, roi d'Angleterre, campa à Montrouge, porta le ravage jusqu'aux portes de Paris, mais recula devant ses murailles, et fut contraint de se retirer à Chartres.

C'est sous le règne du roi Jean que l'enceinte de Paris, telle qu'elle avait été arrêtée par Marcel, s'augmenta, du côté du nord, des faubourgs Saint-Honoré, Montmartre, Saint-Denis, Saint-Martin et Saint-Antoine. Pour mettre ces nouvelles constructions à l'abri d'un coup de main de la part des Anglais, dont on craignait les approches, on les environna de fossés et d'arrière-fossés. Charles V les fit revêtir de murs et de remparts. Cette dernière enceinte, commencée en 1367, ne fut achevée qu'en 1383 ; elle commençait, à l'est, à l'emplacement où se trouve aujourd'hui l'Arsenal, longeait les portes Saint-Antoine, Saint-Martin et Saint-Denis, passait sur le terrain qu'occupe la place des Victoires, par le Palais-National et les Quinze-Vingts, et venait se fermer au bout de la rue Saint-Nicaise, qui se prolongeait alors jusqu'à la rivière.

L'enceinte achevée au quatorzième siècle (1385) ne pouvait présenter qu'une défense insuffisante et très-secondaire, sans le secours d'un fort ou d'une citadelle chargée de protéger et de lier ce système de fortification. C'est dans ce but que, dès l'année 1371, on éleva la Bastille sur l'emplacement d'une ancienne porte. Les fossés de cette forteresse communiquaient à ceux du nord et de l'est de Paris, et complétèrent ainsi la défense de la capitale. Toutefois, les constructions de la Bastille ne furent achevées qu'en 1382.

On construisit, à la même époque, une citadelle en bois sur les remparts de la ville, et on la fit communiquer au Louvre.

La clôture qui comprenait alors le Louvre dans son enceinte commençait sur la Seine, à peu près vers le guichet qui est en face du pont du Carrousel, là où se trouvait une tour qu'on appelait la *Tour du bois*. De cette tour, la muraille traversait en diagonale l'espace occupé par le jardin du Palais-National, suivait la direction de la rue des Fossés-Montmartre, et aboutissait au point où se trouve la porte Saint-Denis. A partir de là, l'enceinte était établie à peu près selon la ligne des boulevards actuels.

Il est à remarquer, d'après ce qui précède, que, depuis Philippe-Auguste jusqu'au règne de Charles VI, les fortifications de Paris formèrent une enceinte continue défendue par des châteaux isolés.

En 1464, le comte de Charolais se présenta devant Paris, et attaqua vigoureusement ses remparts ; il échoua contre une défense honorable de la part de la garnison et des habitants.

Quelques années après, en 1472, le duc de Bourgogne se présenta aussi sous les murs de la capitale, et chercha à s'en emparer. Ayant échoué dans son projet, il borna sa vengeance à ravager les environs de la ville.

En 1540, lorsque les travaux entrepris par ordre de François Ier furent en partie achevés, l'enceinte de Paris se trouva bornée, au nord, par les portes Saint-Martin et Saint-Denis ; au nord-est, par les portes du Temple et Saint-Antoine ; à l'ouest, par la porte Montmartre et la porte Saint-Honoré. Six portes se liaient au mur d'enceinte de la rive gauche ; au sud-est, les portes Saint-Victor et Bordelle ; au sud, la porte Papale et la porte Saint-Jacques ; à l'ouest, les portes Saint-Michel et Saint-Germain.

En 1553, Henri II agrandit les fortifications de Paris à l'est et au sud, et les fit revêtir de fossés et de maçonnerie. Les anciennes murailles furent réparées et mises en état de défense.

En 1556, Charles-Quint, maître de la Champagne, avait déjà porté son quartier général à Meaux, et envoyé un fort parti pour s'emparer de la capitale. Cette fois encore, elle trouva son salut dans ses fortifications.

La lenteur du siége de Paris par Henri IV (1589) avait mis ce prince à même de reconnaître les endroits faibles de la place ; aussi s'occupa-t-il, après s'être rendu maître de la capitale, d'en augmenter le système de défense. Il fit élever un bastion au coin de l'Arsenal, et joignit, par cette construction, les fortifications de 1553 à celles qui existaient alors. Louis XIII contribua, comme ses prédécesseurs, à l'agrandissement de Paris. Sous son règne, la porte Saint-Honoré fut reculée à environ 400 toises de l'ancienne. C'est sur l'alignement de cette porte que l'on établit la nouvelle enceinte, bornée, de l'ouest au nord, par les boulevards. Le système de défense resta le même, aucune modification n'y fut introduite.

Les travaux d'agrandissement qui se firent sous le règne de Louis XIV nécessitèrent la démolition d'une partie des anciennes fortifications, et reculèrent son enceinte dans presque tous les faubourgs. Préoccupé de tous ses projets de conquêtes, des grandes constructions de Versailles, de Marly et de Neuilly, ce prince négligea le soin de fortifier Paris. Cependant Vauban, qui en avait compris toute l'importance, fit paraître, en 1698 ou 1700, un mémoire dans lequel il examinait cette grave question, si habilement reproduite depuis par M. le général de division Pelet, à la tribune de la chambre des pairs. Vauban indiquait, dans ce mémoire, les réparations à faire à l'enceinte alors existante ; il faisait connaître le développement des travaux à exécuter pour une seconde enceinte bastionnée, qu'il plaçait à 1000 ou 1200 toises de la première. Cette seconde enceinte devait occuper les hauteurs de Belleville, de Montmartre, de Chaillot, etc., etc. L'illustre ingénieur avait calculé qu'il faudrait douze années pour l'achèvement des constructions. La guerre de la succession d'Espagne et l'épuisement des finances de l'État empêchèrent l'exécution de ce projet.

Un demi-siècle après, les anciennes fortifications de Paris disparaissaient entièrement ; les fossés étaient comblés, les pierres des remparts servaient à la construction des nouveaux bâtiments qui s'élevaient sur leurs ruines, et la capitale se trouvait sans système de défense, sans moyens de résister à la plus légère attaque.

Depuis longtemps, l'empereur Napoléon avait eu l'intention de fortifier les hauteurs de Paris. Au retour de la campagne d'Austerlitz, il fit rédiger plusieurs projets, qui lui furent successivement présentés ; mais les événements politiques qui se succédèrent, et peut-être la crainte d'effrayer les habitants, l'empêchèrent de mettre ce projet à exécution. Les événements de 1814, et l'héroïque défense de la garde nationale et des élèves de l'Ecole polytechnique avaient pleinement justifié les prévisions de l'empereur. Aussi, à son retour de l'île d'Elbe, chargea-t-il le général Haxo de diriger un système régulier de défense. Cet officier général fit d'abord occuper les hauteurs de Montmartre, celles inférieures•des moulins, et le plateau depuis la butte Chaumont jusqu'aux hauteurs du cimetière du Père-Lachaise. Quelques jours suffirent pour tracer ces ouvrages et leur donner une forme défensive ; il fit achever le canal de l'Ourcq , qui, de Saint-Denis, va au bassin de la Villette. On construisit sur la rive droite des demi-lunes couvrant les chaussées, et Saint-Denis fut couvert par des inondations. Depuis les hauteurs du Père-Lachaise jusqu'à la Seine, la droite était appuyée à des ouvrages établis à la barrière de l'Etoile, sous le canon de Vincennes, et à des redoutes dans le parc de Bercy. Les ouvrages de la rive gauche s'étendaient depuis la hauteur de Bercy jusqu'au delà de l'Ecole militaire. Ce système de fortification sur les deux rives se communiquait en suivant la rive droite de la Seine, par Saint-Cloud, Neuilly et Saint-Denis. Un fort devait envelopper l'arc de triomphe de l'Etoile, appuyer sa droite aux batteries de Montmartre, et la gauche aux ouvrages construits sur les hauteurs de la barrière de Passy. Trois forts devaient également servir de réduits aux fronts de Belleville. Ces travaux n'ayant pu être achevés, Paris, après une capitulation, ouvrit, pour la deuxième fois, ses portes aux troupes alliées.

La commission de défense créée en 1818 s'occupa avec sollicitude des fortifications de la capitale. Le 20 juillet 1820 elle adopta l'avis que Paris devait être couvert par des ouvrages détachés, établis sur quelques-uns des points dominants qui l'environnent, combinés avec l'enceinte continue déjà existante, renforcée au moment du danger par des constructions passagères.

En 1830, le maréchal Soult fit commencer la construction d'un camp retranché à Noisy-le-Sec, qui s'appuyait sur la Marne à Nogent, et sur la Seine à Saint-Denis.

En 1831 et 1832, le gouvernement revint au projet de fortifier Paris. Deux systèmes de défense furent en même temps proposés : celui des *forts détachés* et celui d'une *enceinte continue*, qui se rapprochait du système de 1815. L'opinion publique, encore mal préparée, s'étant fortement prononcée contre le premier, le ministère ajourna l'exécution de l'un et de l'autre. De nouveau soumis à la sanction des Chambres, le projet de fortifier Paris a été définitivement adopté par elles et consacré par la loi du 3 avril 1841, qui affecte aux travaux à exécuter une somme de 140 millions. D'après cette loi les fortifications de Paris comprennent : 1° une enceinte continue, embrassant les deux rives de la Seine, bastionnée et terrassée, avec dix mètres d'escarpe revêtue ; 2° des ouvrages extérieurs casematés.

L'article 8 de cette loi porte que la première zone des servitudes, telle qu'elle est réglée par la loi du 17 juillet 1819, sera seule appliquée à l'enceinte et aux forts extérieurs. Cette zone unique, de deux cent cinquante mètres a été mesurée sur les capitales des bastions, et à partir de la crête de leurs glacis.

PARIS (Porte de), à Lille, département du Nord. Cette place de guerre, si célèbre par les sièges mémorables qu'elle a eu à soutenir, possède plusieurs établissements militaires remarquables. Parmi les sept portes qui en défendent l'entrée, on peut citer, sous le rapport artistique, celle qui fut élevée, en 1682, par les magistrats de la ville, sous le nom de *Porte des malades*, parce qu'elle avoisinait une ancienne léproserie, fondée dans le treizième siècle, et qui prit depuis celui de *Porte de Paris*.

C'est un arc de triomphe construit à la gloire de Louis XIV. Il est d'ordre dorique ; l'entablement est surmonté de plusieurs trophées ; celui du milieu représente la *Victoire*, assise, couronnant le buste du monarque. Aux deux côtés, entre les colonnes, sont deux belles statues, représentant *Minerve* et *Hercule*. Ce monument, d'une admirable exécution et d'un aspect imposant, est d'un fort bel effet.

PENNE (Pyramide funéraire de la), village situé à deux lieues de Marseille, département des Bouches-du-Rhône, entre Saint-Michel et Aubagne. On voit, sur un rocher au-dessus de ce village, une pyramide ruinée, bâtie avec des quartiers de roche irréguliers, mais bien cimentés. Ce monument est composé, dans son état actuel, de huit assises en retraite l'une sur l'autre. Sa base consiste en un carré long, ayant 6 mètres sur les faces qui regardent le nord et le midi, et seulement 5 mètres sur les deux autres. La construction de cette pyramide est en maçonnerie ordinaire, avec emparement extérieur en moellon semi-lié ; elle est d'origine romaine et parait recouvrir un tombeau. Une inscription, qui, malheureusement, n'a pas été recueillie, occupait le milieu d'une de ses faces. Cet oubli est d'autant plus fâcheux, qu'il a privé la science archéologique d'un document qui aurait comblé cette regrettable lacune.

PIERREFONDS (Chateau de). Le bourg de Pierrefonds, département de l'Oise, est doublement célèbre dans l'histoire par son château et par la puissance de ses seigneurs.

Il y a eu deux châteaux de ce nom : le premier, placé sur la montagne, au lieu dit le *chêne Herbelot*, fut construit dans le but d'arrêter les invasions des Normands, et de résister à leurs attaques incessantes : il était fortifié, flanqué de tours et entouré de fossés profonds. Plus tard, les seigneurs de ce fief acquirent une assez grande puissance pour balancer l'autorité royale. Philippe-Auguste en fit l'acquisition en 1193.

Cette première forteresse ayant été abandonnée vers l'an 1390, Louis d'Orléans et de Valois fit construire un nouveau château à peu de distance et à l'orient des ruines de l'ancien ; ce dernier s'éleva sur la lisière de la forêt, à trois lieues de Compiègne. Ses fortifications et ses murs étaient assis sur le roc ; les tours avaient 108 pieds de hauteur en maçonnerie. Le château, qui couvrait une surface de 1,680 toises carrées, se composait de quatre faces irrégulières ; on y avait pratiqué des galeries souterraines et de vastes caves. Dans la tour du milieu était une chapelle sous l'invocation de *saint Jacques* ; cet édifice était considéré comme un chef-d'œuvre d'architecture, et l'une des merveilles du temps.

Cette forteresse soutint un grand nombre de siéges, et joua un rôle important au commencement des guerres des Bourguignons et des Armagnacs (Orléanistes) : le capitaine Pierre Bosquiaux y défit un parti bourguignon qui cherchait à s'en emparer. Le même officier, forcé de se rendre en 1405, ne céda la place qu'après avoir dicté les conditions de la capitulation : on lui paya 2,000 écus d'or, et il sortit, lui et les siens, avec tous les honneurs de la guerre. Le château ayant été pris plus tard par les Anglais, fut bientôt repris par Charles VII.

En 1592, Henri IV le fit inutilement attaquer par le duc d'Epernon, qui y fut blessé. Rieux, fils d'un maréchal ferrant, qui y commandait pour les ligueurs, le défendit avec la plus grande valeur. Ce même Rieux manqua, l'année suivante, d'enlever Henri IV. Ce prince étant allé à Compiègne, dans le mois de janvier 1593, rendre visite à la marquise de Beaufort, sa maîtresse, Rieux résolut de s'en emparer à son retour ; mais, ayant échoué dans cette entreprise, il fut pris lui-même quelque temps après, dans une de ses sorties, par la garnison de Compiègne, et pendu.

Le château a été demantelé en 1617, par ordre de Louis XIII. On en voit encore de belles ruines, qui donnent une idée de son ancienne importance et de sa vieille réputation.

PIERRE-SCISE (Fort de), à Lyon, département du Rhône. Cette forteresse était élevée sur un rocher de granit qui s'avançait dans la Saône, de manière à ne laisser aucun passage ; Agrippa le fit couper pour établir l'une des quatre grandes voies romaines qu'il ouvrit dans les Gaules, dont Lyon était le centre.

Quelques historiens attribuent la construction de ce

château aux rois de Bourgogne; d'autres aux premiers archevêques de Lyon. — Cette forteresse ayant été transformée en prison d'Etat, Louis XII y fit enfermer Louis Sforce, duc de Milan, ainsi que son frère le cardinal Ascagne. Le célèbre baron des Adrets y subit une assez longue détention; le duc de Nemours, de Thou et Cinq-Mars y furent également emprisonnés.

Au commencement de la révolution de 1789, le peuple de Lyon se porta en foule sur cette prison d'Etat, s'en empara et la démolit complétement; il n'en reste plus aucun vestige aujourd'hui, tout a disparu sous la hache et le marteau.

PILE CINQ-MARS (La). Ce monument est situé près du bourg de Cinq-Mars, département d'Indre-et-Loire; il est de forme quadrangulaire et a 86 pieds 5 pouces de hauteur, 12 pieds 6 pouces de largeur sur chacune de ses faces. Cette largeur est égale depuis la base jusqu'au sommet, qui est surmonté de cinq piliers de 10 pieds de haut, assez semblables à ceux qu'on remarque sur les mosquées; celui du milieu a été renversé par un ouragan, en 1751; ceux des quatre angles sont seuls restés debout. Cette pile est un massif plein, entièrement construit en briques de 13 pouces 3 lignes de longueur sur 9 pouces 8 lignes de largeur, et un pouce 6 lignes d'épaisseur; elle n'a n'y escalier ni fenêtres.

L'origine de ce monument, que l'on aperçoit de très-loin, sur la route de Tours, est attribuée par quelques auteurs aux Romains, et par d'autres aux Visigoths ou aux Sarrasins. La nature de sa construction paraîtrait confirmer cette dernière supposition.

PORNIC (Château de). Pornic est une petite ville maritime bâtie en amphithéâtre sur la côte septentrionale de la baie de Bourgaueuf, département de la Loire-Inférieure.

On aperçoit, sur l'un des coteaux qui forme le port, les ruines à moitié restaurées d'un ancien château féodal, remarquable par sa construction. Ce château, dont l'origine remonte au douzième siècle, a été, jusqu'au seizième, le théâtre de guerres sanglantes : il appartenait aux ducs de Bretagne, qui en augmentèrent successivement les fortifications; il est entouré de fortes murailles crénelées et défendu par deux tours qui appartiennent au système généralement adopté dans le moyen âge.

De la plate-forme de cette forteresse on jouit d'une fort belle vue, qui s'étend de la baie de Bourgaueuf à l'embouchure de la Loire.

PORTES DES PLACES FORTES. Depuis l'origine de la fortification, les portes de guerre furent établies pour défendre l'entrée des villes occupées militairement pour la garde des frontières. Chez les anciens, comme chez les modernes, elles étaient souvent ornées d'arcs de triomphe.

Lorsque, dans le moyen âge, l'art de la guerre commença à se perfectionner, on augmenta la défense des portes par des herses, des tours crénelées, des machecoulis, et par des ouvrages de fortification assez énergiques pour préserver les approches des places menacées par l'ennemi. Les principaux monuments de ce genre, construits sur le sol français aux diverses époques de nos annales militaires, ont été indiqués dans leur ordre alphabétique. Ainsi, on trouvera aux articles Saint-Denis, Nîmes, Saint-Martin, Paris, etc., etc., les portes de la capitale et des départements qui méritent plus particulièrement de fixer l'attention sous le rapport de l'art. Nous citerons cependant, nominativement, les portes qui défendirent les diverses enceintes de Paris, depuis Philippe-Auguste jusqu'à Henri IV : c'était, la porte Bordet ou Bordelle; les portes de Berci, Dauphine, Montmartre, Papale, Poissonnière, Saint-Jacques, Saint-Michel, du Temple et Saint-Victor, qui ont successivement disparu, et dont il ne reste plus la moindre trace.

PORTE DE FRANCE, à Nîmes. Cette porte, d'origine romaine, existe encore à l'angle le plus méridional des anciens murs de la ville. Les habitants lui ont donné le nom de *Porte de France*; mais les anciens titres de la ville la désignent sous celui de *Porta coperta* (Porte couverte). Elle est formée d'un seul portique, couronné

d'un attique orné de quatre pilastres et flanqué de deux tours demi-circulaires. Les pilastres sont surmontés par une petit entablement. Les pierres des pieds-droits ont environ 2 pieds de haut d'assise et 3 pieds de long, sur 3 pieds à 3 pieds 1/2 de large. La porte a 2 toises de haut jusqu'à l'imposte et 2 toises de large. Une grande rainure que l'on aperçoit dans l'épaisseur des pieds-droits indique que cette porte se fermait avec une herse.

REIMS (Arc de triomphe de), département de la Marne. Ce monument, également connu sous le nom de *Porte de Mars*, se compose de trois ouvertures en arcades à plein cintre, reposant sur le même imposte, quoique celle du milieu soit un peu plus grande que les deux autres. C'est le seul exemple qu'on connaisse dans l'antiquité d'une semblable disposition.

Entre chaque arcade sont deux colonnes engagées qui supportent une architrave non interrompue. On remarque, entre ces deux colonnes, des médaillons avec des têtes sculptées en saillie. L'entre-deux des colonnes, au-dessous de ces médaillons, est occupé par une décoration architecturale qui figure des espèces de niches à fronton, dans lesquelles sont sculptées diverses figures en bas-reliefs. Parmi les attributs encore visibles, on remarque des caducées et des enseignes.

Au milieu des voûtes formées par les trois arcs, on aperçoit trois sujets intéressants : l'un représente Rémus et Romulus, allaités par une louve; l'autre, Jupiter et Léda; le troisième, les Saisons.

La chronique du pays assure que ce monument fut élevé par les Rémois en l'honneur de César et d'Auguste, lorsque Agrippa fit construire les voies romaines qui passaient par leur capitale. Cette opinion est controversée par d'autres, qui prétendent qu'il a été érigé en l'honneur de l'empereur Julien, lorsqu'en 360 il revint à Reims, après avoir défait les Germains. Cette assertion paraît fondée sur le caractère de décadence qui se fait remarquer dans cette construction. Enfin, une troisième opinion fixerait sa date à l'époque où Probus pacifia cette partie des Gaules (277).

Cet arc de triomphe servit de porte de ville jusqu'en 1544; on ouvrit alors une nouvelle porte à côté, et cet édifice fut enfoui dans les remparts. On le déblaya, en 1842, par ordre du gouvernement.

Il existait à Reims un autre arc de triomphe, à l'entrée de la rue Barbastre, connu dans le pays sous le nom de *Porte Basée*. Ce monument a été entièrement détruit.

REMI (Arc de Saint-), département des Bouches-du-Rhône, également connu sous le nom d'*Arc de Glanum*.

On croit généralement que cet arc avait été élevé sur une voie romaine qui conduisait à Arles. Sa partie supérieure n'existe plus, mais on peut juger, par sa partie inférieure, ce que devait être l'ensemble du monument. Il est permis de penser, d'après l'exécution des détails, que sa construction appartient à l'une des époques les plus florissantes de l'art.

Il est percé d'une seule arcade dont l'archivolte est supportée par de petits pilastres, dans le genre de ceux qui existent en France. Cette archivolte est décorée de feuillages sculptés, empruntés à la végétation du pays. Les deux piles de l'arc sont ornées aux deux angles de colonnes engagées entre lesquelles sont représentées, en bas-reliefs, des figures de prisonniers des deux sexes, liés à des arbres auxquels sont suspendus des trophées d'armes.

Les tympans de l'arc conservent la trace de *Renommées ;* la voûte est richement décorée de caissons.

La longueur de cet édifice est de 13 mètres 40 centimètres ; sa profondeur est de 5 mètres 60 centimètres ; la hauteur du portique sous voûte est de 7 mètres 50 centimètres ; celle de tout l'édifice, dans son état actuel, d'environ 9 mètres 50 centimètres. Aucune inscription n'indique ni le temps, ni le personnage auquel cet édifice était dédié. (Voy. Glanum (Tombeau de.)

RENÉ (Château du roi), à Tarascon, département des Bouches-du-Rhône. Ce château, l'un des plus magnifiques monuments du quinzième siècle, fut commencé en 1400, par le comte de Provence, Louis II, et achevé par le roi René. Il a la forme d'un grand carré très-élevé, flanqué, du côté de la ville, de deux belles tours rondes, et, du côté du Rhône, de deux tours carrées irrégulières. Une enceinte plus basse, défendue par d'autres tours, s'étend vers le nord.

« De la plate-forme de cet antique séjour royal, aujourd'hui converti en prison, on jouit d'une vue superbe : l'œil plonge sur la campagne, s'étend sur le beau bassin du Rhône jusqu'à l'embouchure de ce fleuve, et embrasse une grande partie des riches plaines du Languedoc. »

SAINT-CYR (École militaire de), département de Seine-et-Oise. Une première école militaire, fondée à Paris, par Louis XV, en 1751, ne subsista que jusqu'en 1787. (Voy. École militaire.) Une nouvelle école militaire, créée à Fontainebleau, le 28 janvier 1803, fut transférée à Saint-Cyr, en 1808, et y a été maintenue jusqu'à ce jour.

Le prix de la pension est de 1,200 fr., non compris 600 fr. pour le trousseau ; on y admet aussi des *boursiers* et des *demi-boursiers*.

Ce n'est que par la voie du concours qu'on peut y être admis ; ce concours est ouvert tous les ans à Paris et dans les principales villes de la République. Le candidat doit justifier qu'il est Français ou naturalisé ; qu'il a plus de dix-huit ans et moins de vingt et un à l'époque désignée pour l'examen. Les sous-officiers et soldats de l'armée peuvent être admis au concours jusqu'à l'âge de vingt-cinq ans et après avoir servi deux ans sous le drapeau.

Les élèves admis ne sont reçus à l'école que sur la présentation d'un acte d'engagement volontaire contracté pour l'arme de l'infanterie ou de la cavalerie, suivant les formes et sous les conditions voulues par la loi en vigueur sur le recrutement de l'armée.

La durée du cours complet d'instruction à l'école est de deux ans. Cependant, les élèves peuvent y passer une troisième année, si des circonstances graves leur ont occasionné une suspension forcée de travail.

Les élèves qui ont satisfait aux examens de sortie sont nommés sous-lieutenants dans l'arme qui leur est assignée (infanterie ou cavalerie). Ceux qui n'ont pu satisfaire à ces examens sont susceptibles d'être placés dans les corps avec le grade de sous-officier ou de caporal. Ces derniers sont vulgairement désignés sous le nom de *Fruit-Sec*.

SAINTES (Arc de triomphe et Pont de), département de la Charente-Inférieure. Cet arc avait été bâti sur le bord de la Charente, à l'entrée de la voie militaire qui conduisait de *Mediolanum Santonum* (Saintes) à *Limonum* (Poitiers). La Charente ayant changé de lit, il se trouve aujourd'hui au milieu du cours de cette rivière, entre l'ancien pont gothique de la rive gauche et le pont construit, en 1665, sur la rive droite.

La hauteur du monument, depuis la base des pilastres

jusqu'à l'attique est de 12 mètres 62 centimètres ; sa longueur de 15 mètres 26 centimètres et sa largeur de 5 mètres 24 centimètres. Il repose sur un stéréobate de 6 mètres 90 centimètres d'élévation. Ce stéréobate tout entier, et les pilastres eux-mêmes, jusqu'à la hauteur de 1 mètre 95 centimètres, sont aujourd'hui engagés dans la maçonnerie des ponts.

Sur l'attique et sur la frise se trouvent quatre inscriptions dont nous donnons ci-après les traductions qui en font connaître la destination ; les trois premières sont gravées sur l'attique, du côté de la ville, la quatrième sur la frise des deux côtés de l'arc :

« 1° A Germanicus César, fils de Tibère Auguste, petit-fils du divin Auguste, arrière petit-fils du divin Jules, augure, flamine d'Auguste, consul pour la seconde fois.

« 2° A Tibère César, fils du divin Auguste, grand pontife, consul pour la quatrième fois, empereur pour la huitième, la ...... année de sa puissance tribunitienne.

« 3° A Drusus César, fils de Tibère Auguste, petit-fils du divin Auguste, arrière petit-fils du divin Jules, pontife, augure.

« 4° Caïus-Julius Rufus, fils de C. Julius Ottuaneunus, petit-fils de C. Gededmon, arrière petit-fils d'Epotsorovid, prêtre de Rome et d'Auguste, à l'autel qui est près du confluent, comme préfet des ouvriers, a consacré ce monument. »

SAUMUR (École de cavalerie de), département de Maine-et-Loire. L'institution des premières écoles de cavalerie est due au duc de Choiseul. Une ordonnance du 20 août 1764 créa quatre écoles d'équitation, placées sous la direction d'un officier général, et établies dans chacune des places de Metz, Douai, Besançon et Angers. Une école centrale devait être placée à Paris pour recevoir, après un temps déterminé d'instruction, les meilleurs élèves des quatre établissements secondaires. Ces premiers essais demeurèrent, pour ainsi dire, sans exécution; car, dès l'année 1767, ces écoles avaient presque cessé d'exister. Toutefois, si elles n'eurent pas d'abord tout le succès que l'on s'en était promis, elles eurent au moins l'avantage de fixer l'attention des officiers de cavalerie, et d'amener plus tard les améliorations qui se firent remarquer dans l'instruction des corps. En 1771, on revint à ce système d'instruction, et l'on créa l'école de Saumur, qui reçut les débris de celles établies sept ans auparavant. Chaque colonel de cavalerie fut autorisé à y envoyer quatre officiers et quatre sous-officiers pris parmi ceux dont les dispositions paraissaient devoir seconder les vues du gouvernement. Les fonds mis à la disposition du ministre de

Saumur.

la guerre, pour l'entretien de l'école, ayant été supprimés en 1790, on se vit encore forcé d'abandonner cet utile projet. Cette mesure n'attiédit pas cependant le zèle des personnes qui s'intéressaient à l'institution. Une nouvelle école d'équitation fut créée à Versailles, le 2 septembre 1796, sous le titre d'*École nationale d'instruction des troupes à cheval*, et un arrêté du 9 septembre 1799 établit, sous la même dénomination, deux autres écoles à Lunéville et à Angers. On affecta à l'entretien du personnel de ces trois établissements un fonds annuel de 148,557 fr. 20 c.

La seule école de Versailles subsistait encore en 1809, lorsqu'un décret impérial, du 8 mars de cette année, vint le supprimer, et créer sur ses débris l'*Ecole spéciale de cavalerie de Saint-Germain*. Mais on n'admit, dans cette dernière, que les élèves sortant de l'école militaire et on en exclut les officiers et les sous-officiers des corps. L'école de Saint-Germain se maintint jusqu'à la Restauration; supprimée à son tour, le 30 juillet 1814, le gouvernement créa, à Saumur, pour la remplacer, une nouvelle école d'instruction des troupes à cheval, destinée, comme la première, à recevoir des officiers et des sous-officiers des différents corps de cavalerie. Placée sous la direction d'un officier général d'un mérite reconnu, cette école obtenait déjà de brillants succès lorsque l'événement politique de 1821 en fit opérer la dissolution.

Rétablie de nouveau à Versailles, le 5 novembre 1823, dans le bâtiment connu sous le nom d'*Ecuries d'Artois*, elle ne fut plus destinée, comme celle de Saint-Germain, qu'à recevoir les élèves de l'Ecole militaire qui se destinaient au service des troupes à cheval. Il fallait, pour y être admis, avoir passé deux ans à l'Ecole de Saint-Cyr, et avoir été nommé sous-lieutenant de cavalerie.

Cette école fut transférée de Versailles à Saumur par ordonnance du 11 novembre 1824. On y admet aujourd'hui : 1° un lieutenant ou sous-lieutenant par chaque régiment de cavalerie, d'artillerie ou escadron du train des équipages militaires; ces officiers sont tenus de suivre, pendant deux ans, les cours de l'école, et prennent, pendant leur séjour, la dénomination de *lieutenants d'instruction;* 2° les élèves sortant de l'Ecole spéciale militaire et destinés au service de la cavalerie; ils prennent la dénomination d'*officiers-élèves de cavalerie*, pendant les deux ans qu'ils passent à l'école; 3° les jeunes gens enrôlés volontaires, ou tirés des régiments, qui, sous la dénomination de *cavaliers-élèves instructeurs*, forment un corps de troupe, et sont, après deux ans, répartis dans les régiments comme sous-officiers instructeurs, s'ils ont satisfait aux examens de sortie; enfin, une école de maréchalerie et une école de trompettes ayant été annexées à l'établissement, dans le but de fournir aux corps de troupes à cheval des maréchaux ferrants et des trompettes, on y admet aussi, comme élèves maréchaux ferrants, des enrôlés volontaires ou des appelés; comme élèves trompettes, des jeunes gens de quatorze à dix-huit ans, et plus spécialement des enfants de troupe.

SAXE (Tombeau du maréchal de), dans l'église Saint-Thomas, à Strasbourg, département du Bas-Rhin. En 1777, Louis XV fit ériger, dans le chœur de cette église, consacrée au culte luthérien, un tombeau à la mémoire du comte de Saxe, élevé à la dignité de maréchal général, en récompense des éminents services qu'il avait rendus à la France. En voici la description:

Au bas d'une pyramide de marbre noir, contre laquelle est appuyé un sarcophage, le maréchal, debout, paraît descendre au tombeau. A sa droite, on voit, culbutés à ses pieds, l'aigle d'Autriche, le lion belge, le léopard anglais. A sa gauche, le génie de la guerre en larmes, ayant les yeux fixés sur lui, tient son flambeau renversé. Sur le derrière, sont les drapeaux de la France, élevés et victorieux. La France, au-dessus de l'illustre guerrier, s'efforce de le retenir d'une main, et, de l'autre, repousse la Mort, qui, cachée sous une draperie, annonce au héros que son heure est arrivée, et lui montre un tombeau qu'elle tient ouvert. Au côté opposé du sarcophage, on voit une figure d'Hercule plongé dans la douleur. Ce monument remarquable est l'œuvre du sculpteur Pigal.

SEMUR (Chateau de). La ville de Semur, ancienne place forte du département de la Côte-d'Or, se divise en trois parties: le bourg, le donjon et le château. Ces deux derniers édifices se liaient au système de fortification de la place par une espèce d'enceinte continue, et se combinaient entre eux de manière à se porter de mutuels secours. Le château, bâti, comme la ville, sur un rocher granitique, au pied duquel coule l'Armançon, était défendu par des tours et par un mur qui bordait la rivière. Le donjon consistait en quatre tours d'une hauteur et d'une grosseur peu communes; sa construction paraît remonter au huitième siècle. La ville était entourée de murailles également flanquées de tours, qui subsistent encore en partie.

L'histoire locale ne nous a pas transmis les faits généraux, politiques et militaires, qui ont dû se passer dans l'intérieur et sous les murs de la place, du château et du donjon. Cette lacune s'étend du huitième au quinzième siècle.

SENS (Ancienne porte Notre-Dame, a). Il existait, il y a encore peu d'années, à l'est de la ville de Sens, département de l'Yonne, une belle porte fortifiée, érigée sous l'invocation de Notre-Dame. Cette porte, d'une architecture ancienne, mais solide et régulière, datait, assure-t-on, du règne de Louis le Gros. Elle était surmontée de deux fortes tourelles et d'un corps de garde avancé, protégée par un fossé, par plusieurs ponts-levis et par un boulevard; elle était, en outre, garnie de herses et fermée par d'épais battants, qu'on n'ouvrait qu'à l'aide de fortes machines. Cette construction, l'une des cinq grandes portes qui défendaient jadis les approches de la ville, était seule restée debout, pour constater l'ancienne puissance militaire de la cité, lorsqu'une décision municipale vint en ordonner la démolition.

SOISSONS (Chateau de). La ville de Soissons, chef-lieu d'arrondissement du département de l'Aisne, qui devint la capitale de la France, après la victoire de Clovis sur Siagrius (486), était défendue par des fortifications considérables, qui résistèrent longtemps aux attaques des barbares. Elle fut la dernière place forte que les Romains conservèrent dans les Gaules.

Cette ville possède encore son ancien château, bâti à la place de celui où les rois de la première race faisaient leur résidence; il est flanqué de grosses tours rondes et massives assez bien conservées. L'origine de cette ancienne forteresse paraît remonter vers le milieu du moyen âge.

A quatre lieues sud-est de Soissons et à 300 toises à l'ouest de Braisne, on remarque les ruines du château de ce nom, et les murs d'une ancienne citadelle conservés en partie; ils sont assis sur un rocher de 40 pieds, entouré d'un fossé large et profond, taillé à vif dans le roc. Ces murs, flanqués de plusieurs tours d'une hauteur et d'une épaisseur considérables, étaient défendus par une seconde enceinte garnie de tours et d'ouvrages extérieurs.

SOLIDOR (Tour). On aperçoit près de Saint-Servan, ville maritime du département d'Ille-et-Vilaine, la tour Solidor, fortification isolée, fondée en 1382 par Guillaume le Conquérant. Cet édifice, qui a été réparé plusieurs fois depuis cette époque, mais toujours sous sa première forme, est d'une construction très-solide et bien entendue. Cette tour a 54 pieds de haut, non compris le parapet qui la couronne, et qui est porté sur des encorbellements de pierre de taille. Son élévation est divisée en quatre étages, y compris celui du machecoulis et le rez-de-chaussée. Sa forme représente trois tours liées entre elles; une grosse et deux petites. Ce monument, construit avant l'usage de la poudre et des bouches à feu, serait aujourd'hui sans utilité sous le rapport de la défense.

SOMMIÈRES (Pont de), département du Gard. Ce monument romain, l'un des plus beaux et des mieux conservés dans quelques-unes de ses parties, a été construit pour établir une voie de communication entre Nîmes et Lodève (*Luteva*). On pense qu'il fut érigé par Tibère, à l'époque où cet empereur fit ouvrir ou réparer plusieurs routes militaires dans les environs de Nîmes.

Le pont de Sommières, jeté sur la Vidourle, est entièrement bâti en pierres de taille provenant des carrières de Pondres, encore exploitées aujourd'hui. Il se composait, dans l'origine, de dix-sept arches; celle du milieu, un peu plus grande que les autres, avait 9 mètres 75 centimètres de large. Chaque pile du pont est percée d'une petite arcade à jour, afin de laisser un passage facile aux eaux pendant les grandes crues. Les eaux de la rivière ne passent aujourd'hui que sous huit arches, la ville ayant envahi le reste, qui se trouve dans la rue principale; la suite de ce monument va se perdre dans les caves des maisons.

TANCARVILLE (Chateau et tour de). Sur un promontoire élevé qui domine le village de Tancarville, département de la Seine-Inférieure, on remarque les ruines importantes de l'ancien château élevé par les seigneurs de ce nom, qui réunissaient sous leur domination une assez grande étendue de territoire. Il ne reste aujourd'hui, de ce manoir féodal, que quelques parties de bâtiments, des fossés desséchés, d'épaisses murailles et des tours couvertes de mousse et de lierre. Du haut d'une espèce de parapet, on découvre une partie du cours de la Seine, qui, dans cet endroit, a près de deux lieues de large.

De nombreux événements militaires se déroulèrent, dans le moyen âge, sous les murs de cette forteresse. Souvent menacée par les seigneurs qui l'avoisinaient, elle résista presque constamment aux attaques dirigées contre ses murailles.

La veuve d'une de nos illustrations militaires, madame la maréchale d'Albuféra, avait conçu la pensée de restaurer ces vieilles ruines. La difficulté de l'entreprise, les énormes dépenses auxquelles elle devait donner lieu, firent sans doute échouer ce louable projet, qui ne fut pas exécuté.

TEMPLE (Le), à Paris. Vers l'an **1147**, les chevaliers templiers fondèrent cet établissement hospitalier, qui, plus tard, devait prendre des proportions colossales; il était situé dans la rue qui porte ce nom.

On sait les persécutions qu'éprouvèrent ces moines-soldats, sous le règne de Philippe-le-Bel, jaloux de la puissance de cet ordre et des richesses qu'il avait acquises par des dons volontaires et de nombreuses aumônes. Il cessa d'exister entièrement le 8 mars **1314**, date de la mort de Jacques Molay, son grand maître, et de Guy, commandeur de Normandie, qui furent brûlés vifs sur l'emplacement où se trouve aujourd'hui la place Dauphine, et qui formait alors l'île appelée de la *Gourdaine*.

Lorsqu'en **1254**, Henri III, roi d'Angleterre, vint à Paris, il préféra le logement du Temple au palais que lui avait offert saint Louis.

Au treizième siècle, l'enclos du Temple fut considérablement augmenté et embelli de nouveaux bâtiments, assez remarquables pour l'époque. Il fut entouré de murailles crénelées très-élevées et flanquées de tours en pierre de taille. La plus considérable était carrée, haute de **150** pieds, sans les combles, et flanquée de quatre tourelles rondes, accompagnée, du côté du nord, d'un massif surmonté de deux autres tourelles beaucoup plus basses. Elle se divisait en quatre étages, à chacun desquels se trouvait une pièce de **30** pieds carrés, et trois autres plus petites, pratiquées dans trois des tourelles. La quatrième renfermait un bel escalier; les murs avaient une moyenne de **9** pieds d'épaisseur.

C'est dans cette tour que les rois de France ont longtemps déposé leur trésor. Elle servit aussi de prison d'État et devint célèbre par la captivité de l'infortuné Louis XVI et de sa famille. Le roi y entra le **11 août 1792** et en sortit le **21** janvier **1793** pour monter sur l'échafaud.

Parmi les hommes marquants qui y furent renfermés, on cite le comte de Rivarol, qui y resta deux ans, Duverne de Presle, le chevalier d'Aranjo, ambassadeur de Portugal, Esmenard, le comte de Montlozier, M. de Rémusat, Toussaint l'Ouverture, le commodore sir Sydney Smith, etc. Le général Pichegru y fut incarcéré et s'y suicida le 6 avril **1804**. Wright, capitaine de la marine anglaise, accusé d'avoir débarqué des Vendéens sur les côtes de France, s'y coupa la gorge avec un rasoir en **1805**. Les généraux Moreau et Lajollais, Georges Cadoudal, le marquis de Rivière et les frères Polignac, y furent également détenus.

Les tours du Temple, devenu propriété nationale depuis **1789**, furent presque entièrement démolies en **1802**. Une grande partie de l'enclos servit, en **1809**, à la construction des bâtiments de la halle au vieux linge et à la ferraille; la grosse tour a été abattue en **1811**.

Ce qui restait de l'ancien palais du Temple fut disposé, en **1812** et **1813**, pour y loger le ministre des cultes et ses bureaux. En **1814**, ce bâtiment fut donné à la princesse de Condé, ancienne abbesse de Remiremont, qui y établit une congrégation de dames de son ordre. Il est redevenu propriété nationale.

TEMPLE DE LA GLOIRE, à Paris Voy. MADELEINE.

TILSITT (Pont de), à Lyon, département du Rhône. Ce pont, commencé en **1788**, ne fut achevé qu'en **1808**. Il porta d'abord le nom de *Pont de l'archevêché*, et prit ensuite celui de *Tilsitt*, en mémoire du traité de ce nom, conclu, les 8 et 9 juillet **1807**, entre l'empereur Napoléon et l'empereur Alexandre. Il se compose de cinq arches en belles pierres de *choin*, parfaitement égales, ayant chacune **20** mètres **79** centimètres d'ouverture; sa longueur, d'une culée à l'autre, est de **120** mètres **20** centimètres, et sa largeur de **15** mètres **64** centimètres. C'est un modèle d'élégance et de construction; il est peu d'ouvrages de ce genre en France qui réunissent autant de grâce et de solidité. Une voie large et supérieurement bien percée, des trottoirs construits en belles dalles, en rendent l'accès extrêmement facile aux voitures et aux piétons.

TOUR-MAGNE, à Nîmes, département du Gard. Elle est située sur une éminence qui domine la ville, et élevée en forme de pyramide. Enfermé autrefois dans l'enceinte de la cité, cet édifice formait l'angle des murailles, du côté du nord. Sa construction offrait sept faces dans la partie inférieure, et huit dans la partie supérieure. Les ornements qui décoraient ces faces n'existent plus que sur un pan de mur, du côté du midi. Le nom donné à ce monument lui vient de ce que c'était la tour la plus grande et la mieux bâtie de toutes celles qui régnaient le long des murs d'enceinte.

La hauteur totale de l'édifice, y compris la partie que cachent les décombres amoncelés à la base, est de **39** mètres. Le soubassement avait huit pans réguliers; il formait une terrasse sur laquelle était la tour, également à pans réguliers; au-dessus il y avait un ordre de pilastres très-élevés avec des chapiteaux toscans : quatre pilastres garnissaient un des pans de l'octogone; le tout portait un ordre de colonnes à jour, probablement couronné par une petite coupole.

L'intérieur de la tour contenait six petites chambres, ou espaces vides sans destination apparente. On y montait par un massif de maçonnerie, placé du côté de l'occident, et qui était garni de garde-fous servant de rampes ou d'accoudoirs. Un autre passage conduisait jusqu'à une galerie placée au milieu de la tour. Ces deux montées n'avaient point de marches et formaient une pente douce et aisée : elles étaient pavées de carreaux de marbre. Un escalier à noyau, pratiqué dans le massif même, conduisait jusqu'au sommet, consistant en une plate-forme entourée d'une rampe, qui, avec la corniche, avait 4 pieds de hauteur. Les marches de l'escalier étant entièrement détruites, on ne peut y monter qu'à l'aide d'une échelle.

On fait remonter l'origine de cette tour à l'époque de la première conquête des Romains dans la Gaule méridionale. Les sentiments ont été partagés sur la destination de ce monument. Deiron l'a regardé comme un phare; Astruc, comme un temple gaulois; d'autres ont prétendu que c'était un trésor public; Menard que ce pouvait être une tour destinée à l'établissement de signaux; Clérisseau, qui en a donné une description graphiques, croit que c'est un tombeau. L'analogie de cet édifice avec les mausolées de Glanum et d'Aix, donne un grand poids à cette opinion; la petite coupole était sans doute destinée à recevoir la figure ou le sarcophage. Tout le corps de l'édifice est en moellons bruts; les pilastres, les corniches et les plinthes sont en pierre de taille.

Il paraît que la première dégradation de ce monument date du temps de Charles-Martel, en 737. Il est probable que ce prince aura voulu le détruire pour ôter aux Sarrasins la possibilité de s'y fortifier. Il fut ensuite restauré par les Français, qui en firent un fort. Bernard Athon, vicomte de Nîmes, le remit en cette qualité à Alphonse, roi d'Aragon, qui le lui rendit, à titre de fief, en **1179**. Cette tour servit de défense contre les Anglais, sous Charles V et Charles VI; on l'utilisa souvent comme une espèce de beffroi, où l'on plaçait les sentinelles pour avertir de l'approche de l'ennemi. Le duc de Rohan en fit, au seizième siècle, un point de fortification, en y ajoutant quelques ouvrages qui ont été démolis en **1629**.

TOUR D'ORDRE, à Boulogne, département du Pas-de-Calais. On donnait ce nom à un phare dont on attribue la construction à Caligula. Cette tour, de forme octogone, avait quelque ressemblance avec les temples chinois. Sa hauteur était de 24 pieds, non compris 6 pieds de fondation. Elle se composait de douze étages, allant en diminuant vers le haut. Ce vieux monument s'écroula entièrement le 29 juillet 1644. Le premier étage avait 224 pieds de circonférence; celle du dernier était de 40 pieds. Il y avait au sommet une tour servant de lanterne ou vigie; une porte était placée à chaque angle, ce qui en élevait le nombre à quatre-vingt-seize. Un escalier pratiqué dans le mur extérieur conduisait au sommet du monument.

TOURNOEL (Château de). Ce château est une dépendance de la commune de Volvic, département du Puy-de-Dôme. Cette forteresse, en partie démantelée aujourd'hui, a conservé son donjon et quelques vieilles tours assises sur le rocher. Un sentier sinueux conduit jusqu'à la porte

principale; on laisse à droite, en entrant, une tour à bossages, qui a dû être construite sous François Ier; puis, après avoir passé sous la dernière porte dont la baie est encore colorée par les tons rougeâtres des rouilles de la herse, on pénètre dans un vestibule qui donne sur le préau. De la plate-forme du donjon on jouit d'une vue magnifique qui s'étend sur le bassin de la riche Limagne.

Le château de Tournoel a été regardé comme imprenable jusqu'à l'époque où Gui de Dampierre s'en empara sous le règne de Philippe-Auguste. Charles d'Apchon, qui en était gouverneur, le défendit contre les ligueurs en 1590, et périt, les armes à la main, dans une sortie. Ce château fut de nouveau assiégé, pris et en partie brûlé par les ligueurs, en 1594.

TRONE (Arc de triomphe de la barrière du), à Paris. C'est au crayon de Claude Perrault que l'on doit la description graphique de ce monument, élevé à la gloire de Louis XIV. Il était du petit nombre de ceux qui offraient le plus d'analogie avec les modèles antiques que nous avons déjà décrits. La première pierre en fut posée le 6 août 1670. Une médaille commémorative, frappée à cette occasion, donne aussi, mais imparfaitement, la représentation de cet arc de triomphe; elle portait cette exergue : *Pour les conquêtes de Flandre et de Franche-Comté.*

Cette œuvre n'a pas été entièrement achevée; on en arrêta les travaux en pierre à la hauteur des piédestaux. Toute la partie supérieure fut construite en plâtre. Ce monument a été entièrement détruit au commencement de la régence.

TURENNE (Pyramide élevée a), à Salzbach. Le 27 juillet 1675, à deux heures de l'après-midi, le général

Saint-Hilaire fait prier M. de Turenne de venir reconnaître un mouvement de l'ennemi. Le maréchal s'empresse d'aller joindre le général, qu'il rencontre sur un mamelon en avant de Salzbach. Au moment où Saint-Hilaire avançait le bras pour montrer au maréchal la direction du corps dont le mouvement l'avait inquiété, un boulet lui enlève le bras et va frapper Turenne au-dessous du cœur; le maréchal tombe mort : au même instant, le jeune fils de Saint-Hilaire, qui remplissait auprès de lui les fonctions d'aide de camp, fondait en larmes en secourant son père! « Ce n'est pas moi, mon fils, lui répond le général, qu'il faut pleurer, c'est ce grand homme. »

En 1781, sur le terrain où se passa cette scène de douleur et de désolation, le duc de Rohan fit élever un tombeau à la mémoire du maréchal. Ce monument consiste en une pyramide élevée sur un piédestal, dont la face principale renferme, au centre, la figure en relief du grand homme. Au milieu de la pyramide sont écrits ces mots : La France a Turenne. Elle est entourée d'une balustrade en fer.

TURENNE (Tombeau de), érigé d'abord à Saint-Denis, et transporté depuis aux Invalides. Aussitôt que la cour apprit la mort du maréchal, elle ordonna que ses restes mortels seraient transportés à Paris et enterrés à Saint-Denis. Cet ordre fut exécuté, et la France reçut avec enthousiasme la nouvelle des honneurs rendus à la mémoire du guerrier.

Le 16 août 1799, en exécution d'un arrêté du directoire, les restes de Turenne furent transférés de Saint-Denis au Musée des monuments français, et déposés dans un sarcophage taillé à l'antique. Le 23 septembre 1800, le beau mausolée que la munificence royale lui avait érigé dans les caveaux de Saint-Denis fut rétabli sous le dôme des Invalides. On y lit cette inscription modeste, gravée par M. Lenoir :

Turenne, nom cher à tous les cœurs généreux, qui, pendant quarante ans, fut la gloire de la France, la terreur et l'admiration de ses ennemis, et qui renferme en lui seul l'expression des plus rares talents et des plus grandes vertus réunis!

ULRIC (Château de Saint-). A l'ouest de l'ancienne ville de Ribeauvillé, département du Haut-Rhin, on aperçoit, sur la pente de la montagne qui ouvre une vallée pittoresque, les ruines du château de Saint-Ulric, dont l'immense façade apparaît au milieu des bois. On pense que sa construction remonte à la fin du treizième ou au commencement du quatorzième siècle.

Bâti sur un rocher escarpé et à pic, il présente l'ensemble d'une grande masse d'épaisses et hautes murailles crénelées. Une tour carrée et très-élevée se fait remarquer à son extrémité supérieure; c'était le donjon de la forteresse, couronné d'une plate-forme. Il fut inutilement assiégé par Rodolphe de Habsbourg et par Adolphe de Nassau.

URPHÉ (Château d'), dépendant de la commune de Champoly, département de la Loire. Ce château est bâti sur une montagne élevée, dans un site sauvage. Cette forteresse, que l'on aperçoit de presque tous les points, domine toute la contrée, et semble encore imprimer une sorte d'effroi. Elle consiste en un immense bâtiment de forme carrée, défendu aux quatre angles par quatre tours rondes. Les murailles en sont très-élevées et se trouvent presque au niveau du sommet des tours.

Cette ruine, imposante par son aspect âpre et monotone, est célèbre dans les annales du pays par le souvenir d'une horrible catastrophe qui en fit abandonner le séjour par ses anciens possesseurs. En 1418, les domestiques, on ne sait par quel motif, ayant conspiré contre leurs maîtres, assassinèrent toutes les personnes qui se trouvaient dans le château. La postérité des seigneurs d'Urphé aurait été atteinte dans ce massacre, si l'un d'eux, Pierre d'Urphé, ne se fût trouvé à Paris, à la tête des gendarmes de Charles VII. L'auteur de l'Astrée a placé, dans les environs de ce séjour pittoresque, plusieurs scènes de son roman.

fort dont la construction première remonte au temps des Romains. Les ligueurs s'étant emparés de la ville et de la forteresse, en 1586, Henri IV les reprit d'assaut peu de temps après et fit démanteler le château. Il ne reste aujourd'hui que les ruines de cette antique forteresse, qui était autrefois entourée de fossés profonds et de murailles flanquées de six grosses tours. On y reconnaît l'architecture du moyen âge, et quelques constructions gallo-romaines.

Le parlement de Paris s'assembla au château de Vendôme, en 1227, pendant la minorité de saint Louis; et, en 1458, pour juger le duc d'Alençon, accusé d'avoir voulu livrer la France aux Anglais.

VERNÈGUES (Château franc, et temple grec de). Vernègues est un petit village du département des Bouches-du-Rhône, sur la rive gauche du canal de Crapone. Il est bâti sur une colline désignée sous le nom de *Puech de Valoni*, entouré de murs, et dominé par les ruines d'un château du moyen âge. Près de ces ruines féodales se trouve un temple grec assez bien conservé, et connu dans le pays sous la dénomination de *Maison basse de Vernègues*. Son origine remonte à la fondation d'une colonie hellénique qui s'était établie dans le village.

VEZELAY (Porte militaire a), départem. de l'Yonne. Cette ville fut fortifiée vers la fin du onzième siècle; c'est dans ses murs que se tint, en 1145, le fameux concile présidé par saint Bernard, où fut décidée la deuxième croi-

VALENDRE (Pont militaire de), à Cahors, département du Lot. Ce pont fut ainsi appelé du nom de l'architecte qui l'a élevé. Quelques auteurs font remonter sa fondation au treizième siècle, d'autres au quatorzième. Cette construction est particulièrement remarquable par son architecture gothique. Le pont est composé de huit arches; les six arches du milieu sont en ogive, celles des deux extrémités à plein cintre; elles sont surmontées de trois hautes tours carrées, placées, une à chaque extrémité, la troisième au centre. Tout l'édifice est bâti en petits blocs de pierre liés par un ciment très-dur.

VAUCLUSE (Château de), village du département de ce nom. A peu de distance de ce lieu, on remarque, sur des rochers, les ruines pittoresques d'un ancien château qui appartenait autrefois aux évêques de Cavaillon, et que l'on nomme improprement, dans le pays, le *Château de Pétrarque*. Cette vieille forteresse, qui a joué un rôle remarquable pendant les guerres du moyen âge, ne présente plus que quelques débris de murailles et un fragment de tour, qui ne laissent aucun doute sur son ancienne importance politique et militaire.

VENDOME (Château de). La ville de Vendôme, département de Loir-et-Cher, doit son origine à un château-

sade. Elle servit, en 1190, de rendez-vous aux armées de Philippe-Auguste et de Richard Cœur-de-Lion, roi d'Angleterre, qui s'étaient croisés pour la Palestine. — On entre dans la place par deux portes, celle de *Saint-Etienne*, qui conduit à Clamecy, et la *Fausse-Porte*, qui mène à Auxerre. La première se trouve entre deux espèces de bastions arrondis qui offrent l'aspect des anciennes fortifications, et présentent, sous ce rapport, un intérêt historique assez remarquable.

VINCENNES (Château et donjon de) (1). Après avoir suivi le faubourg Saint-Antoine dans toute sa longueur, à peine avez-vous franchi les deux lourdes colonnes de la barrière du Trône, ainsi nommée parce qu'autrefois les ambassadeurs étrangers y faisaient leur entrée pour se rendre à l'audience royale, que vous voilà sur une magnifique avenue dont la plantation est due à ce roi qui ne savait rien faire que de grand. Vous traversez le bois, et, en approchant du village, le château que vous apercevez de loin, c'est le château de Vincennes!..... D'où

(1) Cet article est de M. Bescherelle aîné.

vient qu'à la vue de cette sombre forteresse, de ce donjon entouré de fossés, de ces ponts-levis, de ces remparts hérissés de canons, une grande tristesse vous saisit tout à coup au cœur?... C'est que, dans le souffle de la brise qui siffle à travers les meurtrières mal closes, il vous semble encore entendre les soupirs de douleur et les cris de rage des grandes infortunes qui, pendant l'espace de quatre siècles, vinrent tour à tour s'y débattre dans les tortures de la question ou y payer de leur vie leurs aspirations vers la liberté. Oh! que ne nous est-il donné de connaître tout ce que ces murs ont caché! que de choses de notre vieille histoire nous aurions à vous raconter; car, anciens jours, anciennes mœurs, drames sanglants, intrigues secrètes, chaudes amours, orgies effrénées, tout cela s'est remué, s'est agité sous ces murailles aujourd'hui muettes et glacées.

Interrogeons donc les échos plus ou moins mystérieux de l'histoire, et soulevons un coin du voile qui couvre la plupart des terribles événements dont ce vieux monument, à la fois berceau et tombeau d'une foule de princes et de rois, a été le théâtre. Ne sont-ce point les origines et les souvenirs historiques qui donnent de la vie aux pierres?

Un historien, qui a tracé un tableau assez curieux des maisons royales, châteaux et parcs des rois de France, Poncet de la Grave, nous dit que le bois de Vincennes était connu avant la naissance de Jésus-Christ, et que dès ce temps il servait de lieu de promenade et d'*esbattement* aux bons bourgeois de Paris. Les Romains y avaient élevé un petit temple en l'honneur du dieu Sylvain, et ce temple était desservi par des prêtres qui avaient formé dans cet endroit un collége ou communauté. Mais, à l'avénement du christianisme dans les Gaules, temple, prêtres, collége, tout disparut; et Vincennes, comme la plupart des résidences royales, ne fut plus qu'un rendez-vous de chasse très-recherché de nos rois, même sous la première race : *Varenam liberam atque securam regali more*, dit la chronique.

Mais *Vincennes*, d'où peut venir ce nom? Là-dessus que de frais d'imagination n'a-t-on pas faits! Écoutez celui-ci; il vous dira qu'anciennement on écrivait *Vicenæ* ou *Vicenæ*, et que partant *Vicena* est une altération de *vita sana*, vie saine, ce qui fait allusion à la pureté de l'air qu'on respire en ce lieu. Que si cette étymologie ne vous plaît pas, consultez celui-là, et il vous apprendra que c'est parce que le bois contenait deux mille arpents, c'est-à-dire vingt fois cent arpents, qu'on l'a nommé ainsi, car deux mille arpents ne font-ils pas juste *vingt cents?* Or, de *vingt cents* à *Vincennes* il n'y a, comme on dit, que la main. Peut-être n'êtes-vous pas encore satisfait? Eh bien, considérez le peu de distance qui sépare Vincennes de Paris, et il ne vous sera pas difficile d'admettre, comme on le prétend, que *Vincennes* n'est autre chose que le mot latin *vicinus, vicina*, voisin, défiguré. Résistez-vous encore? Pour vous être agréable, Bullet remontera jusqu'au celtique *wydd* ou *vis*, bois, *san* ou *sen*, étang, ce qui veut dire bois où il y a un étang. Vous faites la grimace! Attendez, voici venir un savant qui, armé d'anciennes chartes, va vous prouver que pendant plus de quatre cents ans on a dit et écrit *Vilcena*, *Vilcenna* et au pluriel *Vilcena*, *Vilcennarum*, et que par conséquent ce nom vient de quelque mot des anciens Francs ou Germains, tel que *wils*, qui, dans la loi des Bavarois, signifiait un cheval médiocre, ce qui fait tout naturellement supposer qu'il y aurait eu un petit haras d'où ce bois aurait tiré son nom. Ouf! nous en avons fini avec les étymologistes, en sommes-nous plus avancés? Il avait, ma foi, bien raison celui qui disait qu'en fait d'étymologie les mots sont comme les cloches, auxquelles on fait dire tout ce que l'on veut.

Malgré l'obscurité qui environne son berceau, Vincennes n'en est pas moins une localité vraiment historique et dont le nom se rattache aux principaux événements de nos annales. On ignore en quelle année et sous quel roi fut construit le premier château. Ce qu'on sait seulement, c'est qu'en 1164 Louis VII y fonda un monastère pour les religieux de Grandmont, remplacés depuis par les Minimes. Ce n'est guère qu'à Philippe-Auguste que Vincennes doit réellement son origine historique. C'est lui qui fit

entourer le bois d'épaisses murailles, et qui construisit à son extrémité un manoir ou maison de plaisance pour se livrer plus commodément au plaisir de chasser et cerfs, et daims et chevreuils, ce qu'apprenant Henri II, roi d'Angleterre, ce prince lui envoya, par la Seine, de ses duchés de Normandie et d'Aquitaine force bêtes fauves, petit cadeau qui n'entretint pourtant pas longtemps l'amitié entre les deux monarques. Ainsi une ménagerie, voilà l'une des premières constructions élevées dans le bois de Vincennes : les bêtes fauves précédaient les gouverneurs, les geôliers et les bourreaux! Certes, en faisant murer son parc, le roi chasseur du douzième siècle ne se doutait guère que les Anglais viendraient un jour y chasser par droit de conquête, et plus encore de trahison. C'est là, c'est à Vincennes que Philippe-Auguste partant pour la Terre-Sainte fit son testament.

Saint Louis visita souvent ce manoir, et il y rendait même la justice à ses sujets dans le bois, au pied d'un chêne. « Là mainte fois se est vu, dit Joinville, que le saint homme roy, après que il avoit ouy la messe en été, il se alloit esbattre au bois, vêtu d'une cotte de camelot, d'un surcot de tiretaine sans manches, et d'un mantel par dessus de sandal noir ; et faisoit là estendre des tapis pour seoir ses gens auprès de luy ; et tous ceulx qui avoient affaire à luy venoient luy parler sans qu'aucun huissier ne autre leur donnast empeschement. » De retour de Sens en 1254, Louis IX déposa d'abord à Vincennes la couronne d'épines de Notre-Seigneur Jésus-Christ qu'il avait achetée sur parole d'un Vénitien. C'est de ce château qu'accompagné de ses frères, Alphonse et Robert, le saint roi porta solennellement la précieuse relique, pieds nus, jusqu'à Notre-Dame de Paris. Comme Philippe-Auguste, saint Louis partit de Vincennes, en 1270, après avoir fait ses adieux à sa femme, Marguerite de Provence, pour aller attaquer Tunis où il devait voir mourir Jean Tristan, son fils, et où lui-même devait peu de jours après expirer sur un lit de cendres.

Quelques semaines plus tard il se passa à Vincennes un fait qui prouve combien les anciens évêques de Paris étaient jaloux de leurs droits et prérogatives. La reine et la comtesse de Nevers habitaient ce château, lorsqu'elles apprirent la mort de saint Louis, et de son fils, qui était comte de Nevers. Etienne Templier, évêque de Paris, y vint pour faire son compliment de condoléance à la reine et à la comtesse de Nevers, qui toutes deux déploraient leur perte réciproque. Cette comtesse, en voyant l'évêque, se ressouvint qu'elle lui devait hommage pour la terre de Monjay, et le pria de recevoir cet hommage au château de Vincennes, et de lui épargner la peine d'aller à Paris, dans un instant où, affaiblie par la douleur, elle ne pouvait faire ce voyage. Le prélat refusa la proposition, en disant que ses prédécesseurs avaient toujours reçu cet hommage au palais épiscopal. La comtesse insista encore dans ses prières, mais inutilement. La reine, voyant cette obstination, se joignit à la princesse. Alors l'évêque n'osa plus refuser; mais il ne consentit à recevoir l'hommage dans ce château, qu'à condition qu'il serait fait mention, par un acte particulier, des difficultés que les princesses avaient éprouvées pour obtenir cette grâce, et de sa ferme résistance à la leur refuser. Ainsi, au mois de novembre 1270, ces princesses lui donnèrent acte de son opiniâtreté féodale.

En 1274, le fils de saint Louis, Philippe le Hardi, augmenta par diverses acquisitions l'étendue du parc de Vincennes; fit une nouvelle clôture près de St-Mandé; acheta différentes sources pour être conduites dans les viviers du château, et y épousa, en secondes noces, Marie, fille de Henri III, duc de Brabant.

Pour être juste envers les geôliers de tous les temps, il nous faut bien dire qu'en 1276 un ancien serviteur de saint Louis, Pierre de la Brosse, fut enfermé à Vincennes, et l'on croit même qu'il y fut pendu. Voici à quelle occasion. Il y avait à peine deux ans que Marie de Brabant était unie à Philippe le Hardi, lorsqu'elle fut accusée d'avoir fait mourir, par le poison, l'aîné des fils que Philippe avait eus d'Isabelle d'Aragon, sa première femme. Pierre de la Brosse, chambellan et favori du roi, fut l'auteur de cette accusation. Philippe aimait tendrement Marie : il voulut, avant de croire au crime, en avoir la preuve convaincante, et il envoya consulter une *béguine* de Nivelle en Brabant, espèce de sibylle qui se vantait du don de prophétie. La béate garda d'abord un silence obstiné; mais, pressée de nouveau de s'expliquer, elle déclara que la reine était innocente, et que le crime avait été commis par un homme qui était tous les jours auprès du roi. C'était assez indiquer le favori : Philippe crut l'oracle, et l'accusateur fut à son tour accusé et condamné. Mézerai rapporte que, dans le premier moment, le trop crédule Philippe menaça la reine du dernier supplice; et un auteur du temps assure qu'elle aurait couru risque d'être brûlée vive, si son frère Jean, duc de Brabant, n'eût envoyé un chevalier pour justifier son innocence en champ clos; et que l'accusateur suscité par la Brosse, n'ayant pas osé soutenir sa calomnie les armes à la main, fut condamné au gibet.

Pierre la Brosse n'est pas le seul prisonnier qu'ait vu le donjon à cette époque. Sous le règne de Louis X, Enguerrand de Marigny trouva également dans un cachot de Vincennes *de bons liens et anneaux de fer.* Cet Enguerrand était tombé de haut!..... Il était premier ministre de Philippe le Bel, comte de Longueville, chambellan, châtelain du Louvre, grand maître d'hôtel, surintendant des finances et coadjuteur du gouvernement du royaume... Louis X accusa le premier ministre de Philippe le Bel d'avoir dilapidé les finances, altéré les monnaies, accablé le peuple d'impôts, dévasté les forêts royales. Arrêté, il fut d'abord enfermé au Temple, puis transféré à Vincennes, où une commission le condamna, sans même vouloir l'entendre, au supplice de la potence. Pour ce faire, on le conduisit de Vincennes à Montfaucon, où était dressé cet immense gibet qu'il avait fait construire lui-même sous le règne de son premier maître. Quelle bizarre destinée!

De 1305 à 1328 le château de Vincennes vit tour à tour mourir Jeanne de France, femme de Philippe le Bel, Louis X, dit le Hutin et Jean Ier, son fils, qui ne vécut que cinq jours, Philippe V, dit le Long et Charles le Bel. Deux mois après la mort de ce dernier, Jeanne d'Évreux, sa troisième femme, y accouchait dans les larmes.

En 1337, le modeste manoir de Philippe-Auguste était en si mauvais état, que Philippe de Valois se vit obligé de le faire raser. Sur son emplacement il posa la première pierre du château connu aujourd'hui sous le nom de Donjon. Les premières assises du bâtiment étaient déjà hors de terre lorsque ce prince mourut. Jean II, dit le Bon, son fils, continua la construction des tours, et passa à Vincennes les trois années qu'il resta en France à son retour d'Angleterre. Sa rançon avait coûté à la France ses plus belles provinces; mais Jean, peu sensible à tant de dévouement, se rembarqua pour Londres, où le rappelait son fol amour pour la comtesse de Salisbury, maîtresse d'Edouard III. A l'époque des guerres qui eurent lieu en France sous le règne du roi Jean, Vincennes, Saint-Maur, Nogent, etc., eurent beaucoup à souffrir des dévastations et des pillages auxquels se livraient les troupes de tous les partis.

Si Vincennes doit à Philippe-Auguste d'en avoir pour ainsi dire jeté les premiers fondements, c'est à Charles V qu'il est redevable de la plupart de ses embellissements. Charles V était né à Vincennes, et il avait pris ce lieu en si grande affection, qu'il en faisait sa demeure ordinaire. Il acheva les travaux commencés par le roi Jean, son père, et fit ajouter huit tours carrées sur les quatre faces des remparts. Ce fut aussi lui qui fit bâtir la sainte chapelle, élégant chef-d'œuvre d'architecture gothique que l'on admire encore de nos jours. C'est dans la plaine de Vincennes qu'en 1358, pendant la captivité de Jean, Charles V, alors régent du royaume, avait réuni les trente mille hommes avec lesquels il vint investir Paris, dont les habitants révoltés lui refusaient l'entrée. Ce roi mourut où il était né, à Vincennes, non pas précisément au château, mais dans son manoir de Beauté-sur-Marne, près de celui du même nom dans le bois de Vincennes. Beauté, connu dans les auteurs du temps sous le nom de *Bellitas ad matronam*, était une ancienne et fort agréable maison royale, sur les bords de la Marne, ainsi nommée à cause de l'agrément

de son habitation. Froissard le place dans le bois de Vincennes, mais il se trompe, et la relation de l'entrevue que Charles V eut en ce lieu avec Charles IV, empereur d'Allemagne, ne permet aucun doute sur ce point.

L'impudique Isabeau de Bavière ne quittait que rarement le château de Vincennes. Son faible et malheureux époux, Charles VI, y tenait sa cour quand il en avait une. Ce fou couronné eut un jour un accès de raison, et il en profita pour se venger des infidélités de sa femme. Les vices, les crimes, les orgies d'Isabeau n'étaient un secret pour personne dans le donjon. Le roi seul en était encore à s'apercevoir des ruines que la main de la reine faisait autour de son trône avec son honneur. Jusque-là avait-il fermé les yeux sur les débordements de sa femme?.... Toujours est-il qu'une fois l'esprit du roi se réveilla. C'était un soir.... Charles VI se promenait dans le bois de Vincennes.... Tout à coup, au détour d'un massif, il aperçoit un cavalier, portant haut la tête. Au lieu de mettre genou en terre et de s'incliner devant son maître, il passe fièrement sur son cheval tout près du roi, qu'il salue de la main. L'audacieux!... mais quel est ce cavalier?... Charles VI l'a reconnu : c'est Bois-Bourdon, l'amant d'Isabeau, qui court à toute bride vers le château, où l'attend la reine de France.... Le roi était indigné, il donna aussitôt ordre à Tanneguy-Duchâtel de courir sus à Bois-Bourdon, de l'appréhender, de lui mettre les fers aux pieds et de le jeter dans un cachot de Vincennes. Charles VI fut si bien obéi, que, dès la nuit suivante, Bois-Bourdon était jeté à la Seine, enfermé dans un sac de cuir, sur lequel on lisait : *Laissez passer la justice du roi!*

En 1382, après la sanglante bataille de Rosebèke, remarquable par la victoire que l'armée française, commandée par le roi Charles VI en personne et par le connétable Olivier de Clisson, remporta sur les Flamands, Charles VI fit enfermer, et pour ainsi dire *enchaîner* au donjon de Vincennes, les chaînes de fer que les Parisiens insurgés avaient préparées pour leurs premières barricades. Depuis le commencement des guerres civiles qui désolèrent la fin du triste règne de Charles VI, et pendant toute la durée de l'occupation anglaise, le château de Vincennes servit tour à tour de quartier général aux partis français et anglais, et devint souvent le théâtre d'événements graves, de drames sinistres et honteux.

On rapporte qu'en 1419 une grande cherté de bois s'étant fait sentir à Paris à cause d'un hiver très-rigoureux, Charles VI donna l'ordre d'abattre les arbres du parc de Vincennes, pour servir à la consommation de la capitale.

En 1422, Vincennes servit de tombeau à Henri V, roi d'Angleterre. Descendu sur la plage de Normandie, et, marchant de victoire en victoire, d'Harfleur à Azincourt, de Rouen à Paris, livré à l'infâme Isabeau et le fils de Jean sans Peur, ce prince avait osé se faire proclamer roi de France, quand la Pucelle n'avait pas encore ordonné aux Anglais de laisser le royaume à son vrai maître Charles VII! C'est dans l'une des salles du donjon qu'il signa les lettres d'investiture qui donnaient la régence au duc de Bedfort.

En 1431, Henri VI, qui avait hérité de la double couronne de France et d'Angleterre, voulut revendiquer ses droits au trône de saint Louis. Il passa le détroit et vint à à Paris pour se faire couronner roi. Il ne fit qu'une seule visite à Isabeau, et resta à Vincennes jusqu'au 15 décembre.

Quatre ans plus tard mourait à Vincennes, à l'âge de soixante-quatre ans, cette Isabeau de Bavière, cette reine de France qui avait vendu à Henri V son honneur, le trône de son époux et de son fils, sa fille et la France! Telle était l'horreur qu'avait inspirée, même au milieu de la cour de France, la méprisable femme de Charles VI, qu'il fallut l'enterrer la nuit et sans cortège. En effet, on sait que son fils dédaigna de l'honorer par des funérailles dignes de la majesté royale. On envoya son corps à Saint-Denis dans un petit bateau, sous la garde d'un prêtre et d'un valet. Toute la vie d'Isabeau est dans cette épitaphe.

Reine, épouse coupable, et plus coupable mère,
Après avoir livré le royaume aux Anglais,

Objet de leur mépris, exécrable aux Français,
Ci-gît ISABEAU DE BAVIÈRE !

En 1436, le château de Vincennes ayant garnison anglaise, le commandement en fut confié à Huntington. Peu de temps après, Charles VII s'étant réconcilié avec le duc de Bourgogne, leurs armées réunies se portèrent sur Vincennes et enlevèrent la forteresse aux Anglais. Bientôt reprise par ces derniers, Jacques de Chabannes, capitaine français, s'en empara de nouveau après un assaut sanglant, et en fut nommé gouverneur. On attribue à Charles VII la construction du manoir de Beauté dans le parc de Vincennes, qu'il aurait consacré à Agnès Sorel, et d'où elle aurait pris le nom de *Dame de Beauté*.

Que de fois nos rois ne sont-ils pas venus chercher, sous les frais ombrages du parc de Vincennes, un asile contre les soucis de la couronne ! Mais si jusqu'au règne de Louis XI ce château ne fut guère qu'une maison de plaisance où les rois venaient se *soulacier* et *s'esbattre*, à partir de 1472 ce lieu de *soulas* et *d'esbattement* changea bien de destination : il devint un séjour d'angoisses et de malheur. Louis XI en fit une prison d'Etat, une autre Bastille, une succursale de Plessis-les-Tours. C'étaient là ses plaisirs à lui, et il faut avouer que, pour

Château de Vincennes.

une geôle, il était impossible de commencer sous un meilleur maître. Louis XI prenait un certain plaisir à torturer ses prisonniers d'élite, et, pour les avoir plus sûrement sous la main et pouvoir jouir de leurs plaintes, de leurs gémissements, il avait soin de les enfermer dans des cages de fer, dont l'invention était due au cardinal de La Balue. Pauvre cardinal ! il ne se doutait guère que tôt ou tard il ferait l'essai de sa triste invention. Sorti de la plus basse extraction, il s'était élevé aux plus hautes dignités, et avait fini par obtenir la faveur de Louis XI; mais un jour, s'étant avisé de conspirer contre son maître, il fut arrêté et enfermé à la Bastille, où il resta onze ans, et où, par conséquent, il eut le temps d'expérimenter les fameuses cages. Ces sortes de cages, destinées à emprisonner les victimes de la vengeance royale et de la haine ombrageuse du monarque, étaient, aux yeux de Commines, un *admirable moyen de gouvernement*, et Louis XI était trop bon politique pour ne pas le mettre à profit; il en usait largement. Aussi voyait-on souvent le royal geôlier venir se placer devant sa victime pour l'interroger, pour l'accuser, pour l'insulter peut-être ! C'est ainsi qu'en 1482, René, comte du Perche, le fils du duc d'Alençon, pour avoir tenté de chercher un asile en Bretagne contre le mauvais vouloir des courtisans du roi, fut renfermé à Chinon, dans une cage de fer d'*un pas et demi de long*, d'où on ne le tirait qu'une fois par semaine, pour faire un repas. Le reste du temps, on lui donnait à manger à travers les barreaux avec une fourche ! Il fut ensuite jugé à

Vincennes, et, par faveur singulière, Louis XI voulut bien se contenter de lui prendre le Perche. L'excellent roi ! Les criminels d'Etat étaient livrés, pieds et poings liés, à Olivier le Daim, et ce bourreau domestique préluda par le supplice de ces victimes aux supplices plus importants qui lui méritèrent la sanglante confiance de son maître. Mais celui-ci se montra reconnaissant : il donna à Olivier le Daim l'étang et le vivier du bois de Vincennes. Vers la fin de son règne, Louis XI installa au château le bon saint François de Paule. Le monarque, qui était dangereusement malade, avait fait venir du fond de la Calabre ce saint ermite dans l'espoir d'être guéri par ses prières. Le saint homme ne le guérit pas, mais il le disposa à mourir sans crainte et en chrétien. Louis XI, malgré tout, avait du bon. N'est-ce pas lui qui, voulant élever le trône de la bourgeoisie sur les ruines de toutes les petites royautés féodales, invitait les habitants de Paris à manier les armes de guerre et à jouer le rôle d'une véritable armée ! Aussi, la garde nationale présentait-elle, le 20 avril 1474, un effectif de quatre-vingt mille hommes, et ce fut dans la plaine de Vincennes même que ce roi populaire passa la revue des bourgeois armés de la capitale.

Louis XI fait la revue des troupes de la bourgeoisie de Paris.

Les premiers moments du règne de Charles VIII ne furent qu'un tissu d'intrigues. Le sacre du roi fit trêve à ces misérables querelles. La cour était à Vincennes, où Charles prenait les divertissements de son âge ; il aimait les tournois, les exercices à cheval, et, comme le duc d'Orléans excellait dans tous ces jeux, le jeune monarque avait conçu pour lui une telle affection, qu'il ne pouvait plus le quitter.

Une maladie très-grave retint Louis XII à Vincennes, en janvier 1515. Pour obtenir sa guérison, ce prince ordonna aux chanoines de la sainte chapelle du fort de chanter l'*O salutaris hostia* à l'élévation du saint sacrement. Cet ordre s'étendit à toutes les églises de France, et depuis il est passé en usage.

En 1536, François Ier fit enfermer à Vincennes, pour y être jugé par un tribunal spécial, Philippe de Chabot, amiral de Brion, qui avait été son ami d'enfance et son confident. Il était réservé à ce restaurateur des lettres en France de continuer la sainte chapelle de Vincennes, qu'Henri II, son successeur, termina. Les vitraux supérieurs, ainsi que les peintures des voûtes, portent partout la devise du croissant, qu'Henri II avait prise par amour pour Anne de Poitiers, sa maitresse. En 1556, après le traité de Vaucelles, les ambassadeurs espagnols vinrent trouver le roi à Vincennes pour traiter de l'échange des prisonniers, dont les plus notables étaient détenus au donjon. Parmi ceux-ci se trouvait Philippe de Crouy, duc d'Arcos, qui ne fut point échangé et s'évada peu de temps après. Françoise d'Amboise, sa parente, accusée d'avoir prêté les mains à son évasion, fut arrêtée et vint remplir le vide qu'avait laissé le duc. En 1557, Henri II voulut que les assemblées des chevaliers de l'ordre de Saint-Michel fussent transférées dans la sainte chapelle.

Le séjour de Vincennes avait été un peu abandonné par les successeurs de Louis XI; mais Charles IX, cet infortuné roi fanatisé par sa mère jusqu'à l'assassinat de son peuple, vint souvent y traîner sa mélancolie, et, comme nous le verrons bientôt, il y mourut.

Enfin Louis XIII mit la dernière main à cette œuvre de trois siècles, en ordonnant la continuation des deux magnifiques corps de logis qui encadrent la principale cour du château de Vincennes, du côté du parc. Catherine de Médicis y apporta aussi de grands changements, et fit dresser, en 1560, le plan du château, qui a survécu à la révolution de 1789. Cette femme, qui ne reculait devant aucun moyen, fit servir plus d'une fois les tours de Vincennes à la réussite de ses projets politiques. Elle donnait en même temps, à Vincennes, le spectacle de la magnificence et de la tyrannie, des fêtes et des supplices; le bruit des chansons et des plaisirs étouffait les plaintes des malheureux qu'elle avait condamnés; souvent un adversaire de Catherine sortait du pavillon de la reine, où il venait de danser, pour tomber dans le cachot où il allait mourir. Vincennes a dû entendre les confidences les plus secrètes de Catherine, l'aveu de ses faiblesses et de ses crimes. C'est là qu'elle consulta un astrologue florentin pour savoir quel serait le lieu de sa mort.—« *Saint-Germain!* » lui répondit Côme Ruggieri. Dès lors la reine fit de Vincennes son séjour favori. Mais que de victimes à immoler! que de sang à répandre! Lève-toi, Catherine; apprête tes regards; les prisons regorgent, les échafauds se dressent, tes fêtes vont commencer!.....

En 1560, trois prisonniers d'Etat étaient enfermés dans le donjon : c'étaient le sieur de Soucelles, le bailli de Saint-Aignan et Robert Stuart. Soucelles avait été arrêté parce qu'on avait intercepté une lettre de lui dans laquelle il blâmait le roi de Navarre de ne point prendre à la cour le rang qui lui appartenait, et de laisser usurper le pouvoir royal. Robert Stuart, Ecossais, qui se disait parent de la reine, était accusé du meurtre du président Minard, tué à Paris d'un coup de pistolet; on lui imputait aussi le projet de mettre le feu à la capitale; il passait pour fabriquer des balles empoisonnées, qu'on appelait, de son nom, *stuardes*. Quant au bailli de Saint-Aignan, on ignore les motifs de sa captivité. De Vincennes, les trois prisonniers furent transférés au château d'Amboise, la nuit, déguisés et le visage couvert d'un masque. Cependant Robert Stuart parvint à s'évader, et tua, sur le champ de bataille, le connétable de Montmorency. Il périt lui-même au combat de Jarnac.

Le roi de Navarre doit être aussi compté au nombre des prisonniers de Vincennes. Le duc d'Alençon, frère du roi Charles IX, avait donné les mains à son enlèvement de la cour pour être mis à la tête des catholiques mécontents; il se découvre lui-même à la reine mère étant à Saint-Germain-en-Laye avec le roi. Dans l'instant, la princesse fait mettre Charles IX dans une litière, parce que sa maladie ne lui permettait pas d'aller à cheval, et obligea le duc d'Alençon et le roi de Navarre d'entrer dans son carrosse; puis elle les conduisit elle-même à Vincennes. Là, elle leur déclara qu'ils n'étaient pas, à la vérité, prisonniers, mais qu'on ne leur permettrait pas de sortir du château. Ainsi, si l'anecdote est vraie, Charles IX et le roi de Navarre, depuis Henri IV, auraient été prisonniers de Catherine de Médicis. La captivité du roi de Navarre ne fut pas de longue durée; mais Charles IX ne sortit plus de Vincennes. Sa maladie empirait chaque jour. Elisabeth était venue lui donner ses soins, mais elle n'y était plus, quand tout espoir de sauver son époux fut perdu. Cependant Charles IX conservait encore toute sa raison, et il avait assez de forces pour soutenir les fatigues d'une conversation animée. Il demanda à sa mère, restée près de lui, de faire venir son frère; elle envoya chercher le duc d'Alençon. « Non pas, lui dit Charles, mais mon frère de Navarre. » Catherine, craignant qu'il ne lui conférât la régence, voulut jeter l'effroi dans l'âme d'Henri; elle ordonna à Nancey, capitaine des gardes, de le faire passer sous les voûtes, entre les gardes placés en haie et dans une attitude menaçante..... Le roi de Navarre tressaillit, et recula quelques pas en arrière. Le capitaine des gardes lui jura qu'il ne lui serait fait aucun mal. Henri passa au milieu des arquebuses et des hallebardes, monta l'escalier du donjon, et arriva au lit de Charles, qui n'avait auprès de lui que son aumônier et sa nourrice. Après lui avoir dit qu'il l'avait toujours aimé, et lui avoir recommandé sa femme, sa fille et son fils naturel, il cessa tout à coup de parler et s'évanouit. Henri se retira..... L'agonie de Charles IX fut longue et douloureuse, et sa dernière nuit fut visitée par mille fantômes sanglants, que les gardes et les épais remparts du donjon ne purent empêcher d'entrer. Il pleurait, il criait, il sanglotait, il se frappait le front, il s'agenouillait aux pieds de sa nourrice et s'écriait les mains jointes : « O nourrice, ma mie, que de sang et que de meurtres!... Ah! que j'ai suivi un mauvais conseil!... Oh! mon Dieu! pardonne-le-moi et fais-moi miséricorde, s'il te plaît!... O nourrice, tire-moi de là... Je ne sais où j'en suis, tant ils me rendent perplexe et agité..... Que deviendra tout ceci?... que ferai-je?... Je suis perdu, je le vois bien!... O nourrice, j'étouffe! j'étouffe!..... » C'était le sang de Coligny qui lui montait à la gorge!..... Il expira le 30 mai 1574, ayant à peine atteint sa vingt-quatrième année. Après les quarante jours de dépôt dans la sainte chapelle, son corps fut porté, le 10 juillet, à l'abbaye du faubourg Saint-Antoine. La tête, séparée du corps, avait été déposée dans une chapelle, sur le chemin de Vincennes à Paris; elle fut aussi portée à l'abbaye Saint-Antoine. Dans le procès-verbal d'autopsie, les médecins qui avaient fait l'ouverture de son corps déclarèrent qu'ils n'avaient remarqué aucune trace de poison; mais Bassompierre, que nous retrouverons plus tard, affirme avoir entendu dire à Louis XIII que Charles IX était mort empoisonné par sa mère.

C'est à Vincennes, et par la hache du bourreau, que s'était dénouée, quelque temps auparavant, la conspiration des *Malcontents*, conspiration à la tête de laquelle figuraient le duc d'Alençon, Henri de Montmorency et le vicomte de Turenne. Charles IX fit expier à la Môle et à Coconas, gentilhomme piémontais, une trahison qui aurait pu faire tomber la tête de deux princes. La Môle était un homme fort aimé des dames, un favori de cour, un amant de la reine Marguerite, un gentilhomme qui avait osé s'attaquer à la puissance et à l'honneur d'une maison royale... Près de mourir, Coconas disait à ceux qui l'entouraient : « Vous le voyez, les petits sont pris, et les grands demeurent, eux qui ont fait la faute! » Quant à la Môle, lui, il ne s'inquiétait, à l'heure de la mort, ni de la politique, ni de ses complices, ni des grands, ni des petits; une seule pensée l'absorbait et lui rongeait le cœur, le souvenir de la reine Marguerite. Le malheureux! quel legs épouvantable il s'était avisé de faire à son heure suprême!... Il avait légué sa tête à la reine Marguerite, et elle, elle avait accepté ce triste et odieux héritage!... Le supplice achevé, elle ramassa elle-même la tête de la Môle, elle l'emporta dans son oratoire, et là, agenouillée des journées entières devant cette relique sanglante, elle la baisait en pleurant!.....

Henri III allait souvent s'ébattre à Vincennes avec ses mignons. L'un d'eux, Jean Louis Nogaret, duc d'Epernon, épousa, dans la chapelle du château, Marguerite de Foix, comtesse de Candale.

De 1556 à 1590, le château de Vincennes fut souvent disputé et occupé militairement par les deux partis, pendant les guerres de la Ligue, et servit de dépôt de munitions lors du siège de Paris. Les huguenots furent quelque temps maîtres de Vincennes et de la Bastille. Ces deux places se rendirent plus tard aux ligueurs, qui furent à leur tour chassés de Vincennes par un parti royaliste, sous les ordres du capitaine Saint-Martin. Celui-ci défendit quinze mois sa conquête contre Mayenne. Pendant toute la durée de ce blocus, le couvent des Minimes eut beaucoup à souffrir; il fut saccagé et pillé par les troupes de la Ligue.

Henri IV, qui avait compris de quelle importance pouvait être pour ses opérations militaires l'occupation du château de Vincennes, l'attaqua, mais inutilement, le 12 juin 1590. Des secours étant arrivés aux assiégés, le roi se trouva pris entre le feu de la place et celui des troupes qui arrivaient pour la dégager. Après un engagement assez vif, le prince se vit forcé à la retraite, et ce ne fut que cinq jours après son entrée dans Paris qu'il fut maître de Vincennes et de la Bastille. Il confia le commandement du château au capitaine Beaulieu, et vint lui-même en prendre possession peu de jours après. Gabrielle d'Estrees y accoucha d'un fils, qu'Henri IV reconnut, et qui reçut le nom de César de Vendôme, avec le titre de grand prieur de France.

Nous voici arrivés à Louis XIII. Le poignard de Ravaillac avait précipité le royaume dans les embarras d'une

Donjon de Vincennes.

régence. Marie de Médicis tenait les rênes de l'État. Les intrigues de cette régence rageuse et tracassière n'ont pas peu contribué à peupler le donjon de Vincennes.

Mais d'abord disons qu'en 1610 Marie de Médicis, qui avait pris le séjour de Vincennes en affection, ajouta aux bâtiments déjà existants ceux dont la façade se trouve du côté de Paris, ainsi que la magnifique galerie que l'on voit encore. Aux nouvelles constructions faites par sa mère, Louis XIII joignit les deux gros pavillons situés au midi, du côté du parc.

Maintenant la geôle. Après la mort d'Henri IV, Henri de Bourbon, père du grand Condé, outré de se voir sans emploi, s'était mis à la tête du parti des mécontents. La reine mère avait fait de vains efforts pour les apaiser. Mais, à la suite du traité de Loudun, le prince, de retour à Paris, continua ses cabales. Marie de Médicis, en étant instruite, le fit arrêter, au Louvre, le 16 septembre 1616. Il fut d'abord conduit à la Bastille et de là à Vincennes où il resta prisonnier pendant trois ans. On sait que l'épouse de ce prince, Charlotte-Marguerite de Montmorency, l'une des plus belles femmes de son temps, voulut partager la captivité de l'illustre prisonnier.

Peu de temps après, Bournonville, gouverneur du donjon de Vincennes, y fut emprisonné à son tour.

Arrive la conspiration de Chalais..... C'est sur les aveux de Chalais lui-même, de ce conspirateur à double face, qui servait et trahissait tour à tour Gaston d'Orléans et Richelieu, que le maréchal d'Ornano fut accusé et perdit sa liberté..... C'était au printemps de 1625 : la cour était à Fontainebleau, où d'Ornano avait été invité à se rendre... Il fallait une victime au cardinal, et Louis XIII s'était

chargé de la faire tomber dans ses mains. D'Ornano était dans la plus profonde sécurité ; le roi l'accable de prévenances, et, mêlant l'ironie à ces fausses caresses, il lui montre avec intérêt une fenêtre grillée du pavillon des Armes, et lui dit en souriant : « C'est la chambre où fut enfermé le maréchal de Biron. » Mais ni ce souvenir si étrangement rappelé, ni le mouvement inaccoutumé qui se fait dans les appartements du roi, n'avaient éveillé le moindre soupçon dans l'âme du maréchal. Quelques instants après, Ornano soupait tranquillement dans sa chambre avec le cardinal de Lavalette, lorsqu'un valet de chambre vint lui dire qu'il était attendu chez Sa Majesté. Il s'y rendait, lorsque le capitaine des gardes du Hallier l'arrêta, lui demanda son épée, et le conduisit, par un escalier dérobé, dans une salle basse où il passa la nuit..... Le lendemain, malgré les larmes et les prières de Gaston, un carrosse du roi, escorté par des chevau-légers, conduisit le prisonnier à Melun, d'où il fut transféré au château de Vincennes. D'Ornano, disent les auteurs des *Prisons de Paris*, avait d'abord été l'objet des prévenances les plus généreuses de la part de son geôlier ; des officiers du roi le servaient à table ; le gouverneur du château s'inclinait devant lui ; ses désirs signifiaient des ordres ; la richesse, le luxe, la magnificence, tout se réunissait pour cacher à ses yeux les fers et les barreaux de la prison. Mais voilà qu'un beau jour les gens du gouverneur remplacèrent les officiers du roi ; on cessa de s'incliner devant lui ; plus de caprices, plus d'ordre..... Le prisonnier s'effraya d'un tel changement, et il y avait de quoi. Il entrevoyait dans l'ombre de son cachot la main de son ennemi, de Richelieu, qui lui versait du poison, et il résolut de se laisser mourir de soif et de faim..... Le gouverneur chercha à le rassurer : « N'ai-je pas, lui disait-il, un poignard pour vous tuer si mon maître me l'ordonnait ? Si vous devez mourir à Vincennes, vous n'y mourrez point empoisonné. » Le maréchal consentit à ne pas se laisser mourir de faim ; il mangea..... et, pendant qu'on instruisait son procès, il mourut d'une fièvre *pourprée*... La fièvre *pourprée*, grand Dieu, une véritable fièvre de cardinal !

D'Ornano n'était pas le seul que les coupables indiscrétions de Chalais eussent compromis. César, duc de Vendôme, gouverneur de la Bretagne, et le grand prieur, son frère, furent également signalés à la vengeance du cardinal, mais il n'était point facile de s'en emparer. Louis XIII, enhardi par le succès de l'arrestation du maréchal d'Ornano, se chargea encore du premier rôle dans cette nouvelle intrigue. Il se transporta avec sa cour à Blois. On y attira sans peine le grand prieur ; il ambitionnait ardemment la charge d'amiral, on lui fit entendre qu'on était disposé à la lui accorder, Trop crédule ou trop séduit par ces brillantes promesses, le grand prieur engagea le duc de Vendôme à venir faire sa cour au roi. A peine arrivé... « Mon frère, lui dit Louis XIII en lui mettant le bras sur l'épaule, j'étais en impatience de vous voir. Voulez-vous venir demain à la chasse avec moi du côté d'Amboise ? — Sire, repartit le duc de Vendôme, je ferai ce que Votre Majesté me commandera ; mais je suis venu en poste, et je suis fatigué. — Je vois bien, répliqua le roi, que vous voulez voir vos amis : Eh bien ! je vous laisserai faire vos visites. » Les deux princes étaient donc dans une sécurité parfaite, lorsque le surlendemain, c'était dans la nuit du 13 juin 1626, les deux frères étaient couchés dans la même chambre et profondément endormis, le marquis de Mauny et le comte du Hallier, capitaine des gardes, vinrent, accompagnés d'une troupe d'archers, frapper à la porte de l'appartement. Le valet de chambre éveilla le duc et le grand prieur, et ouvrit. Après avoir entendu la lecture de l'ordre du roi : « Eh bien ! dit le duc à son frère, ne vous avais-je pas bien dit que le château de Blois était un lieu fatal aux princes ! — Ah ! s'écria le grand prieur, je voudrais être mort, et que vous fussiez encore en Bretagne. » Ils furent conduits d'abord au château d'Amboise, puis à Vincennes, où ils furent traités avec beaucoup de rigueur. Le grand prieur y mourut le 8 février 1629, protestant de son innocence. Quant au duc de Vendôme, il n'en sortit qu'au bout de quatre ans, après avoir fait tous les aveux qu'on lui demandait, et s'être démis de son gouvernement de Bretagne.

Cependant la cour était toujours en proie aux mêmes intrigues : c'était une conspiration permanente sous le nom de Gaston contre Richelieu. Les deux reines, Anne d'Autriche et Marie de Médicis, l'encourageaient. Dans le mois de mars 1629, Marie de Médicis, voulant empêcher la princesse Marie de Gonzague d'épouser Gaston d'Orléans, fit enfermer cette princesse dans l'une des cellules du donjon. Déjà la duchesse de Longueville, sa confidente et son amie, l'y avait précédée. Elles sortirent le 4 mai suivant.

En 1631, le maréchal de Bassompierre, de spirituelle

et galante mémoire, fut enfermé à la Bastille, puis à Vincennes. Il passa douze ans tant à la Bastille qu'à Vincennes, et ce ne fut que le jour même des funérailles du grand ministre de Louis XIII qu'il sortit de Vincennes. Il paraît que le séjour de la prison lui avait donné un embonpoint remarquable.

En 1635, le duc de Puilaurens, sous-gouverneur et favori du duc d'Orléans, et du Fargis, furent arrêtés au Louvre où ils s'étaient rendus pour une répétition de ballet, et conduits à Vincennes. Ils étaient accusés d'avoir favorisé l'évasion en Lorraine de Gaston, et de complot contre la sûreté de l'Etat. Puilaurens subit le même sort que le maréchal d'Ornano.

Richelieu, qui ne se piquait pas moins de théologie que de vers, que de guerre, controversiste et bel esprit en même temps qu'indévot au dedans et ambitieux au dehors, voulut mettre un terme aux querelles théologiques que l'abbé de Saint-Cyran avait suscitées. Il craignait que les doctrines de ce disciple de Jansénius ne gagnassent jusqu'à Louis XIII. Ce cardinal, qui avait, comme il le disait lui-même, toute l'Europe à remuer, ne voulait pas d'un soupir trop hautement soulevé dans l'âme du roi. En conséquence, le vendredi 14 mai de l'année 1638, dès deux heures du matin, l'abbé de Saint-Cyran vit son logis investi par les archers du chevalier du guet au nombre de vingt-deux ; ils se mirent en sentinelle de tous côtés jusque dans les jardins d'alentour. Comme ils virent que rien ne remuait dans cette maison de paix et de prière, ils attendirent jusqu'à six heures du matin pour se faire ouvrir. De Saint-Cyran, déjà éveillé, lisait saint Augustin avec son neveu M. de Barcos, et, rencontrant un passage qui concernait la contrition, ce grand point en litige, il disait : « Voilà de quoi nous défendre si l'on nous attaque. » Là-dessus, le chevalier du guet entre poliment dans sa chambre et lui signifie l'ordre du roi. « Allons, monsieur, répondit de Saint-Cyran en le prenant par la main, allons où le roi commande d'aller ; je n'ai point de plus grande joie que lorsqu'il se présente des occasions d'obéir. » Et, n'ayant pris que le temps de changer sa robe de chambre pour sa soutane, il dit à son neveu : « Monsieur de Barcos, voulez-vous venir ? » Mais le chevalier du guet dit qu'il n'avait d'ordre que pour M. de Saint-Cyran... En passant dans le parc de Vincennes, le carrosse rencontra, par un à-propos singulier, celui de M. d'Andilly, qui allait à Pomponne ; d'Andilly était venu la veille dire adieu à l'abbé de Saint-Cyran, et il ne put en croire ses yeux en le retrouvant là si loin et si matin. Comme les gardes avaient retourné leurs casaques, il ne sut d'abord ce que c'était que cette escorte, et lui cria gaiement : « Où allez-vous donc mener tous ces gens-ci ? — Eh ! ce sont eux qui me mènent, » répondit le prisonnier ; et, après s'être tristement entretenus un moment et embrassés, ils se séparèrent, et l'abbé de Saint-Cyran, arrivé au château, fut mis au donjon. Ainsi commença sa captivité de cinq années, car il ne sortit du donjon qu'après la mort du cardinal (1).

En 1637, Jean de Wirth, célèbre partisan allemand, battu et fait prisonnier au combat de Rheinfeld, fut conduit au donjon de Vincennes avec plusieurs de ses compatriotes ; il y resta jusqu'en 1642, époque à laquelle le gouvernement français l'échangea contre le général Horn.

Le prince Casimir, depuis Jean Casimir V, roi de Pologne, ayant été arrêté à Marseille en 1638, d'où il devait se rendre en Espagne par ordre d'Uladislas, son frère, fut arrêté dans cette ville, emprisonné d'abord au château de Sisteron, et transféré ensuite au donjon de Vincennes. Il épousa Marie de Gonzague, que nous avons vue en 1629, captive dans l'une des cellules du château, la même, assure-t-on, que celle où Casimir était détenu.

Heureusement nous voilà sortis de Richelieu, de ce ministre tout-puissant qui ne pardonnait jamais et versait sans pitié le sang nécessaire au maintien de son pouvoir, nous allons avoir affaire à Mazarin, c'est-à-dire au plus fin et à l'un des plus habiles ministres qu'ait eus la France.

Etant entré dans la cabale des *importants*, le duc de Beaufort, le fameux *roi des halles*, dont le père a passé par le donjon comme pour y préparer la place de son fils, osa braver Mazarin ; sans jugement, sans politesse, il manquait de respect à la régente elle-même, lui tournant le dos quand elle lui parlait, ou ne lui répondant que par des sarcasmes. Anne d'Autriche, quoique naturellement indulgente, craignit enfin que, dans sa folie, le duc de Beaufort ne se portât à des violences, et le fit renfermer au château de Vincennes, en 1643. Il se sauva de prison en 1648, d'une manière assez singulière. Le prisonnier était gardé à vue par un officier et huit gardes du corps, qui couchaient dans sa chambre. Son évasion paraissait impossible, lorsqu'un homme du peuple résolut de la tenter. S'étant fait recommander à l'officier, nommé la Ramée, il était parvenu à entrer à son service et à obtenir l'emploi de porte-clefs. Il affecta la plus grande antipathie pour le duc, avec lequel il était d'intelligence. Le plan d'évasion ayant été définitivement arrêté pour le 1er juin 1648, jour de la Pentecôte, parce que la solennité de cette fête occupait tout le monde au service divin, on n'eut plus qu'à songer aux moyens d'exécution. A l'heure où les gardes du corps quittaient la chambre du prisonnier pour aller prendre leur repas, Beaufort demande à l'officier de lui permettre de jouir de sa promenade accoutumée dans la galerie basse située au-dessous de son logement, et s'y rend accompagné par lui. Au même moment l'affidé du duc qui, à la table des porte-clefs, avait prétexté une indisposition, sort et les enferme. Parvenu à la galerie, dont il ferme également les portes, il rejoint précipitamment Beaufort, se jette sur l'officier sans défiance, le bâillonne et le garrotte, gagne une échelle de corde préparée à l'avance, et, suivi du duc, tous deux se laissent couler dans le fossé. Ils n'avaient pas encore atteint le fond que, la corde s'étant trouvée trop courte, ils tombèrent d'une hauteur considérable et faillirent se tuer. Le

(1) V. *Port-Royal*, par M. de Sainte-Beuve, t. Ier, p. 403 et suivantes.

duc s'évanouit ; mais le sentiment de la conservation lui donnant une force surnaturelle, il se relève bientôt, saisit les cordes que cinq hommes apostés de l'autre côté lui avaient tendues, rejoint avec son libérateur une escorte de cinquante cavaliers qui les attendaient dans le bois et s'enfuit à toute bride.

Cependant les guerres de la Fronde avaient continué pendant toute la durée de la détention du duc. Le peuple, fatigué de luttes et d'impôts, avait relevé la tête, s'était montré menaçant, et le Parlement de Paris, soutenu par les princes du sang, avait refusé de signer les édits bursaux qui lui avaient été présentés. Mazarin, qui voulait de l'argent, crut nécessaire, pour en obtenir, de donner un exemple sévère, et fit arrêter trois des membres les plus influents de la haute cour, parmi lesquels figurait le président Charton, qui, seul, fut conduit à Vincennes.

D'un autre côté, le cardinal, fortement contrarié de l'évasion de Beaufort, accusa Bouthillier de Chavigny, alors gouverneur du château, d'y avoir prêté la main ; il le fit arrêter le 18 septembre 1648, et mettre dans la chambre qu'avait occupée le duc.

Un an après, devenu suspect au cardinal Mazarin par ses liaisons avec les mécontents, le maréchal de Rantzaw fut

arrêté et conduit d'abord à Vincennes, puis à la Bastille, où il resta onze mois. Son innocence fut enfin reconnue et il recouvra sa liberté, mais il avait contracté pendant sa détention une hydropisie dont il mourut le 4 septembre 1650. Ce pauvre maréchal, le vainqueur de Dôle, de Lens et de Gravelines, avait si bien payé de sa personne devant l'ennemi, qu'il ne lui restait plus qu'*un* de tout ce que les hommes ont *double*, c'est-à-dire qu'il n'avait qu'un œil, une oreille, un bras, une jambe, etc., etc. A ces causes glorieuses, l'illustre maréchal, qui venait de mourir à la chaîne, était bien digne de cette épitaphe :

Du corps du grand Rantzaw tu n'as qu'une des parts :
L'autre moitié resta dans les plaines de Mars.
Il dispersa partout ses membres et sa gloire,
Tout abattu qu'il fût, il demeura vainqueur.
Son sang fut, en cent lieux, le prix de sa victoire,
Et Mars ne lui laissa rien d'entier que le cœur !

Le grand Condé, qui s'était permis de railler publiquement l'administration de Mazarin et le mariage de sa nièce avec le duc de Mercœur, rappelé à la cour par la reine, fut arrêté avec son frère le prince de Conti et le duc de Longueville, son beau-frère. Cette arrestation eut lieu le 18 janvier 1650, au Palais-Royal même, où ces trois personnages avaient été attirés sous différents prétextes. On les conduisit à Vincennes. Le prince de Condé sut distraire agréablement les ennuis de sa captivité. On croit le voir arroser les fleurs de son petit jardin, en se moquant de ses deux nobles compagnons d'infortune, le prince de Conti qui pleure et le duc de Longueville qui se désole. Le duc d'Orléans disait à propos de ces trois illustres prisonniers : « Oh ! le beau coup de filet !... On a pris du

Vue du polygone.

même coup un lion, un singe et un renard. » Le lion ne se laissa point abattre aux pieds du chasseur qui l'avait blessé : le prince de Condé appela à son aide la musique, la stratégie, la dévotion et l'horticulture. On ne parla dans tout Paris que du petit jardin du grand Condé. La flatterie anonyme écrivit au noble prisonnier : « Vous plantez des lauriers dans le parterre de la victoire. » Une belle dame de la cour, une précieuse sans doute, lui disait le plus ridiculement qu'il lui était possible : « N'oubliez pas de jeter quelques roses parmi vos lauriers. » Enfin, mademoiselle de Scudéry fit ce madrigal :

En voyant ces *œillets* qu'un illustre guerrier
Cultiva d'une main qui gagna des batailles,
Souviens-toi qu'Apollon a bâti des murailles,
Et ne t'étonne plus que Mars soit jardinier.

N'oublions pas, au sujet de la captivité des princes à Vincennes, l'anecdote suivante : Un jour le prince de Conti pria le gouverneur du château de lui envoyer l'*Imitation de Jésus-Christ*. — Et monsieur le prince, demanda le gouverneur à Condé, que désire-t-il ? — Moi, reprit celui-ci, je vous prie de me faire passer l'*Imitation de M. de Beaufort*. La culture de ses œillets n'empêchait pas le prince de regretter sa liberté.

En 1652, le cardinal de Retz, l'un des agents les plus actifs et un des plus brouillons de la Fronde, et dont toute la vie n'eut d'autre but que de faire parler de lui, et surtout de faire peur au cardinal Mazarin, fut arrêté au Louvre le 19 décembre pendant qu'il s'amusait à négocier avec des ministres qu'il bravait. Tout ce qui lui donnait un air de haute lutte l'entraînait à son insu. Il fut enfermé à Vincennes, où on n'oublia rien pour lui rendre sa prison insupportable. L'histoire offre peu d'exemples d'une évasion aussi hardie que la sienne. Il se sauva à la vue de ses gardes, résolu d'aller à Paris se concerter avec le parti de M. le prince, et de s'emparer des circonstances. La fortune de Mazarin le sauva de ce péril.

Nous voici en 1660. Louis XIV était sur le trône. Versailles commençait à étaler aux yeux ravis ses merveilles et ses pompes, et faisait un peu oublier le vieux manoir de Philippe-Auguste. Cependant Louis XIV n'abandonna pas tout à fait le château de Vincennes. Il fit élever d'un étage les deux grands corps de bâtiments pour y loger une partie de la cour qu'il y amena souvent dans les premières années de sa majorité. C'est sous son règne que fut établie la dernière clôture du parc. Elle commença en vertu d'un arrêt du Parlement du 30 juin 1660, qui régla le mode d'estimation des terrains que l'on voulait acquérir pour l'agrandir. Le 28 février 1661, Louis XIV signa à Vincennes un traité avec le duc Charles de Lorraine, par lequel il est stipulé que les fortifications de Nancy seront démolies, que le roi sera mis en possession de Saarbourg et de Phalsbourg, et que le duc rentrera dans le duché de Bar et en fera hommage. Ce traité, qui fut le dernier acte politique de Mazarin, ouvrit la Lorraine à la France. Le cardinal, qui s'était retiré au château de Vincennes dans sa dernière maladie, y mourut le 9 mars de la même année et y laissa, dit-on, huit millions.

Ce n'est pas à Versailles, mais dans le petit parc de Vincennes que Louis XIV a eu le bonheur d'entendre le premier soupir de sa plus charmante maitresse. Oui, la fleur la plus douce et la plus poétique de la galanterie du grand roi est née sous les ombrages de Vincennes.... Un jour, Louis XIV se promenait dans le parc, au milieu d'un cortége de grands seigneurs et de belles dames. Tout à coup un orage éclate. Mais il s'agit bien de la pluie, et des éclairs et du tonnerre !... Le roi ne daigne prendre garde qu'à mademoiselle de la Vallière, qui se hâte lentement, la pauvre fille, en boitant le plus coquettement qu'il lui est possible, en maudissant ses jolis petits pieds qui ne savent faire que de petits pas.... La flatterie chasse l'étiquette : la complaisance des courtisans eut pitié de l'amour timide de Louis XIV ; tout le monde se prit à fuir à travers les sentiers du parc ; les grands seigneurs et les belles dames disparurent comme par enchantement. Le roi et mademoiselle de la Vallière n'avaient point peur de l'orage ; ils attendirent le beau temps derrière un massif de fleurs et de verdure... Et en 1664 mademoiselle de la Vallière emporta dans un pan de sa belle robe de favorite tous les plaisirs, tous les amours, tous les caprices galants du château de Vincennes, pour ne lui laisser qu'une prison d'État !

En effet, en 1664, Louis XIV quitta le château de Vincennes pour aller inaugurer sa nouvelle résidence de Versailles. Le donjon de Vincennes n'avait presque plus, aux yeux de la cour, que le mérite d'un lieu de sûreté. Deux victimes du bon plaisir et de la puissance absolue ne tardèrent pas à en faire l'épreuve.

Fouquet, surintendant des finances, et qui avait ses raisons pour croire à la fable de Danaé, essaya auprès de mademoiselle de la Vallière les magiques effets de la pluie d'or. Instruit de cette audace, le monarque, auquel Fouquet avait été signalé comme un déprédateur par Colbert, qui convoitait sa place, jura sa perte. A la suite d'une fête resplendissante qu'il avait donnée au roi et à sa maitresse, le ministre de Louis XIV tomba tout meurtri dans le donjon de Vincennes. Après avoir été promené de geôle en geôle, de Vincennes à Angers, d'Angers à Amboise, d'Amboise à Moret, de Moret à la Bastille, et de la Bastille à Pignerol, lui qui avait osé prendre pour devise : *Quò non ascendam !* il s'en alla mourir bien bas dans le fond d'un misérable cachot.

En 1665, une société de négociants français obtint à Vincennes l'autorisation de fonder la compagnie des Indes, si connue depuis dans les annales financières de la France.

L'arrestation de Lauzun suivit de près celle du surintendant Fouquet. Cet audacieux gentilhomme n'avait pas craint de s'introduire et de se cacher sous le lit du boudoir où Louis XIV avait donné rendez-vous à madame de Montespan. On peut facilement juger de la colère du dieu surpris ainsi dans l'Olympe, et Vincennes fut chargé de venger cette nouvelle insolence à Louis XIV.

En 1674, l'une des tours d'enceinte s'écroula tout à coup et écrasa dans sa chute le concierge, sa femme et ses trois enfants. On la reconstruisit sur l'ancien plan.

C'est à Vincennes que fut installée la chambre de justice créée par déclaration du roi, en date du 11 janvier 1681, pour juger les empoisonneurs et les sorciers. On donna à ce tribunal le nom de *Chambre ardente.*

Louis XIV y reçut, en 1686, l'ambassade de Siam, véritable comédie où figurèrent trois prétendus mandarins et dont personne ne fut la dupe, excepté le roi.

Au nombre des principales victimes qui allèrent peupler le donjon de Vincennes sous le règne du grand roi, on remarque encore : Anselme de Brigode, curé de Neuville, accusé de jansénisme ; le comte de Brédérode, accusé de sorcellerie ; le comte de Kœnigsberg, convaincu d'avoir entretenu une correspondance à l'étranger pendant que la France était en guerre avec l'Autriche ; l'avocat Vigier, accusé d'avoir attenté à la vie du roi ; le comte de Thün et son fils ; le comte de Walstein, etc., etc. La célèbre madame Goyon, accusée de quiétisme, fut aussi emprisonnée dans l'une des cellules du donjon, en 1695, où elle composa un gros volume de vers mystiques. Elle ne recouvra sa liberté qu'en 1702.

A la mort de Louis XIV, le duc d'Orléans, régent du royaume, voulant avoir près de lui le jeune roi, lui assigna le château de Vincennes, en attendant que celui des Tuileries eût été préparé pour le recevoir. Cette disposition était d'ailleurs conforme au testament de Louis XIV. « M. le maréchal de Villeroy, y est-il dit, ordonnera aux troupes, aussitôt après ma mort, de se rendre au lieu où sera le jeune roi, pour le mener à Vincennes, *l'air y étant très-bon.* »

Louis XV séjourna quelque temps au château de Vincennes ; il allait s'y promener tous les jours, et c'est dans le petit parc qu'il a monté à cheval pour la première fois. En 1731, Louis XV donna l'ordre de faire abattre et déraciner tous les arbres du parc, et de réunir ce parc à la forêt. On laboura le terrain, et on y sema du gland. Les chênes que l'on voit aujourd'hui aux abords du château datent de cette époque.

Pendant tout le temps que le jeune roi passa à Vincennes, le donjon resta vide de prisonniers. Ce ne fut que le 17 juin 1747 qu'on y vit entrer successivement M. de Clermont et le comte de Polignac ; Claude Leblanc, ministre de la guerre, victime d'une basse intrigue ; l'abbé Pucelle, neveu du maréchal de Catinat, qui eut la faiblesse de se déclarer pour les miracles du diacre Pâris, et de vouloir entraîner sa compagnie à en prendre la défense ; Crébillon fils, auteur d'un roman de mœurs qui attaquait la personne du roi. Enfin, parmi les prisonniers que le jansénisme amena au donjon, on remarque M. Morvant, curé de Vincennes, le sous-diacre Marc-Antoine des Essarts ; le père Boyer, Jourdain et Gaspard Terrasson, oratoriens, et Nicolas Cabrisseau, ancien curé de Reims.

Louis Joseph de Vendôme, fils naturel du duc de ce nom, soupçonné d'avoir publié un pamphlet contre les demoiselles de Mailly, fut arrêté et conduit à Vincennes, où il mourut, en 1745, le vingt-huitième jour de sa détention.

Les ministres du régent et de Louis XV furent prodigues de lettres de cachet en faveur de l'insatiable donjon. Les complices de la conspiration de Cellamare, les jansénistes, les convulsionnaires, les princes étrangers, etc., se pressent dans la geôle de Vincennes.

Mais voici assurément le plus célèbre de tous, le malheureux Latude, qui, pour arriver d'un bond à la fortune, n'avait rien imaginé de mieux que d'aller révéler à madame de Pompadour un complot imaginaire. Cette espièglerie lui coûta cher. Bientôt arrêté, le faux dénonciateur fut condamné à passer trente-six ans de sa vie sous les verrous de la Bastille et de Vincennes. On voudrait pouvoir mettre en doute la longue et affreuse captivité de cet homme, la cruauté de ses bourreaux, qui le forcèrent à vivre, les fers aux pieds et aux mains, dans un humide cachot où les rats, par leurs morsures, venaient ajouter à son supplice. Avec une verge de fer, il était parvenu, au bout de vingt-six mois, à percer le mur de son cachot pour communiquer, pour correspondre avec ses compagnons d'infortune. Mais son esprit, son courage, sa patience, ses évasions ou ses tentatives d'évasion ne servirent qu'à river plus durement encore ses chaînes et à redoubler ses tortures. A la fin pourtant, le hasard vint au secours de Latude. Le vent qui soufflait autour du donjon emporta un beau jour un chiffon de papier ; c'était le récit des souffrances du malheureux prisonnier. Une femme du peuple, une honnête femme, ramassa cet écrit, dont Éole s'était fait le messager. Des larmes coulèrent de ses yeux en lisant cet affreux récit. Dès ce moment, s'intéressant au sort de l'infortuné Latude, madame Legros se promit bien de le sauver. Argent, démarches, prières, larmes, elle mit tout en œuvre pour réaliser son généreux projet. Cette brave femme lutta si bien contre la colère posthume de madame de Pompadour, qu'à la fin elle obtint la liberté de son protégé inconnu, de Masers de Latude.

Il n'y avait pas loin, à Vincennes, du cachot de Latude à celui d'un autre prisonnier non moins malheureux. Ce prisonnier, c'était le Prévôt de Beaumont. De quel crime donc le Prévôt s'était-il rendu coupable?.... Il avait osé dénoncer le fameux *pacte de famine*. Pour le punir de tant d'audace, on le condamna à laisser les vingt plus belles

Mirabeau,

années de sa vie aux broussailles de fer de cinq ou six prisons d'État. Mais Vincennes le réclame à juste titre, car la captivité de le Prévôt dans le donjon dura quinze ans. Quelles angoisses, quels tourments, quelles tribulations n'eut-il pas à endurer! Il était couché nu, les chaînes aux pieds, sur un grabat en forme d'échafaud, couvert d'un peu de paille, si vieille et si souillée, que ce n'était vraiment plus qu'un fumier infect; pour tout aliment, deux onces de pain par jour et un verre d'eau! et avec cela, point d'air, point de feu, point de lumière. Cependant, malgré toutes ces tortures et ces privations, le Prévôt avait trouvé le moyen d'écrire, au fond de son cachot, un ouvrage de longue haleine, *l'Art de régner*. Quelques imprudences du prisonnier mirent bientôt la police sur la voie. On voulut à tout prix arracher à le Prévôt ce manuscrit, dont le titre seul était déjà suspect. Mais la chose ne paraissait pas facile, car le prisonnier était sur ses gardes. Officiers, soldats, geôliers, tous furent obligés véritablement d'entreprendre le siège de son cachot. Laissons l'assiégé lui-même raconter les détails de cet assaut d'un nouveau genre. « Malgré mon refus, la porte s'ouvre; mon porte-clefs se tient derrière, et les assaillants se tiennent cachés dans une salle qui servait autrefois de cuisine. Je suis bien armé; leurs flambeaux m'éclairent, personne ne peut approcher que je ne le touche. On garde le silence, puis on examine le local. Pour entrer chez moi, il fallait descendre, entre mes deux portes, un degré, ensuite en monter deux autres et franchir mon lit, de quatre pieds de hauteur, outre que deux chaises, couvertes de carreaux de brique, défendaient encore l'entrée de ma chambre à droite et à gauche. Le fier-à-bras qui avait tenté de me saisir le poignet, s'avançant jusqu'à la la seconde porte, reçoit aussitôt une large brique sur l'estomac, et n'attend pas la seconde pour se retirer. Le prétendu officier ordonne qu'on ferme ma porte pour prendre d'autres mesures avec mes geôliers, les porte-clefs et les soldats. Viennent cette fois trois hommes à couvert d'une paillasse, qu'ils présentent agenouillés derrière ; le projet était fou : ils ne pouvaient franchir les deux degrés ni déranger mon lit sans se découvrir à droite ou à gauche. Cette paillasse n'atteignait pas le haut de la porte ; je leur jette d'abord, par-dessus, mes deux cruches de grès pleines d'eau, lesquelles, tombant d'aplomb sur leurs jambes, les blessent encore en les inondant, et ils se retirent. L'officier, que je désirais de joindre, s'avise de prendre leur place un moment, persuadé peut-être que je n'avais plus rien, et il reçoit sur la tête, couverte de son chapeau, le grand vase de ma chaise percée, qui gâte et empuantit son habit bleu de haut en bas, ainsi que l'un de ses estafiers, qui tenait la paillasse avec lui. Il m'apprend lui-même aussitôt mon succès, en se plaignant du mal qu'il ressentait à la tête. Il donne ordre, en se retirant, de fermer mes portes ; mais, avant qu'elles se ferment, je lance dans la salle une brique dont un éclat frappe au front le nommé Lavisé, l'un de mes porte-clefs, qui avait conseillé la paillasse... Je passe néanmoins la nuit à veiller, de peur qu'ils ne s'avisent de revenir pour me prendre, remerciant Dieu de n'avoir tué personne, mais d'avoir bien étrillé tout le monde dans ma juste défense. » Tout n'était pas fini. Les assaillants revinrent à la charge avec un singulier renfort, un chien dogue de la plus haute taille. Les gens du lieutenant de police se mirent à agacer le dogue contre le prisonnier, qui se préparait à se défendre, derrière un mur sec, bâti des débris d'un poêle et de briques. Le chien aboya et fit mine de vouloir franchir la barricade improvisée ; mais l'avalanche de carreaux qu'il reçut sur le dos le força bientôt à la retraite : un éclat de brique venait de l'atteindre.... En vain son maître l'excite, l'animal, plus sage que son maître, ne voulut pas obéir. Malgré cette lutte courageuse, le Prévôt de Beaumont n'en fut pas moins forcé de céder à la force tempérée, il est vrai, par les promesses. Il sortit de Vincennes pour être conduit à la maison de charité de Charenton, et, sur la route de l'hospice, il perdit le précieux manuscrit qu'il avait si vaillamment défendu.

Le prétendant à la couronne d'Ecosse, Charles-Edouard Stuart, après avoir échoué dans toutes ses tentatives pour recouvrer le trône de ses pères, s'était réfugié en France où il avait d'abord trouvé la plus généreuse hospitalité ; mais le traité d'Aix-la-Chapelle vint bientôt refroidir le cœur de Louis XV en faveur de l'hôte illustre qu'il avait accueilli : il reçut l'injonction de quitter la France. Sur le refus du prince, des ordres furent donnés pour l'arrêter. On le conduisit à Vincennes, où il arriva dans la nuit du 10 au 11 décembre 1748. Il en sortit le 16 du même mois pour aller rejoindre son père à Rome.

L'abbé Prieur, faussement accusé d'avoir entretenu une correspondance illicite avec le roi de Prusse, et M. Pompignan de Mirabelle, qui avait eu le malheur de réciter quelques vers satiriques contre M. de Sartines et madame de Pompadour, allèrent bientôt remplacer à Vincennes l'illustre prisonnier dont nous venons de parler. Ils y moururent tous deux de chagrin.

En 1749, Diderot vint expier à Vincennes la publication de sa *Lettre sur les aveugles à l'usage de ceux qui voient*. Diderot, prisonnier à Vincennes, aimait surtout à recevoir la visite de Grimm et de J.-J. Rousseau. J.-J. Rousseau s'y rendait souvent de la rue Platrière ; et, dès qu'il avait aperçu son ami à travers les barreaux, il reprenait tranquillement le chemin de la capitale, après s'être reposé quelques instants sous un arbre près de la Bastille. Dans

sa prison, Diderot devint assez plaisamment superstitieux. « J'avais, dit-il, un petit *Platon* dans ma poche, et j'y cherchai à l'ouverture quelle serait encore la durée de ma captivité, m'en rapportant au premier passage qui me tomberait sous les yeux. J'ouvre, et je lis au haut d'une page : *Cette affaire est de nature à finir promptement*. Je souris, et un quart d'heure après j'entends les clefs ouvrir les portes de mon cachot ; c'était le lieutenant de police Berryer qui venait m'annoncer ma délivrance pour le lendemain. » En effet, dès le lendemain, Diderot était libre, non de sortir, mais de séjourner librement, sur parole, dans le château de Vincennes. Ce fut en se promenant dans le parc avec ses deux amis Grimm et J.-J. Rousseau que Diderot donna à ce dernier le conseil d'écrire un mémoire sur une question de morale proposée par l'Académie de Dijon, et qui remporta le prix. Diderot resta trois mois prisonnier à Vincennes.

En suivant l'ordre chronologique des faits, on trouve que le marquis de Mirabeau, père du fameux Mirabeau, mis au donjon de Vincennes en 1761, pour son ouvrage sur la *Théorie de l'impôt*, en sortit la même année, à la sollicitation de sa femme.

Au nombre des personnes de marque renfermées au donjon et dont il n'a pas été possible de connaître les causes d'emprisonnement, on cite le baron de Winsfeld, l'abbé Moncrif, doyen de la cathédrale d'Autun ; le père Ferdinand de Villeneuve, la veuve Saint-Sauveur et la demoiselle Huguenin ; le comte de Saint-Ange ; Rapin, colonel suisse ; Camille Constant Mercourt et le chevalier de la Porquerie. Ces deux derniers étaient victimes d'une intrigue amoureuse.

Le marquis ou plutôt le comte de Sade, si célèbre par son cynisme, avait été condamné à mort avec son domestique par le parlement d'Aix, comme coupable d'immoralité et d'empoisonnement. Il s'était sauvé à Gênes, puis à Chambéri, où une lettre de cachet du roi de Sardaigne le fit enfermer au château de Miolans. Il ne resta que six mois dans cette forteresse, et réussit à s'en échapper par le secours de sa femme, qui était venue le rejoindre, et par celui d'un certain baron de l'Allée, son compagnon de prison. Il erra longtemps en France et en Italie, n'osant pas, malgré le désir de sa famille, se constituer prisonnier pour faire casser le jugement infamant qui le condamnait à mort. Mais il fut arrêté à Paris, où il se tenait caché chez sa femme, dans le commencement de 1777, et enfermé au donjon de Vincennes. En juin 1778, le prisonnier fut conduit à Aix pour la révision de son jugement. L'honneur de la famille était à couvert, mais on laissa subsister la lettre de cachet. Au mois d'août le prisonnier était reconduit à Vincennes, lorsque sa femme brisa ses fers pour la seconde fois, à Lambesc, en gagnant une servante d'auberge qui aida le marquis à se sauver par une fenêtre, après avoir mis dans un état d'ivresse complet l'exempt de police préposé à sa garde. Il alla se cacher à La Coste, mais il y fut bientôt découvert, et on le ramena à Vincennes le 7 septembre. Il y avait été déjà détenu seize mois ; il y passa encore cinq ans et demi. On le traita d'abord assez rigoureusement, en le tenant renfermé deux ans dans une chambre humide, sans livres, sans meubles, sans domestique, et réduit lui-même à faire son lit ; il était regardé comme un fou, et on ne lui donnait à manger que par un guichet ; sa femme, qui s'était à la fin lassée de son attachement pour un pareil homme, avait cessé de le voir.

Le 17 mai 1777, les agents de la police française arrêtèrent à Amsterdam Mirabeau et la marquise de Monnier, qu'il avait enlevée et qui figure surtout dans l'histoire de Mirabeau sous le nom de *Sophie*. Les deux fugitifs furent relégués, l'un dans le donjon de Vincennes, l'autre dans le couvent de Sainte-Claire. Mirabeau avait déjà fait un rude apprentissage de la réclusion. Mais, à Vincennes, il eut à lutter contre le caprice d'un gouverneur, l'arbitraire d'un geôlier et le bon plaisir d'un ministre..... On lui a tout enlevé, livres, habits, linge, argent..... Mais on lui a laissé une plume ! Le premier usage qu'il en fait est de laisser tomber du haut du donjon sur la tête du despotisme son fameux livre des *Lettres de cachet*...... C'est grâce à la puissance de cette malheureuse princesse de Lamballe que Mirabeau recouvra la liberté au mois de décembre, après quarante-deux mois de captivité.

En 1784, les prisonniers de Vincennes furent transférés à la Bastille. Les tours, les grilles, les fers, les cachots du donjon, cédèrent à la geôle féodale de Paris des malheureux qui ne devaient revoir le soleil de la liberté que le 14 juillet 1789, jour où le peuple brisa les chaines de la grande prison d'Etat.

Au commencement de 1791, les prisons de la capitale s'étant trouvées encombrées, le gouvernement fit faire des réparations au château de Vincennes, dans le but de le rendre à son ancienne destination. Le 28 février, le peuple de Paris qui, deux ans auparavant, avait renversé la Bastille, alarmé d'un tel projet, se porta en foule à Vincennes, pénétra dans l'intérieur du château ; et, après avoir détruit les lits de camp, les portes, les vitres et les barreaux déjà réparés, se mit à démolir la plate-forme et les parapets, et manifestait l'intention de détruire la forteresse en entier, lorsqu'il en fut empêché par l'interven-

Le duc d'Enghien.

tion du général Lafayette, que la municipalité de Vincennes avait fait prévenir. Ce ne fut pas sans une attaque très-vive et opiniâtre que la garde nationale parvint à se rendre maitresse du château. Il y eut une longue résistance de la part des citoyens, et une lutte qui se termina par l'arrestation de soixante-quatre hommes que l'on conduisit dans les prisons de Paris.

Cependant les travaux projetés avaient été continués, et l'on commençait déjà les réparations nécessitées par les démolitions, lorsqu'un décret de l'Assemblée nationale du 8 mars suivant en ordonna la suspension.

Le consulat envoya au donjon de Vincennes un prisonnier presque royal, un héros qui avait le tort de faire de l'héroïsme contre sa patrie, un Bourbon qui se nommait le duc d'Enghien ! Persuadé que ce prince était l'un des chefs de la conspiration tramée contre lui, le premier consul résolut enfin de le faire enlever sur la frontière où il se trouvait et de le faire amener et juger en France. Le duc d'Enghien s'était en effet réfugié dans la petite ville d'Ettenheim, située sur les bords du Rhin, à vingt lieues environ de Carlsruhe. Il n'y avait pas bien loin d'Ettenheim à Strasbourg ; et pour un proscrit, pour un prince, pour un Bourbon, Strasbourg était bien près de Vincennes. Le 15 mars 1815, sur un simple rapport de police, il fut arrêté. Il était alors environ cinq heures du matin. Le duc d'Enghien avait projeté pour ce jour-là une partie de chasse avec le colonel Grunstein : ils étaient même déjà habillés et prêts à sortir, lorsque Férou, son domestique, vint avertir que l'habitation était cernée par des soldats, et que le commandant sommait d'ouvrir les portes si l'on ne voulait les voir enfoncer de force. « Eh bien ! il faut nous défendre ! » s'écria le prince, et déjà de la fenêtre il couchait en joue l'officier qui avait fait la sommation, et s'apprêtait à tirer, quand le colonel Grunstein mit la main sur le canon du fusil du prince : « Monseigneur, lui dit-il vivement, vous êtes-vous compromis ? — Non, répondit le prince. — Eh bien ! alors, toute résistance est inutile, nous sommes cernés, et j'aperçois beaucoup de baïonnettes. » Le prince, en se retournant, vit en effet Pfersdorf et ses gendarmes entrer dans la salle..... On arrête avec le prince le colonel Grunstein et trois domestiques..... En attendant qu'on pût réunir les troupes disséminées autour de la ville, le prince et les autres prisonniers furent déposés dans un moulin, dit la Tuilerie, situé à peu de distance des portes d'Ettenheim. Le chevalier Jacques était venu plusieurs fois dans ce moulin ; il se rappela qu'une des portes de la pièce où l'on se trouvait donnait au dehors sur une planche à l'aide de laquelle on traversait le cours d'eau qui faisait tourner la roue du moulin ; il fit signe au duc, qui s'approcha peu à peu de lui. « Ouvrez cette porte, lui dit-il rapidement, passez la planche et jetez-la dans l'eau ; moi, je leur barrerai le passage. » Le prince va à la porte, un enfant, effrayé par la présence des soldats, s'était sauvé de l'autre côté, et en avait fermé le verrou ; le commandant, averti par ce mouvement, y fit aussitôt placer deux sentinelles... A quelques jours de là Harel, ancien sergent aux gardes françaises et alors commandant du château de Vincennes, recevait du ministre les instructions suivantes : « Un individu, dont le nom ne doit pas être connu, sera conduit dans le château dont le commandement vous est confié. L'intention du gouvernement est que tout ce qui lui sera relatif soit tenu très-secret, et qu'il ne lui soit fait aucune question ni sur ce qu'il est, ni sur les motifs de sa détention. Vous-même devez ignorer qui il est. Le premier consul compte sur votre discrétion et votre exactitude... » Le 20 mars, vers les cinq heures et demie du soir, arrivait à Vincennes dans la cour du château une voiture à six chevaux qui amenait le prisonnier..... C'était le duc d'Enghien. Harel vint aussitôt le recevoir, et, comme la matinée avait été froide et pluvieuse, il l'engagea à monter chez lui se chauffer, en attendant que le logement qu'on lui préparait dans le pavillon du roi fût prêt. Le prince lui répondit qu'il se chaufferait avec plaisir, mais qu'il ne serait pas fâché non plus de dîner, car il n'avait presque rien pris depuis le matin. Le souper, commandé chez un traiteur du voisinage, ne tarda pas à être apporté. Le prince alors se mit à table, et son chien de chasse, qui ne l'avait pas quitté depuis son enlèvement et pendant toute la route, étant venu se placer auprès de lui, il lui donna une portion des mets qui lui avaient été servis : « Je pense, dit-il à Harel, qu'il n'y a pas d'indiscrétion à ce que j'en agisse ainsi. » Le repas fini, Harel se retira, et le prince s'étant couché, fatigué de la route, s'endormit bientôt. Il dormait profondément, lorsque, vers les onze heures du soir, Noirot, lieutenant de la gendarmerie d'élite, préposé à sa garde, vint procéder à son interrogatoire..... Pendant ce temps, les membres de la commission militaire s'assemblèrent pour délibérer sur le sort du prisonnier. La discussion fut vive et se prolongea fort avant dans la nuit. Enfin la délibération fut prise... Harel invita le prince à le suivre, et, une lanterne à la main, le précéda dans la cour et dans les divers passages qu'il fallait traverser. Le lieutenant Noirot les suivit, ainsi que les gendarmes et le brigadier. On arriva ainsi à la tour dite la *Tour du Diable*, qui alors comme aujourd'hui renfermait la seule issue pour pénétrer dans les fossés du château. En voyant l'escalier étroit et tortueux par lequel il lui fallait descendre : « Où me conduisez-vous ? demanda le prince ; si c'est pour m'enterrer vivant dans un cachot, j'aime encore mieux mourir sur-le-champ. — Monseigneur, lui répondit Harel, veuillez me suivre et rappeler tout votre courage. » Parvenu au bas de l'escalier, on suivit quelque temps les fossés jusqu'au pied du pavillon de la Reine, et, ayant tourné l'encoignure de ce pavillon, on se trouva en face des troupes, qu'éclairait la

lueur incertaine de quelques lanternes, et dont un peloton s'était détaché pour l'exécution. Il tombait à ce moment une pluie fine et froide, et l'on entendait à quelque distance, sur le pont-levis placé en avant de la porte du bois, les voix d'un groupe d'officiers qui s'y trouvaient. L'adjudant Pelé, qui commandait le détachement, s'avança, tenant en main le jugement de la commission militaire. En apprenant qu'il était condamné à mort, le prince garda un moment le silence ; puis, s'adressant au groupe qui était devant lui, il demanda si l'on ne pouvait pas lui procurer une paire de ciseaux. Les ciseaux furent passés de main en main, et remis au prince. Il s'en servit pour couper une mèche de ses cheveux, l'enveloppa dans du papier avec un anneau d'or et une lettre, et pria le lieutenant Noirot de faire parvenir le tout à la princesse Charlotte de Rohan... Cela fait, le prince demanda un prêtre, qu'on ne put lui donner, vu l'heure avancée. Après un instant de recueillement, le duc fit quelques pas : le peloton se plaça devant lui à distance convenable. On a prétendu que la lumière blafarde d'une lanterne, placée sur la poitrine du malheureux prince, servit de point de mire aux soldats. Quoi qu'il en soit, l'adjudant Pelé ayant commandé le feu, le prince tomba sans mouvement, percé de plusieurs balles. Il était alors environ trois heures du matin.... En ce moment-là, une seule personne se prit à pleurer dans le château de Vincennes. C'était la femme du commandant Harel, qui était la sœur de lait du duc d'Enghien. Le 21 mars de grand matin, le ministre Réal se rendait à Vincennes, quand, un peu au delà de la barrière du Trône, il rencontra Savary, qui lui apprend le jugement, la condamnation et l'exécution d'un accusé qu'il avait l'ordre d'aller interroger au nom de Bonaparte ! Ainsi finit ce drame de Vincennes, l'un des plus tristes mystères de l'histoire de nos révolutions (1).

En 1812, le général Daumesnil, si connu sous le nom de la *jambe de bois*, fut nommé gouverneur de Vincennes, d'où devaient partir l'immense matériel et les munitions nécessaires aux divers corps d'armée que l'empereur voulait former sur le Rhin pour son expédition de Russie.

De retour à Paris, après l'expédition de Moscou, Napoléon, prévoyant que la France pourrait être envahie par les armées européennes, ordonna que des travaux de fortification seraient immédiatement exécutés au château de Vincennes, de manière à mettre cette sentinelle de la capitale, non-seulement à l'abri d'un coup de main, mais encore en état de résister, comme place forte, aux tentatives de l'ennemi. Le général Daumesnil surveilla l'exécution de ces travaux avec tout le zèle dont il était capable.

Quand Napoléon rétablit les prisons d'Etat, fermées depuis trente ans, ce fut à Vincennes qu'il retint prisonniers les complices de Georges, les cardinaux opposés au concordat, et que l'on nomma cardinaux noirs. L'Empire a confié au donjon une centaine de prisonniers politiques, dont la réunion résumait assez tristement les victoires et les conquêtes de l'empereur ; l'opposition française et la coalition européenne y sont représentées par les Polignac, le baron de Kolli, le cardinal Gregorio, Mina, Esménard, Dudon, Lahorie, Odonnel, Wernesse de Reder, l'abbé de Fontana, de Broglie, évêque de Gand ; Bertazzoli, aumônier du pape ; de Boulogne, évêque de Troyes, etc., etc.

C'est de l'esplanade de Vincennes qu'en 1814 les élèves de l'Ecole polytechnique partirent pour les buttes Chaumont avec les canons qu'ils manœuvraient comme de vieux artilleurs..... Hélas ! il en revint bien peu de ces braves enfants ; presque tous moururent sur leurs batteries. C'est alors que le poste confié au brave Daumesnil devint pour lui une nouvelle occasion de déployer son patriotisme et sa fermeté. On se rappelle les tristes événements de cette époque et l'étonnement de l'Europe à la vue de ce soldat mutilé, refusant de rendre Vincennes, alors que la capitale de l'empire était depuis plusieurs semaines tombée au pouvoir des armées coalisées. Daumesnil, qu'aucune considération ne pouvait ébranler, ré-

<hr>

(1) V. *Recherches historiques sur le procès et la condamnation du duc d'Enghien*, par M. Nougarède de Fayet, 2 vol. in-8°, ouvrage rempli de documents curieux sur ce sanglant épisode.

sista en même temps aux offres honteuses qui lui furent faites et contre les forces nombreuses qui lui étaient opposées. Il ne rendit la place que le 12 avril 1814, entre les mains du comte d'Artois, lieutenant général du royaume.

Peu de temps après la rentrée de Louis XVIII à Paris, le marquis de Puyvert, par un coup du sort, de prisonnier du donjon passa gouverneur du château. Mais, dès le 20 mars 1815, l'empereur avait repris possession des Tuileries, et le lendemain le brave Daumesnil était réintégré dans son commandement.

Pendant la période des cent jours, Vincennes reprit, comme place d'armes, son activité première. C'est de ce point que partit de nouveau une partie du matériel et des munitions de guerre qui devaient alimenter les corps d'armée formés par ordre de Napoléon sur les frontières de la France.

Lors de la seconde invasion en 1815, la forteresse de Vincennes eut à lutter encore contre les attaques de l'ennemi. Le château, transformé en un véritable arsenal, renfermait alors une grande quantité de munitions de guerre, de bouches à feu et d'armes de toute espèce. L'empereur y avait même établi une commission d'ingénieurs militaires. La fermeté du général conserva à la France cet immense matériel, le seul qui lui restât. Il n'était bruit dans tout Paris que de la réponse de Daumesnil aux sommations de l'ennemi : « Quand vous me rendrez ma jambe, lui disait-il, je vous rendrai la place.» Et telle était l'estime qu'inspirait tant de courage, que le drapeau tricolore flotta assez longtemps sur les tours de Vincennes en face du drapeau blanc arboré sur les édifices de Paris.

Remplacé au second retour des Bourbons par M. de Puyvert, la Révolution de juillet 1830 rappela Daumesnil, pour la troisième fois, au commandement de la forteresse qu'il avait si bien défendue et qu'il devait encore une fois défendre, non plus contre les Russes et les Prussiens, mais contre l'émeute en fureur. On sait les événements qui avaient conduit les ministres de Charles X au donjon de Vincennes, en attendant que la Cour des pairs prononçât sur leur sort. Mais, impatient des lenteurs de la justice et redoutant qu'une intrigue ne voulût les soustraire à la vengeance nationale, le peuple rugissant se présente aux portes de Vincennes et demande à grands cris la tête des coupables. La consternation s'était répandue parmi les prisonniers ; ils croyaient voir recommencer pour eux les sanglantes expiations d'une autre époque, et ils se préparaient à mourir, lorsque Daumesnil fait baisser le pont-levis, et, s'avançant seul vers le peuple déchaîné : « Que voulez-vous, lui dit-il ? — La tête des accusés. — Mais vous ne savez donc pas qu'elle n'appartient qu'à la loi, et que vous ne l'aurez qu'avec ma vie? Qu'un seul de vous ose franchir le pont, et je fais sauter le château! » Ces mots suffirent pour ramener ces hommes exaspérés, qui s'éloignèrent pleins d'admiration pour le commandant de Vincennes, et en criant : «Vive le général Daumesnil! Honneur à la jambe de bois!» Le brave général mourut à Vincennes du choléra le 17 août 1832.

Conservé depuis comme place de guerre de première classe, le château de Vincennes a repris une face nouvelle, une animation plus grande. Il a été habité, jusqu'à la Révolution de février 1848, par le duc et la duchesse de Montpensier.

Ce château n'a pas trop à se plaindre des gouvernements et des peuples du dix-neuvième siècle. Le gouvernement de 1830 lui a donné une trentaine de millions pour ses fortifications, son arsenal d'artillerie, sa fonderie, ses manufactures d'armes, ses casernes, ses hôpitaux militaires, sa manutention de vivres et ses magasins : que d'argent pour réédifier une prison féodale !

Le parc et le bois de Vincennes, au milieu duquel est assis le château, a plus de 1,460 arpents de superficie. C'est une futaie d'ormes, de charmes et de chênes, dont les plus vieux ne datent, comme on l'a vu plus haut, que de 1731. Au centre d'une étoile où neuf routes viennent aboutir, on a élevé un obélisque de style *Pompadour*, surmonté d'un globe et d'une aiguille dorée, avec deux

écussons. Ce bois offre une multitude de promenades charmantes et très-fréquentées dans la belle saison.

L'aspect du château, qui, sous le règne de Charles V, se faisait remarquer par tout le pittoresque de l'architecture du treizième siècle, et qui, au milieu de massifs de chênes séculaires, laissait voir son donjon aux quatre angles arrondis en tourelles et ses neuf hautes tours carrées à meurtrières, a bien changé avec les siècles et les hommes. Les bâtiments qui servaient d'habitation à la cour de Charles V et de saint Louis ont disparu sans laisser aucune trace de ce qu'ils avaient été.

En 1789, les nouveaux bâtiments se composaient de deux gros et lourds pavillons construits sous Louis XIII et décorés par Louis XIV. Les peintures de l'appartement du roi étaient de Philippe de Champagne. Celles de la salle du trône, où Louis XIV était représenté dans tout l'éclat de sa gloire, attiraient l'attention des visiteurs ; on y voyait la France et les Arts personnifiés. Les peintures du plafond de la salle du Concert représentaient divers sujets de la Fable et faisaient allusion à Anne d'Autriche.

Ce qui restait du vieux château consistait dans le donjon tel qu'on le voit encore aujourd'hui. Le tout formait un vaste parallélogramme régulier renfermé dans un fossé très-profond, autrefois rempli d'eau vive, le long duquel se levaient, de distance en distance, les neuf grosses tours carrées des temps féodaux. Ces tours, qui servaient aussi de prison, ayant été reconnues nuisibles à la défense de la place, ont été rasées, depuis 1814, jusqu'à la hauteur du mur d'enceinte, et sont converties aujourd'hui en plates-formes armées de bouches à feu; une seule, au nord, sur l'avenue de Paris, et appelée la *Tour du diable*, a conservé son caractère gothique, sa destination première, son pont-levis, sa herse et ses meurtrières ; elle sert actuellement de salle de discipline. L'une de ces tours, celle dite de la *Surintendance*, contenait quatre cachots de 5 à 6 pieds carrés ; les lits étaient en pierre ; au-dessous était un caveau dans lequel on ne pouvait descendre que par un trou pratiqué dans la voûte. C'était un véritable tombeau.

La porte du Midi, servant d'entrée au parc planté en 1754, s'élevait en forme d'arc de triomphe; elle était ornée de colonnes et de statues de marbre. Ce morceau d'architecture, qui appartient au talent de Leveau, était très-estimé. Elle a été depuis restaurée sur les dessins de cet habile architecte. Un pont en pierre jeté sur le fossé a remplacé l'ancien pont-levis. Le parc, de ce côté, a entièrement disparu; un immense polygone le remplace.

La première cour, en entrant par la porte du Midi, et la troisième, du côté du village, autrefois dite *Cour royale*, est fermée, à droite et à gauche, par deux pavillons à colonnes doriques · ce sont ceux que fit construire Louis XIII. Sur les deux côtés règnent d'élégantes galeries en arcades. On monte dans le bâtiment de droite, dit *Pavillon de la reine*, par un magnifique escalier. Une partie de ce corps de logis est affectée au logement du gouverneur ou du commandant de place. Les grands appartements donnant sur le bois, et qui sont aujourd'hui abandonnés, sont enrichis de dorures et de peintures précieuses. L'aile opposée, connue sous le nom de *Pavillon du roi*, a pour vue le panorama de Paris. Il sert actuellement de caserne à la garnison du fort. La seconde cour, transformée en un vaste parc d'artillerie, contient des approvisionnements de canons, de bombes, de boulets, et tout ce qui constitue le matériel d'une grande place de guerre.

A gauche de cette cour s'élève le donjon, qui fut préservé d'une ruine imminente par les modérés de 89. Encore debout, il se dresse de toute sa hauteur, il domine Paris, il le défie, il le menace, en regardant à ses pieds, avec un certain mépris, une statue de la *Liberté* sur les ruines de la Bastille. Ce donjon, de forme carrée, est entouré de fossés de 40 pieds de profondeur sur 20 de largeur, et revêtus de pierres de taille coupées à pic; on y arrive par deux ponts-levis, puis on passe trois portes. Ce passage franchi, on trouve une cour intérieure au milieu de laquelle s'élève majestueusement le donjon. Trois autres portes, dont la dernière était en fer, en ferment encore l'entrée. Vingt gros canons de siège en défendent les approches du côté de Paris. Ce donjon, flanqué de quatre tourelles à chacun de ses angles, et qui font saillie sur le fossé, est divisé en cinq étages, composés chacun d'une grande salle carrée, dont la voûte en pierre est soutenue, au centre, par un fort pilier, et de quatre cabinets, de 13 pieds de diamètre, dans les coins où sont les tourelles; ces cabinets ont chacun une cheminée. Les cellules des quatre tours latérales, à tous les étages, étaient disposées en cachots, où le jour ne pénétrait que par des lucarnes garnies de triples et forts grillages.

Au rez-de-chaussée est la salle de la *Question*. On y voyait encore, en 1790, des anneaux de fer, des signes de douleur, et un lit de charpente où le patient reprenait haleine. On y fabrique aujourd'hui des cartouches et autres artifices de guerre. Le magasin à poudre s'étend dans les immenses souterrains qui se prolongent jusqu'à moitié chemin de Saint-Mandé.

La salle du dernier étage s'appelait *Salle du conseil*. C'est là que les rois de la troisième race qui habitèrent le château tenaient leur séance pour tout ce qui avait rapport aux affaires politiques du royaume.

La Sainte-Chapelle a été restaurée sous le règne de Charles X. L'architecture intérieure est d'un gothique simple et svelte. On y remarque de superbes vitraux peints par Jean Cousin, sur les dessins de Raphaël. L'autel, construit dans un style analogue au reste de l'édifice, est surmonté d'un baldaquin élégant. On y remarque le monument élevé à la mémoire du duc d'Enghien, composé et exécuté par Desène.

Derrière la Sainte-Chapelle est la salle d'armes, dans un grand bâtiment neuf. C'est une des plus considérables et des mieux distribuées qu'on puisse voir. Rien de plus pittoresque, dit Emile Deschamps, que ces murs de fusils, de carabines et d'espingoles; ces piliers de coulevrines et de canons, et ces voûtes d'épées et de sabres recourbés. Et puis tous ces trophées, ces chiffres, ces figures symboliques, composés avec des armes de fer aussi gracieusement qu'avec des fleurs; et puis, la pensée qu'il y a peut-être là des baïonnettes qui étaient aux victoires de la République et de l'Empire! C'est une magie complète.

Qu'un seul de vous ose franchir le pont, et je fais sauter le château.

FIN.

www.ingramcontent.com/pod-product-compliance
Lightning Source LLC
LaVergne TN
LVHW050636060726
842527LV00004B/1321